U0093243

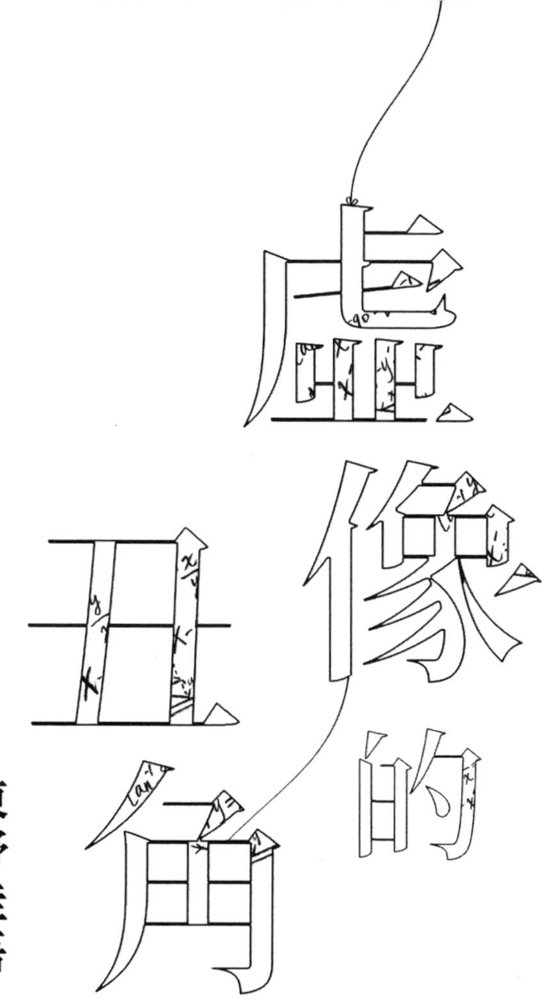

東野圭吾 著

王蘊潔 譯

導讀——

以科學知識為依據，湯川學副教授的優雅出擊

暨南大學推理同好會指導老師／**余小芳**

知名日籍推理作家東野圭吾，一九五八年出生於日本大阪市，畢業於大阪府立大學工學部電氣工學科。一九八五年以《放學後》榮獲第三十一屆江戶川亂步獎，出道以來，對周遭人事物保持高度熱情，秉持自我挑戰的冒險精神，勇於推出各式題材的推理小說，寫作不輟，其中也有零星的散文集與童書創作。

在東野圭吾為數眾多的作品中，系列偵探角色屬於少數；截至目前為止，曾於複數作品登場的偵探人物，計有加賀恭一郎、湯川學、天下一大五郎、竹內忍等四位。若能按照出版順序循序漸進觀看，對於角色刻畫、事件進程較有全面、嚴謹的認識；不過以故事的完整性而言，系列作之間的劇情沒有連貫，即便獨立閱讀，也並不影響內容認知的流暢性。

其中，最貼近作者個人所學的專業，當屬湯川學系列偵探的塑造。「偵探伽利略」系列的構想，源自於作家對於個人作品銷售量的絕望，轉而興起不如撰寫有興趣題材的想法。於是在一九九六年秋天，將科學知識融入推理小說的〈燃燒〉翩然降生。

系列首作《偵探伽利略》共收錄五篇短篇，其以理性的科學精神為依據，打破種種不可思議事件及迷思，運用天才物理學家湯川學及刑警草薙擔綱主角，選擇以科學知識為背景，開拓了推理小說的發展方向，是身為理科出身的東野圭吾，極佳的科學推理短篇示範。系列第二作《預知夢》稍微減少科學專業知識，以離經叛道的怪奇之說破題，用科學的理性邏輯分析結尾，解決看似不可解的神秘現象。而湯川學和草薙俊平的互動產生變化，後者追求真相的動力，幾乎讓他脫離純粹助手的功能，成為不可或缺的要角。收錄作者絞盡腦汁的五篇作品，《伽利略的苦惱》誕生的契機，則是寫完《嫌疑犯X的獻身》之後，電視台期望改編伽利略系列且以女性為主角，藉以提升收視率，東野圭吾雖感到措手不及，但也盡力配合，先於編製前創造出女刑警內海薰，名字為電視劇採用；此女角具備獨特的第六感和觀察力，緩和偵探伽利略系列的陽剛氣息。

《嫌疑犯X的獻身》、《聖女的救贖》和《真夏方程式》等長篇作品，以解謎型推理小說的形式展現，故事皆以「愛」和「救贖」為基礎發展而來。在理論和規則主宰的世界中，納入難以捉摸且無法測得的激憤情感，而人性中的愛憎癲狂，正是導致秩序被破壞與犯罪的主因。《嫌疑犯X的獻身》中的犯罪者為所愛付出，詭計在現實中實行機率極低，難以破解。《聖女的救贖》以類似的問題形式呈現，透過「虛數解」一詞談論犯罪詭計，描述「理論上說得通，卻無法真正實行」的完全犯罪。《真夏方程式》滿是繽紛、陽光的氣息，卻使偵探在包藏親情及守護之情的謎底下掙扎不已。

湯川學的個人特色在短篇並不鮮明，只是在幾本長篇創作中，十足展現物理學家的獨特魅力；從《嫌疑犯X的獻身》至《真夏方程式》，透視人性，心緒和思考模式發揮得淋漓盡致。《嫌疑犯X的獻身》為求和數學天才石神對決，湯川學的個性特徵被大為強化，偵探的細膩心思和憐憫之心浮於紙頁。而《聖女的救贖》破解聖女心態，展現湯川學的聰明睿智，驗證了科學辦案結合人性的縝密洞察，草薙和內海薰亦因性別屬性互補，著實令人印象深刻。到了《真夏方程式》，一反以往形式，由湯川學作為主要接觸案情的人物，形象正面積極，立論充滿個人立場，並能瞥見偵探和孩子逸趣橫生的相處情形；刑警草薙及內海薰則擔任輔助，適時協助偵探找尋其他方面的線索。

若說「偵探伽利略」系列長篇以愛和人性為主題，運用曲折的劇情和精確的題材設定，探索東野圭吾心中的本格推理小說理想，使讀者深感動容且心悅誠服。那麼數本短篇之作中，迷人的難解謎題和出人意表的解答，十足領略詭計的無盡創意和驚奇，便是其特色。第七作《虛像的丑角》收錄七篇作品，篇章中可見湯川學時常受到草薙的叨擾，或而冷淡，或者好奇出手，內海薰出場機會則稍少；全書幾乎以刑事案件為貫串，為的是闡述作者強大的說故事能力，經由科學力量的介入和細緻的觀察，於邏輯與理性分析的過程中，帶出背後貪婪或哀愁的人生悲歌。東野圭吾及筆下天才偵探湯川學的旋風，想必仍會持續吹拂下去，我們同時拭目以待，繼本作之後，《禁忌的魔術》（暫譯，皇冠即將出版）中譯本絢爛推出。

目錄

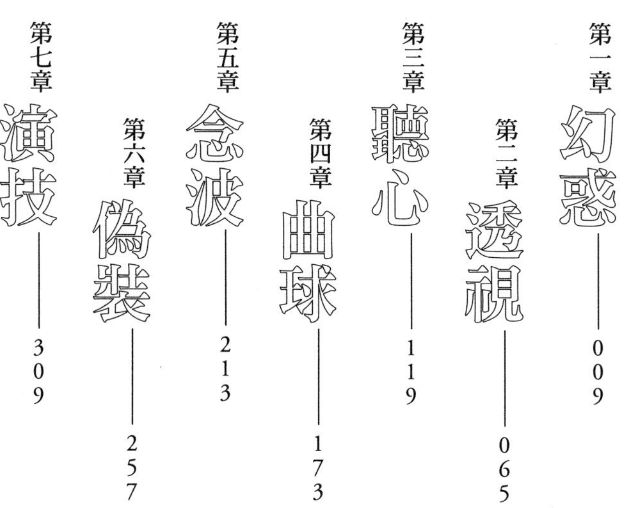

第一章 幻惑

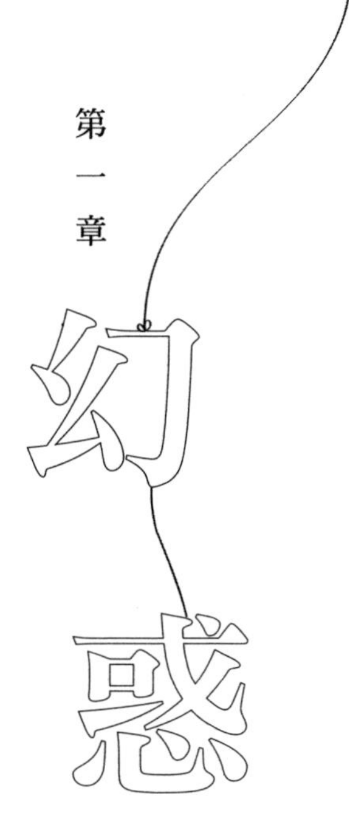

1

里山奈美無法立刻判斷，到底該用嚴肅的態度對待眼前的狀況，還是該視之為鬧劇？如果相信自己至今為止的正常感覺，眼前的情況顯然很可疑。但是，這個昏暗細長形的房間內，有十名男女背對著牆壁面對面跪坐著，觀察這些人臉上的表情，沒有人對自己的行為產生任何疑問。如果這是為了欺騙自己而演的戲，奈美認為他們簡直太團結了，而且所有人都演技高超。

她不由得感到不寒而慄。不光是因為室內的氣氛很陰沉，更因為房間的窗戶敞開的關係。雖然已是櫻花飛舞的季節，但今天的空氣依然寒冷。聽說在這個房間內進行送念儀式時，為了驅散靈魂和心靈的汙穢，都會將窗戶敞開。

「各位。」坐在上座中央的男人開了口，他的名字叫連崎至光。這當然不是他的本名，根據宣傳簡介的內容，有一天晚上，聖人站在他的床邊，賜予他這個名字。

「很抱歉，今天有勞各位在此集合，因為有一件事，我無論如何想要查清楚。」連崎的聲音和語氣都很平靜。根據簡介上的個人資料欄，削瘦、剃髮的他今年五十五歲，一身禪僧在工作時穿的工作服，成為他特有的標誌。

連崎看向坐在最下座的奈美。

「我記得妳是《試週刊》的記者吧？不好意思，原本打算向妳介紹信徒修行的情況，結果變成了這樣。」

「不，」她在自己面前搖著手，「這樣更具有參考價值，感謝你同意我們進行採訪。」

連崎點了點頭，但他的眉頭深鎖。

「說句心裡話，我並不想讓外人看到這些事，因為這也是教團的家醜，但是，只展現好的一面，無法讓大家瞭解我們真實的情況。人都會犯錯，這是無可奈何的事，重要的是犯錯之後，能不能改正自己的錯誤，淨化自己的心靈。今天，我希望你們能夠瞭解，我們的教團也具有自淨作用。」

奈美深深地鞠了一躬，身旁的攝影師田中也同樣鞠了一躬。

真是意想不到的發展。奈美不由得感到高興。教團似乎發生了什麼問題。

連崎坐直了身體，臉上的表情也更加嚴肅。

「今天，之所以請各位在這裡集合，是因為我發現了一個重大的問題。我一直深信，我們『苦愛會』的成員很團結。我以為所有成員都有相同的目標，都有同樣的追求，沒想到令人遺憾的是，事實並非如此。有一個人，雖然受苦愛會的保護，但內心背叛了我們。」

始終緊繃的空氣稍微騷動起來。有幾個人重新調整了坐姿。

「這件事真的非常令人遺憾，」連崎說，「我們努力以淨化心靈為目標，很多人之所以會生病，或是深受人際關係之苦，原因就在於各自的內心。因為生活多年後，內心累積了各種不同的汙穢，這些汙穢引發了各種災禍，只要去除這些汙穢，幾乎每個人都能夠得到幸福，這也是我們教團的理念。既然幹部中有人尚未完成心靈淨化，就代表這個教團還不夠成熟，也是我本身不夠成熟。」

「大師，沒這回事。」最靠近連崎的一名有點年紀的男人說。在苦愛會中，大家都稱連崎為大師，「即使真的有這種不義之徒，也是那個人本身的墮落，絕對不是大師的問題——」

「不，是因為我不成熟，所以，我必須拯救這個人，接下來，我打算拯救他。」

「所以，大師知道誰是叛徒嗎？」

聽到弟子的問話，連崎放鬆了表情。

「不要稱他為叛徒，我們都是一家人，那個人只是心靈沒有充分淨化而已，也就是說，他是一個可憐人。」連崎的視線停留在那排人的中間，「第五部長，請你到我的面前來。」

被他點到名的是一個戴著眼鏡的胖男人，年齡大約四十多歲。他連續眨了好幾次眼睛，露出緊張的表情。「我……嗎？」

「對，就是你。」

「為什麼要我……？」

「等一下我就會告訴你，你先到我面前來。」

被稱為第五部長的男人帶著困惑和不安的表情，戰戰兢兢地站了起來。他來到連崎的面前後，跪坐了下來。

「苦愛會」總共有十名幹部，他們在連崎的領導下，負責「苦愛會」的營運，今天這十名幹部都在場。其他人都一臉驚訝的表情看著第五部長，所有人似乎都沒有料想到他會被點名。

「第五部長。」連崎叫著他的名字，表情很親切，聲音也很溫柔，「這裡是淨化靈魂的地方，坦承一切，也是一種進化。如果你有所隱瞞，請你一吐為快，把內心的黑暗吐出來。」

第五部長焦急地搖著頭。

「沒有……我沒有隱瞞什麼。難道大師認為，我背叛了大師嗎？怎麼可能？絕對沒這種事，我是清白的。」

「是嗎？我連崎至光可是看得一清二楚，還是你認為我的靈魂更汙穢嗎？」

「不，我沒這個意思……這其中一定有什麼誤會。」

「是嗎？那就再來問問你的心。」

連崎深呼吸後，好像冥想般閉上眼睛，然後緩緩舉起雙手，將手心對準了第五部長。

奈美正感到納悶，不知道連崎想要幹什麼。下一剎那，第五部長大叫一聲：「嗚哇！」原本跪坐在地上的他，以驚人的速度後退著。

連崎雙手放在腿上。

「怎麼樣？有沒有感受到靈魂中的汙穢離你而去？」

第五部長趴在地上打量著自己的身體，臉上充滿了驚恐。

「怎麼樣？」連崎再度問道。

第五部長拚命搖著頭。

「我的確感受到了，但是，我沒有，我沒有背叛大師。」

連崎再度做出和剛才相同的姿勢。幾秒鐘後，第五部長大聲慘叫，在榻榻米上打滾。

「看來還沒有趕走邪惡的靈魂。」連崎放下手說道，「我搞不懂，為什麼像你這樣的人會成為第五部長，你是什麼時候被邪念附身的？」

「不是，您誤會了，請您相信我。」第五部長上氣不接下氣地說，他的臉因為恐懼而抽搐著。

演技太出色了。奈美冷眼觀察著事態的發展。這一定是為了宣傳連崎有超自然能力而特地安排的表演。因為聽說週刊雜誌上門採訪，所以倉促準備了這齣戲碼。第五部長的逼真演技可圈可點，但如果直接寫成報導，會被讀者嗤之以鼻。不，主編會先把自己臭罵一頓。

話說回來，這齣鬧劇要怎麼收場？雖然事不關己，但奈美不由得擔心起來。如果第五部長不認罪，就代表連崎的能力不足；但一旦承認，他就會被趕出教團，或是降級。還是說，這個人原本就不是什麼第五部長，只是今天不知道從哪裡找來的外人？

如果是這樣，一切就很合理了。奈美心想。這個男人應該是演員。如果不是專業演員，演技不可能這麼逼真。

那麼其他人呢？奈美的視線看向周圍。所有人都露出驚訝和恐懼的表情，輪流看著第五部長和連崎。他們臉上的表情不像是裝出來的。難道所有人都是臨演？雖然不太可能，但似乎不能完全排除這種可能性。

「這是最後的機會。」連崎說：「你認罪嗎？」

第五部長彎著身體蹲在那裡，一句話都不說。

連崎輕輕搖著頭，閉上了眼睛，然後雙手朝向肥胖的弟子。

「嗚啊！」第五部長發出宛如野獸般的叫聲跳了起來，然後直直地跑向窗戶。攝影師田中在奈美身旁按著快門。

第五部長從五層樓的窗戶，毫不猶豫地一躍而下——

沒有人來得及阻止。

2

雖然間宮說明了一次案情，草薙卻根本搞不清楚情況，問了好幾個問題之後，才終於搞懂，但還是有幾個疑問。

間宮在自己的座位上向後一仰。

「股長，」草薙問，「這是刑案嗎？」

「當然是刑案啊，畢竟有人死了啊。」

「這我知道，但問題是……這是我們警視廳搜查一課負責的案子嗎？」

「光聽案情，就知道當然該由我們負責。有人死了，有人自首說，是自己殺了對方，說是自己把對方從五樓推下去。」

「是靠氣功的運氣嗎？」

「不是運氣，他說是靠意念，念力的念。」

草薙按著右側太陽穴。因為他頭有點痛。

「股長，你是認真的嗎？」

「當然很認真啊。」

草薙仰望著天花板，緩緩搖著頭。

間宮巡視周圍後，探出身體對他說：

「你別擔心，課長和理事官都無意成立搜查總部。因為轄區警局勘驗現場後，沒有發現任何可疑之處，應該不需要我們出面。」

「那為什麼只派我去轄區警局？」

「因為轄區警局苦苦哀求啊，他們第一次遇到這麼離奇的案子。雖然自稱是嫌犯的人去自首，但他們不知道該怎麼偵訊。他們聽說警視廳搜查一課有一名刑警很擅長處理這種類型的案子，所以來拜託課長，請求這名刑警協助偵辦這起案子。」

「等一下，那個刑警就是我嗎？」

「不然還有誰？內海還太嫩了。」

草薙無力地垂著腦袋。他覺得渾身脫力。

間宮站了起來，把手放在草薙肩上。

「別這麼垂頭喪氣，被人期待很了不起啊。他們一定很歡迎你，就讓轄區警局好好見識一下你的厲害。」

「喔。」雖然草薙連回答的力氣也沒有，但還是呆呆地應了一聲。

今天上午十點多，警視廳接獲消息，宗教法人「苦愛會」的信徒跳樓。雖然那名信徒被送去了醫院，但很快就確認了死亡。死因是腦挫傷。從五樓窗戶掉落到停車場的柏油路面，活命的可能性微乎其微。

轄區警局的偵查員立刻趕往現場，向在場的相關人員瞭解了情況，但最先接受偵訊的教主連崎至光說了意想不到的話。他說是他把信徒推下了樓，而且說，他用的是念力，當然讓東京西區偏僻角落的小警局不知該如何是好。

根據間宮提供的資料，「苦愛會」是成立不到五年的新興宗教團體，但信徒人數成長迅速。教主連崎至光的特殊能力，是吸引廣大信徒的原動力。他原本是整骨師，三十五、六歲開始研究氣功，在四十多歲時，開始進行氣功治療。治療的功效深受好評，全國各地的病人都紛紛上門求診，但當時他還沒有從事任何宗教活動。在改稱為「苦愛會」後，自立為教主，立刻有了濃厚的宗教色彩。除了舉辦活動，還出版了書籍，四處演講，信徒人數迅速增加。

這種類型的團體幾乎都有前信徒控訴遭到詐騙，但到目前為止，這個教團並沒有發生任何大問題，也不曾和當地民眾發生摩擦。對教團來說，這次的事件是第一次發生負面新聞。

草薙來到轄區警局，的確受到了歡迎。

「哎呀，真是太好了。我們第一次遇到這種事件，甚至連到底是他殺還是自殺，或者只是單純的意外也搞不清楚，真傷透了腦筋呢，有專家來幫忙，總算可以放心了。」五官扁平的刑事課長心情似乎很好。

「我並不是什麼專家，只是認識一位物理學家而已。」

「不不不，這很重要，我們分局的刑警，也應該多學學。」

刑事課長豪放地哈哈大笑著，然後對幾名下屬說：「接下來就交給你們了。」然後揚長而去。他似乎不想和這起事件扯上關係。

一個姓藤岡的刑警是這起事件的實質負責人，他個子不高，慈眉善目，對草薙恭敬地鞠了一躬說：「請多指教。」

「我並不認為自己能夠幫上什麼大忙。」草薙有言在先，「那個自首的人在哪裡？」

「目前在偵訊室，你現在就要見他嗎？」

「是啊，先去看看。」

一個身穿白色工作服的男人靜靜地坐在偵訊室。他皮膚黝黑，頂著光頭，身體肌肉很緊實，下巴很尖，看起來像是修行多年的僧侶。

草薙在他對面坐下後，他張開了原本閉著的眼睛，緩緩地欠了欠身。

「我是警視廳搜查一課的草薙，我該怎麼稱呼你呢？」

藤岡提供的資料上顯示，他的本名叫石本一雄，職業是「苦愛會的教主」。

「叫我連崎就好，我已經放棄了之前的名字。」他用平靜的語氣回答。

「連崎先生，請你盡可能詳細說明你所做的事。嗯，是在幹部會議上發生的吧？」

「沒錯。因為我有重要的事想要確認，所以召開了臨時幹部會議。」

連崎說，他想確認的是有關教團資產的問題。內部調查後發現了用途不明的款項支出，而且金額相當龐大。負責會計工作的第五部長中上正和嫌疑重大，於是想要向他瞭解事實真相。因為一旦淨化了心靈，任何人都不可能說謊。

「但是，我思慮不周，因為想要趕快瞭解事實真相，結果把他逼上了絕路。他無法承受內心的痛苦，才會做出那種事……是我殺了他，我是殺人兇手，所以我才會自首。」

連崎臉上露出了痛苦的表情後，直視著草薙。

草薙抱著雙臂，低頭看著手邊的資料。連崎說的內容和從間宮那裡聽說的幾乎相同，即使聽當事人親口說了整個過程，仍然感受不到真實性。

「你剛才說，你傳送了意念。向被害人的心靈傳送了意念。請問具體是怎麼做的？」

「就是用力念誦。當時，我一心想著要淨化第五部長的心靈。」

「怎麼做的呢？」

「怎麼做……我會像這樣把雙手的手心對著對方的胸口，閉上眼睛。」連崎擺出姿勢後，立刻把手放了下來。

草薙再度感到輕微的頭痛，但他努力不表露在臉上。

「你以前也曾經做過相同的事嗎？也就是向說謊的人傳送意念，讓對方說出真相？」

連崎深深地點頭。

「當然有。應該說，我每天都在做這種事。有各種煩惱的人從全國各地上門，我向他們的心靈傳送意念，淨化他們的心靈，消除他們的煩惱。這也是我的責任。」

「原來是這樣，所以說，在進行儀式的時候——」

「那不是儀式，而是送念，就是傳送意念的送念。」連崎露出遺憾的表情。

「送念……嗎？好，你在送念的時候，曾經發生過像這次的情況嗎？」

連崎搖了搖頭。

「有時候有人因為太激動而當場大喊或是放聲大哭，但第一次發生那種事。因為我平時只傳送想要拯救對方的意念，但當時混入了想要揭露第五部長不當行為的私憤，也許是因為這樣的關係，導致過度加強了意念。總而言之，我知道自己很對不起家屬和相關人員。」

草薙無法判斷他這番話是否出自真心。有可能靠傳送意念動搖人心嗎？然而，眼前的確發生了事件。

「我有一事相求，」草薙說：「你可不可以對我送念？」

連崎瞪大了眼睛，「在這裡嗎？」

「對，不行嗎？」

連崎沉默片刻後，嘴角露出了笑容。

「好，那我試試。」

「我要怎麼做？」

「你不需要做任何事，只要放鬆身體。」

草薙聽從了他的指示放鬆了身體，連崎像剛才一樣，把手掌對著草薙，閉上了眼睛。這種狀態持續了片刻——草薙感覺差不多是十秒鐘。

不一會兒，連崎睜開了眼睛。「怎麼樣？」

草薙微微偏著頭說：「沒什麼感覺。」

「我想也是。我在送念時發現，你並沒有向我尋求救贖，只是在測試我。意念無法傳達到這種人身上，你是一個堅強的人。」連崎說完，露齒笑了笑。

3

「這件事聽起來和物理學毫無關係。」湯川把手肘放在椅子的扶手上，托著腮，興趣缺缺地說，然後伸手拿起桌上的馬克杯。

「你果然也這麼認為。」草薙也喝了一口即溶咖啡。

他今天來到帝都大學物理系第十三研究室，當然是為了「苦愛會」的事件，來請教這位物理學家老朋友的意見。

「這很明顯是心理學的範疇，類似暗示或是安慰劑效果。雖然我不太瞭解詳細的情況，但可能和催眠術也有關係。」

「鑑識人員也這麼認為，只是他們也不是很清楚這方面的情況。」

有些宗教活動會進行所謂的洗腦，不時導致信徒喪失正常的判斷能力，衝動地做出自虐行為。草薙熟識的鑑識課人員認為這次的案子也可能是類似的情況。

「信者才能得到救贖──宗教原本就必須是這樣。那位教主大人目前怎麼樣了？有沒有把他視為兇手抓起來？」

草薙搖了搖頭，放下了杯子。

「怎麼可能逮捕他？他根本沒碰對方一根手指頭，只是把雙手對準對方，然後閉上眼睛而已，要怎麼追究他殺人的罪責？甚至無法構成拘留他的理由，所以很快就請他離開了。」

「目擊者全都是他的信徒吧？他真的完全沒有動手嗎？會不會是所有人為了保護教主而串通說謊？」

「我也想到有這種可能性，所以在察看現場之後，也見了當時在場的幹部。」

「苦愛會」的總部位在郊外的山丘上，草薙跟著藤岡走進總部，看到那棟大樓的設計，忍不住瞪大了眼睛。五層樓長方形大樓的整片外牆上，畫著連崎坐禪的樣子，臉部當然比實際美化了許多。

大樓的一樓是道場，二樓至四樓是幹部信徒的居室，五樓有一部分是連崎的居室，其他部分是連崎發念所使用的地方，稱為「淨化空間」。事件就發生在「淨化空間」。

長方形的房間內，除了上座高出五十公分以外，並沒有任何特徵，室內完全沒有任何家具或擺設品，唯一的裝飾，就是掛在上座牆壁上，像是雪花結晶的標誌。大樓內到處可以看到這個標誌，據說稱為「苦愛星」，是連崎的守護神。

一個姓真島的男人帶他們參觀了館內。這個有點年紀的男人掛著第一部長的頭銜，是連崎的頭號弟子。

「大師很快就獲得釋放，我們都鬆了一口氣。大師說要自首時，我們極力阻止他。雖然是大師送念導致的結果，但第五部長跳樓，是為了擺脫心靈的痛苦，也就是說，他是自己選擇了這條路，所以算是自殺，但大師無法接受，說是因為自己太生氣了，忘了控制能力，等於是他殺了第五部長。大師真的太了不起了，我們還很擔心，如果大師真的被關進了監獄該怎麼辦，幸好警方作出了理性的判斷，真是由衷感謝你們。」

真島恭敬地鞠躬說道，草薙感到很不自在，甚至覺得對方好像在嘲笑自己。

他見了包括真島在內，案發當時在房間內的九名幹部，他們的談話中並沒有任何矛盾之處和可疑的部分。雖然每個人對被害人失控時的描述稍有不同，但這樣反而比較自然。

他們對於這起事件也感到驚訝。

「雖然之前就知道大師的力量，但沒想到那麼厲害。」第六部長是一名中年女子，她說話時，臉上帶著敬畏的表情，「大師也會不時賜給我意念，但我從來沒有感到不舒服，只覺得被一股溫暖包圍而已。只不過大師那天的樣子的確和平時不一樣，他的表情很可怕，送念的姿勢也好像很用力。第五部長從窗戶跳樓之後，他後悔莫及，說自己犯了大錯……」

「他當場就說要自首嗎？」

「對，但第一部長和第二部長說，要先和夫人商量，就把大師帶去了隔壁的房間。在警方的人抵達之前，他們四個人在討論這件事。最後，大師的意志堅定，還是自首了。」

草薙也見到了連崎的太太。他的太太叫佐代子，個子嬌小，五官端正，看起來很溫順樸實。她也是信徒，但教團規定連崎的家人無法擔任幹部。

「我先生真的很對不起大家，我不懂什麼大道理，但既然大師決定要自首，我只能接受。看到他回來時，我鬆了一口氣。」她說話的聲音很小，幾乎很難聽清楚。不知道是否習慣的關係，她在說話時也頻頻鞠躬。

湯川聽完草薙的話，故意打了一個哈欠。

「你對這些證詞照單全收嗎？果真如此的話，你們以後就別想再抓到任何兇手了。」

「我還沒說完呢，案發現場還有信徒以外的人，我也向他們瞭解了情況。」

「信徒以外的人是？」

「週刊的記者和攝影師，那天剛好去採訪。」

《試週刊》的記者名叫里山奈美，年紀大約三十歲左右，剪了一個像男生的髮型，臉上未施脂粉。

「我原本是想去採訪『苦愛會』是多麼不實的教團。」里山奈美坐在銀座的一家咖啡店內，露出想惡作劇整人的表情，「起初是我們編輯部收到了一封匿名的投書，問我們是否知道最近信徒人數暴增的宗教團體『苦愛會』。投書人在信中說，他的家人接連成為信徒，把家中的資產都捐給了那個教團，最後妻離子散。我稍微調查之後，的確聽到了一些可疑的消息。比方說，他們用很強硬的方式招募會員，或是把老人家所有的財產都以布施的名義搶走了，還有要求信徒用昂貴的價格購買奇怪的罈罐。雖然這樣說可能不太好，但每一個宗教團體不都或多或少有這種事嗎？所以我原本覺得不值得特別報導。」

後來是因為信徒的話，讓她改變了想法。

「我採訪了超過十名信徒，每個人都對連崎至光深信不疑。既然他們是信徒，這也是理所當然的事，但他們並不是盲目信仰，而是充滿了確信。每個人都對我說，大師的能力貨真價實，妳最好也讓大師賜念。我很納悶，到底怎樣才能讓那些信徒這麼死心塌地，所以決定直接採訪教主。」

據里山奈美說，對方起初以「只有信徒能夠參加送念」為由，拒絕接受採訪。但隔了一陣子之後，「苦愛會」主動和她聯絡，說她可以去採訪信徒修行的情況。雖然覺得既然看不到連崎送念，去了也沒有太大的意義，但還是覺得不妨去瞭解一下情況，於是就帶著攝影師前往。沒想到去了之後，發現道場內幾乎沒有信徒。問了幹部之後，才知道幹部要在「淨化空間」召開臨時會議，所以修行中止了。

既然已經來了，當然不能空手而回。於是里山奈美就提出要求，希望可以一起參加會議。雖然幹部面露難色，但似乎獲得了連崎的首肯，他們就一起參加了會議，因此在案發當時，他們也在現場。

里山奈美的眼神嚴肅起來。

「那是真的，起初我還以為是在演戲給我們看。在那個第五部長痛苦得滿地打滾時，我也冷眼旁觀，覺得他的演技太逼真了。但是——」她搖了搖頭，「那絕對是真的，連崎至光沒有碰第五部長一根手指頭，第五部長就慘叫著開始失控。這是我親眼看到的，絕對不會錯。連崎至光只是一直坐在上座，甚至沒有站起來，怎麼可能把第五部長推下樓？」

臨別時，里山奈美語帶興奮地說，下一期的週刊將詳細報導這起事件，敬請期待。

「我也問了攝影師，內容幾乎一致。攝影師給我看了當時拍的照片，女記者說的話並沒有虛構或是誇張。」草薙看著已經喝完咖啡的馬克杯杯底，結束了這番話。

湯川站在流理台前，正在泡第二杯即溶咖啡，一邊攪動著小茶匙，一邊轉過頭說：

「聽你剛才說的內容，似乎沒什麼可質疑的地方。如果是強迫對方跳樓，當然另當別論，問題在於只是追究對方盜用公款，這起案件根本無法成立。我相信你比我更清楚這件事。」

「你也這麼認為嗎？看來這不是物理學的問題，我也這麼想。不好意思，打擾了。」

草薙說完，站了起來。

「只不過那個教主還是團長什麼的，那個人的運氣真好。」

「什麼意思？」

「難道不是嗎？就好像我們剛才也聊到，如果當時只有信徒在場，警方會相信嗎？通常會懷疑一定有人把被害人推下樓。這麼一來，就會傷害教團的名聲，搞不好還會有人因為冤罪遭到逮捕。」

「我也想過這個問題，時機未免太湊巧了，我甚至懷疑，那個週刊記者和攝影師也是他們的同夥。」

「可見事實並非如此。」

草薙點了一下頭。

「記者和攝影師在這次採訪之前，都和『苦愛會』沒有任何交集，也沒有利害關係，可以說，共犯的可能性等於零。」

「既然這樣，」湯川拿著馬克杯，坐在椅子上，「不光是我，也輪不到你插手。」

「應該是這樣吧。」草薙輕輕揮了揮手，走向門口。

4

雖然是同一個房間，但只是因為坐在房間的中央，感覺就完全不一樣。也許是因為今天只有自己一個人的關係。當時，有十名幹部背對著兩側的牆壁坐在這裡。

里山奈美再度造訪了「苦愛會」的總部，當然是為了進行追蹤報導。

上次的那篇報導獲得了主編的稱讚，昨天發行的《試週刊》大篇幅刊登了她寫的報導。報導的標題是「隔空推人　新宗教教主的驚人力量」。其實原本的標題是「隔空推人墜樓身亡」，但在校對時換了標題。因為編輯部打算持續報導這件事，考慮到日後的採訪工作，必須避免引起「苦愛會」的不滿。

隨著輕微的動靜，前方的拉門打開了。和上次一樣，身穿白色工作服的連崎至光走了進來，臉上帶著平靜的笑容。

連崎向掛在上座的「苦愛星」行了一禮之後，對著奈美的方向盤腿而坐。

「我看了週刊的報導，聽說是妳寫的？」

奈美忍不住縮著肩膀問：「是不是哪裡讓您不滿意？」

「沒有，」連崎偏著頭，「我只是很佩服，妳的文筆很好，文字讓人身臨其境。只是下次希望不要再提到我以前的名字，關於我的經歷，也不要再寫簡介內容以外的事。」

「好，真的很抱歉，我以後會小心。」奈美頻頻鞠躬道歉。

「週刊的銷量如何？」

「託您的福，賣得很好。」

「是嗎？我們也接到不少洽詢的電話。說起來真諷刺，教團不是因為腳踏實地的傳教活動，而是因為教主犯錯而聲名大噪。」連崎悵然地垂下了眼睛。
「那算是犯錯嗎？我認為犯錯的是第五部長中上正和。」
「不不不，」連崎搖著頭，「他的確犯了錯，但並不能殺了他。雖然當時我並沒有想要殺他，但考慮到自己的力量，應該手下留情。如果因為太憤怒而失去控制，我就沒資格當教主，也沒有資格繼續主持這個教團，必須立刻解散。」
奈美驚訝地瞪大了眼睛，「教團要解散嗎？」
「我是這麼想的，只是那些弟子苦苦哀求，說他們的心靈還沒有完成淨化，仍然需要我的意念，希望我改變心意。我不知道該怎麼回答。我去警局自首，警方也請我離開，我到底該怎麼辦呢？」連崎說完，重重地嘆了一口氣。
看著連崎，奈美覺得那是被上天賜予巨大力量的人特有的苦惱，她很想知道那到底是怎樣的力量。
「請問，」她誠惶誠恐地開了口，「我今天登門拜訪，是有一事拜託。可不可以請您在我面前展示一下這種能力。」
連崎詫異地皺起眉頭。
「妳上次應該已經看到了，正因為如此，妳才能寫出那篇報導，不是嗎？」
「不，我希望不是看而已，而是想親身感受。啊，也許不應該說是身體感受，而是心靈感受。」
連崎露出了苦笑。
「在警局時，刑警也說希望在他身上試試這種力量。」
「您對刑警發功了嗎？」

連崎搖了搖頭。

「怎麼可能在偵訊室做這麼神聖的行為？而且對方只是好奇而已。因為拒絕也很麻煩，所以就對他做做樣子而已。結果刑警說完全沒有感覺，似乎很不滿意。」

「我並不是因為好奇才提出這樣的要求，是真心想要感受這種力量。感受這種力量之後，也許我自己會有某些改變。拜託了。」奈美雙手伏地，鞠躬說道。

連崎重重地吐了一口氣。「請妳把頭抬起來。」

奈美抬起頭，他露出親切的微笑說：

「好吧，妳和那名刑警不一樣，那就小試身手一下。可以請妳把後面的窗戶打開嗎？」

「好。」奈美回答後站了起來。窗外是一片周圍的街景，冷風吹了進來。

奈美走回原來的位置坐好。

「請妳稍微挺直身體，但盡可能放鬆全身的力氣。」

奈美按照他的指示放鬆了身體，連崎露出嚴肅的表情，雙手朝向她，閉上了眼睛。

但是數秒之後，嘴角露出笑意。

「妳有很多煩惱，也有相當多謊言和秘密。」

「啊，被您發現了嗎？」

「這件事本身無可厚非，就好像空氣清淨機雖然會吐出乾淨的空氣，但裡面的濾網越來越髒。同樣的，我們活在世上，心靈的濾網會不斷累積汙穢，本教團的目的，就是慢慢把心靈的濾網清乾淨。」

連崎再度露出嚴肅的表情說：「繼續保持剛才的姿勢。」

奈美坐直了身體，放鬆了肩膀的力量。連崎像剛才一樣，雙手朝向她，閉上了眼睛。在他維持這個姿勢幾秒鐘後——

奈美突然覺得被一股溫暖包圍。她因為太驚訝，忍不住輕輕叫了出來，癱坐在那裡。

連崎睜開眼睛，放下雙手問：「妳似乎有感覺了。」

奈美的頭上下移動了好幾次，她一時說不出話。

「我……感覺到了，的確感覺到了。我覺得身體好像變溫暖了。」

連崎點了點頭，「妳已經感覺到意念了，妳的心靈得到了淨化，雖然只淨化了一點而已。」

奈美突然感受到一股難以形容的感覺，淚水沒來由地從臉頰滑落。

「謝謝。」奈美深深地鞠了一躬。

5

因為間宮說想看，草薙把週刊拿到間宮的桌子前。那是昨天出刊的《試週刊》。間宮戴起老花眼鏡看了起來，但立刻「哼」了一聲，把雜誌丟在桌上。

「根本在大肆吹捧連崎至光，簡直把他當成有特異功能了。」

「我覺得他們打算繼續炒這個話題，」草薙說，「文章的最後寫著，這個教團值得在近期持續關注，恐怕近期就會有後續報導。」

「嗯，反正這和我們沒關係，」間宮指著雜誌上刊登的照片說：「拍得很不錯啊，只要看這張照片，就可以清楚知道，根本沒有人碰被害人，是他自己跳出窗外的。」

「是啊。」

間宮說得沒錯。中上正和轉過頭，好像在逃避什麼，而且雙手好像在保護身體，不顧一切地衝向窗戶。這就是之前向攝影師田中瞭解情況時，他出示的照片。

「聽說轄區打算以自殺結案。」

「是啊，他盜用公款被人發現，在情急之下跳樓——聽說會用這種方式結案。」

「是嗎？對你來說是好事，不必捲入這種麻煩事。」

「也對啦。」草薙拿起週刊，捲了起來。

「怎麼了？有什麼不滿意嗎？」

「那倒不是……股長，你有沒有看網路？」

間宮立刻皺起了眉頭。

「你是說網際網路嗎？沒辦法，我和那種東西合不來。」

「是嗎？昨天開始，『苦愛會』的搜尋次數直線上升，顯然因為這篇報導而受到了矚目。」

間宮抬起頭，用力瞪著他問：

「他們應該沒有和週刊勾結吧？還是教團故意引發那起事件，讓信徒自殺的真正目的，是為了宣傳？」

「我並不是這個意思……」

間宮用力搖著手。

「雖然當初是我命令你去參與這件事，但並非出於我本意。你不必想太多，趕快擺脫這種麻煩的案子，知道了嗎？」

「知道了。」草薙回答後，走回自己的座位。手機立刻響了起來。低頭一看，原來是轄區警局的藤岡打來的。之前他們互留了電話。
藤岡在電話中說，有重要的事要談，問他可不可以見面。於是，草薙和他約定晚上見面後，掛上了電話。

他們約在虎之門的一家居酒屋見面。因為有包廂，所以很適合密談。
藤岡已經先到了。他今天穿著深藍色西裝。
「不好意思，特地把你約出來。」藤岡點了生啤酒和幾道菜之後，向草薙道歉。
「不，那倒沒關係，請問是什麼重要的事？」
「嗯，」藤岡微微探出身體說：「我們接獲了線報。」
「線報？」
「我們接到了告密的電話。打電話的是一個男人，自稱是『苦愛會』的信徒。據那個男人說，盜用公款的不是中上，而是其他幹部。雖然負責會計工作的中上不可能不知道，所以也得到了一些蠅頭小利，但他只是被人利用，主謀另有他人。」
「主謀是誰？」
藤岡壓低了聲音說：「第一部長和第二部長。」
「我記得第一部長姓真島，第二部長……」
「姓守屋，叫守屋肇。」
「請等一下，那個告密的人怎麼會知道這些事？」
「他說，是中上親口告訴他的。中上似乎對真島和守屋相當不滿，最近還曾經抱怨，說自己幫那兩個人做事太不值得了。」

「既然這樣，只要告訴教主連崎，不就解決問題了嗎？」

「問題就在這裡。告密者說，連崎知道那兩個人的行為，雖然知道，卻睜一隻眼，閉一隻眼。『苦愛會』成立時，真島和守屋就是連崎的弟子，但也有人說，是他們慫恿原本是氣功師的連崎成立教團，連崎也不能對他們採取強硬的態度。中上也知道這件事，所以就不曾告訴連崎這些事，但他打算脫離『苦愛會』。」

「脫離？離開教團之後，他打算做什麼？」

「投靠其他宗教團體。」

「其他的？」

草薙問這句話時，店員送生啤酒進來。兩個人沒有心情乾杯，默默喝了起來。

「草薙先生，你知道『守護的光明』嗎？」

「喔，曾經聽過。」

「那是十多年前就成立的宗教團體，這也是可疑的團體，但會員人數還不少。只不過他們和『苦愛會』的活動範圍重疊，這幾年都會相互搶會員。中上似乎打算離開『苦愛會』之後，加入那個團體。」

草薙搖了搖頭。

「還真是沒節操，信仰應該不能這樣輕易改變吧。」

「對他們來說，宗教就是生意。只要能夠賺錢，改變信仰根本無所謂。據那個密告者說，中上和『守護的光明』之間已經談妥了，接下來只等中上選擇某個時機離開『苦愛會』，而且到時候，中上會帶幾名信任他的信徒一起過去做為伴手禮。」

「原來是這樣，嗯，這種事並不意外。」

這時，點的菜送了上來，他們的談話再度中斷。

「你看《試週刊》了嗎？」店員離開後，藤岡問道。

「看了，報導的內容和證詞相同。」

「但你不覺得很奇怪嗎？根據報導，連崎隻字未提盜用公款的事，只是責備中上不應該背叛了他。」

「的確……」

「連崎說的背叛並不是指盜用公款，而是投靠『守護的光明』這件事。是為了讓其他幹部和信徒知道，他無法原諒這種背叛，所以才殺雞儆猴，對中上做那種事。但想到萬一事情曝光，會影響教團的形象，才把盜領公款的事嫁禍給中上。你覺得這種推理如何？」

草薙吃著菜，點了點頭，「很合理啊。」

「對吧？」藤岡露出得意的表情，「可見並不是自殺。」

「但即使是這樣，警方也無能為力，更何況也很難把這起事件視為他殺，因為連崎根本沒碰中上。」

「正因為這樣，我才會來找你商量啊。你不是很擅長這種類型的案子嗎？你有沒有什麼好點子？」

「我之前也說了，並不是我厲害，只是有朋友剛好是物理學家，但對方根本不理我，說這不是物理學的問題。」

「是嗎？」藤岡垂頭喪氣，「但我還是無法接受……」

我也一樣啊。草薙很想這麼說，但最後還是忍住了。因為他想起間宮叮嚀他，不要再插手這件事。

6

今天的第五名諮商者，是一個六十多歲的男人。他在申請書的職業欄內填了「商」。雖然他身上沒什麼高級貨，但衣著打扮很不錯，真島猜想他手上應該有不少錢。

真島把他帶到「淨化空間」。房間內的窗戶敞開著，中間放著坐墊。

「請你跪坐在那裡稍候片刻，大師很快就會進來。」

諮商者聽到真島這麼說，一臉緊張地坐在坐墊上。真島也留在房間內，背對牆壁跪坐著。

不一會兒，前方的入口打開，「苦愛會」的教主連崎至光走了進來。諮商者深深鞠了一躬。

「請抬起頭。」連崎在上座坐下之後說道，「你似乎很煩惱啊。」

「是。」男人回答，「我已經不知道該怎麼辦了。我聽朋友的建議，去買了股票，也開始做生意，但做什麼都不順利，我擔心這樣下去，退休金很快就會賠光，整天坐立難安，所以來向大師請益……」

真島在一旁聽了，忍不住竊笑。雖然他投資股票和做生意都失敗，但並沒有把退休金敗光。

「好，那我先看一下。」連崎說完，閉上了眼睛，將雙手手心朝向男人，但立刻睜開眼睛，露出驚訝的表情，語氣凝重地說：「沒錯，真的不太妙。」

「怎麼了？」諮商者問道，他的臉上已經露出了不安的表情。

「你年輕時，似乎交了不少好運。」連崎說。

「嗯，不，有嗎？」男人偏著頭，「我倒覺得自己吃了不少苦……」

「應該不是只有吃苦而已吧？一定曾經有過幾件好事，你只是忘記了。不是嗎？如果全都是不好的事，你不可能有今天。」

「嗯，也對啦，也是有幾件好事……」

「問題就在這裡。你認為只有自己吃了很多不必要的苦，但事實並非如此。當然不可能這樣，其實你得到周遭的人很多幫助，所以遇到了很多幸運的事，但你因為目前身陷痛苦的狀況，所以看不清楚。我們稱這種狀況為心靈累積了汙穢，因為這種汙穢，才會引起目前的不順利，首先必須去除這些汙穢。」

真島在一旁聽著，忍不住對連崎的舌粲蓮花感到佩服。先問諮商者，是否曾經交了不少好運，如果對方很乾脆地點頭，就告訴對方，是因為這個原因，導致心生大意，心靈累積了汙穢。無論諮商者如何回答，連崎都可以不慌不忙地引導向自己的結論。雖然連崎一無是處，但他的口才始終讓人嘆為觀止。

「那我該怎麼辦？」男人問道。聽這句話就知道，又釣到了一尾大魚。

「那我先為你送一點念，身體請放輕鬆。」連崎一如往常地擺出送念的姿勢。

「啊！」那個男人立刻輕輕叫了一聲，納悶地看著自己的身體。

「怎麼樣？」連崎問。

「我覺得身體剛才好像有一下子變熱了。」

「這很正常，這代表你心靈的汙穢有一小部分得到了淨化。只要持續，就可以再像以前一樣好運連連。」

男人雙眼發亮，深深鞠著躬，幾乎把頭磕到了地上。

搞定了。真島在心裡嘀咕道。入會的會費和修行費總共一百二十萬圓。應該可以從這個男人身上榨取更多錢。真島打算向他推銷售價五十萬圓、烙上了「苦愛星」圖案的罈子。

兩個裝了純酒的杯子在半空中相碰。

真島喝了一大口單一麥芽威士忌後，吐出一口熱氣。坐在對面的守屋也露出滿足的表情。

他們正在四樓的客廳喝酒，有時候也會找幾名女信徒來陪酒，但今晚只有他們兩個人。

「真沒想到事情會這麼順利。」真島看著放在桌上的名單說道，「短短這幾天，就有超過五十個人入會，光是入會的會費就有五千萬的收入，這就是所謂笑得合不攏嘴了。」

守屋把威士忌咕咚咕咚地倒進自己的杯子。

「我也嚇到了。中上跳樓死了的時候，我還以為這下子一切都完了。沒想到結果竟然因禍得福，非但沒有完蛋，反而一切都如連崎的預料。」

「那傢伙真的太厲害了。」真島發自內心地說，「我當時腦筋一片空白，那傢伙卻很高興，說這是最具有震撼力的宣傳，我深深體會到，千萬不能和那傢伙作對。」

「而且還有自首這一招。我知道在那種情況下，教主去自首，媒體一定會爭相報導，但我很懷疑是否真的能夠提升『苦愛會』的形象。雖然應該不至於被追究罪責，但畢竟死了人，還是不太妙啊。只不過既然連崎意志那麼堅定，我也不想反對。」

「沒有反對是正確的決定，」真島舉起杯子喝了起來，「因為這是在全日本宣傳，教主的力量千真萬確。既收拾了中上這塊絆腳石，又提升了教團的知名度，簡直是一石兩鳥，多虧了《試週刊》啊。」

自從《試週刊》報導之後，其他媒體也紛紛要求採訪，還讓其中幾名記者實際體驗了連崎的魔法。所有記者都大驚失色，興奮不已。他們的報導正在日本各地引起一股「苦愛會」的熱潮。

「對了，那家週刊的女記者最近每天都來這裡。」

真島聽了守屋的話，用力點著頭。

「她已經變成了忠實的信徒，聽說下一期週刊也將持續報導教主大人的威力。」

守屋笑得東倒西歪。

「真是太好了，那個女人的身材很不錯。真島，你覺得怎麼樣？」

真島皺著眉頭，搖了搖手。

「我不喜歡那種運動型的女人，如果你喜歡，就隨意吧。」

「是嗎？那我就不客氣囉。」

「話說回來，」真島壓低了聲音，「中上那件事，應該沒事了吧？」

「絕對錯不了，雖然那個姓藤岡的刑警還在到處打聽，但沒有掌握任何關鍵性的證據，應該會以自殺結案。」

「聽你這麼說，我就放心了，這下子可以高枕無憂了。接下來就只剩下『守護的光明』了，他們竟然想讓中上倒戈，真是太不把我們放在眼裡了。」

「他們這幾年的信徒人數大為減少，所以才會不擇手段。但是，不必擔心，這次的事件對我們徹底有利，他們非但搶不走我們的信徒，反而成為我們搶他們信徒的大好機會。」

「我也正這麼想，但那幾個原本打算和中上一起去投靠『守護的光明』的傢伙要怎麼處理？」

「別管他們就好，沒事啦，他們見識了連崎至光的力量之後，已經打消了倒戈的念頭。」

「奸細向你報告的嗎？」

「是啊。」

真島搖晃著杯子裡的冰塊，露齒而笑說：

「那就放心了。話說回來，那些信徒還真蠢，為什麼沒有想到，奸細可能就在自己身邊呢？」

「正因為是信徒，所以簡單的把戲也可以把他們騙得五體投地。」守屋說著，露出一口黃牙笑了起來。

7

草薙有一個姊姊叫百合。接到百合的電話時，他正在咖啡店看最新一期的《試週刊》，上面有關於「苦愛會」的後續報導。這次的報導似乎也是里山奈美寫的。

「真傷腦筋。」百合在電話中說。

「怎麼回事啊？美砂的事嗎？」草薙提到了目前讀高中的外甥女的名字。她是家中的獨生女。

「不是，是奶奶。」

「奶奶？誰的奶奶？」

「我們家的奶奶啊，和我們住在一起。」

「喔。」草薙恍然大悟，「她怎麼會是妳奶奶，姊夫的媽媽是妳婆婆啊。」

「廢話少說，我家都是這麼叫的。這不重要，我有事要和你商量。」

「什麼事？婆媳問題的話，找我也沒用。」

「這種事，與其找你商量，還不如去找鄰居家的貓傾訴。不是這種事，是我家奶奶迷上了奇怪的東西，讓我很傷腦筋。」

「奇怪的東西？」

「就是『苦愛會』，你知道嗎？」

草薙看著手上的週刊。

「知道啊，最近不是很紅嗎？」他沒有告訴百合，自己負責偵辦這起案子，「妳婆婆迷上了那個宗教嗎？」

「對啊，她朋友找她一起去參觀，結果她就無法自拔了，吵著要加入，而且還勸說我和我老公也一起加入，說什麼我們生不出老二，就是因為心靈累積了太多汙穢。」

「你們想要生老二嗎？」

「不想啊，都一把年紀了。你知道嗎？『苦愛會』的入會會費就要一百萬。雖然奶奶怎麼用她自己的錢，是她的自由，但我覺得她鐵定被騙了。」

「嗯。」草薙低吟了一聲，「有可能。妳要我怎麼做？該不會叫我去勸退妳婆婆吧？」

「你有本事勸退她，當然感恩不盡，但你不可能啦。所以我在想，可以找你那個朋友幫忙。」

「哪個朋友？」

「就是羽球社的湯川啊，我覺得他應該可以證明『苦愛會』是騙人的。」

百合知道草薙之前曾經多次借助湯川的力量破案。

「我認為不可能，因為我最近和他聊過這件事，他完全沒有興趣。」

「你別說這種話，去找他問看看，拜託你了。」

「嗯，那我下次見到他時會提一下。」

「不要這麼拖拖拉拉，我掛上電話之後，你馬上聯絡他，知道嗎？趕快說你知道了。」

「妳真煩啊，知道了啦。」

「拜託了，這件事就交給你囉。」百合一陣嘰哩呱啦，說得草薙耳朵都痛了，然後自顧自掛斷了電話。

草薙嘆了一口氣，打了湯川的手機。原以為他在上課，沒想到電話立刻接通了。

「草薙嗎？這次又有什麼事？」

「對不起，有點小麻煩。」

草薙把百合拜託他的事告訴了湯川。原本以為湯川會一笑置之，沒想到他的反應出乎意料。

「上次你來找我之後，我一直在意這件事。因為『苦愛會』也成為研究室的熱門話題，學生都在討論。既然我是指導教授，當然也要稍微關心一下，所以就熟讀了上一期和這一期的《試週刊》。」

「你想到什麼了嗎？」

「不，老實說，目前還沒有任何想法，只是我想要進一步瞭解詳細的情況。我看報導後發現，所有實驗者都感受到連崎的力量，而且感受的方式也幾乎相同。用我們的話來說，這種情況就是重現性很高。重現性很高的現象，一定可以從科學的角度加以說明。」

「我知道了，這個問題，我應該可以幫上忙，我該怎麼做？」

「首先，你可以讓我和那個週刊的記者見面嗎？報導中提到，她親身體驗過連崎至光的力量，我想瞭解當時的情況。」

湯川難得主動有興趣，草薙回答說：「我會想辦法。」然後就掛上了電話。

兩天後，草薙帶著里山奈美走進了帝都大學，攝影師田中也一起來了。

「太幸運了，我一直在找能夠用科學理論解釋連崎大師力量的人，但完全不知道該從哪方面著手，正在傷腦筋呢，剛好接到草薙先生的聯絡。」湯川一遞上名片，里山奈美立刻雙眼發亮地說。

「太好了，請坐，雖然這裡很髒。我馬上來泡咖啡。」

「不用泡給我們，我想要趕快請教你的意見。」里山奈美拿出了紙筆和錄音機。

湯川一臉為難地看向草薙後，嘆了一口氣。

「我有言在先，我目前還無法說明連崎先生的力量，所以才想和妳見面，瞭解更詳細的情況。」

「詳細的情況我都寫進報導了。」

「我看過了，但大部分都是定性的描述，沒有參考價值，我想瞭解定量的事。」

里山奈美似乎聽不懂這句話，微微偏著頭。

湯川站在黑板前，用粉筆畫了一個長方形。

「首先，請妳告訴我房間有多大，報導上說，房間內什麼都沒有，對吧？房間有多寬，長度大約有幾公尺？」

湯川又詳細問了上座的高度有幾公分，天花板的高度、牆壁的顏色、案發當時的人員配置等問題。里山奈美回想著當時的情況，一一回答，攝影師田中也不時補充。

湯川聽到連崎至光在送念後，都會打開後方的窗戶時，有了很大的反應。

「打開窗戶？為什麼？」

「為了排出心靈和靈魂的汙穢。」里山奈美斬釘截鐵地回答，「在接收大師的意念時，這種汙穢會排出體外，如果仍然留在室內，就會又回到身上，所以必須打開窗戶。」

「汙穢喔……」湯川難以苟同地看著黑板。

「心情真的會很舒暢，我可以感受到，每次接收大師送念之後，自己真的改變了。」里山奈美認真地主張。

「里山小姐，」草薙問：「妳不是只有接收過一次而已嗎？」

她看向草薙，有點得意地揚起下巴說：

「因為我向社會大眾正確介紹了教團的事，所以大師認定我為特別會員以表達感謝，不需要付入會的會費，就成為信徒了。」

「是喔……」草薙和湯川互看了一眼。

「報導中提到，妳覺得好像被一股溫暖包圍。」湯川說。

「對，雖然只是很短的一剎那，但感覺體溫上升了。」

「會不會是地板裝了暖氣？」草薙把想到的事說了出來。

里山奈美立刻瞪著他說：「才不是這種騙人的勾當。」
「嗯，暖氣應該不會這樣。」湯川的語氣很冷靜。
「就是嘛。」里山奈美恢復了笑容，「其他信徒說，那是比氣功更高層級的能量。」
「就是中國養生法的氣功嗎？」
「沒錯，大師以前是專門治療疾病的氣功師，我也認為是他的能力提升之後，才會有今天的力量。」
草薙看著湯川問：「氣功是這樣嗎？」
「我的確聽說過，很厲害的氣功師，只要把手對準某個部位，那個部位就會熱起來，據說是手掌會發出遠紅外線，但我不知道是否已經用科學的方法證明。」
「我認為大師應該達到了更高的境界。」
「遠紅外線……」湯川露出凝重的表情，「但遠紅外線不會把人從窗前推下去。」
「我覺得他當時看起來好像被什麼東西追趕。」攝影師田中突然開口說道。
所有人的視線都集中在他身上。
「這是怎麼回事？」湯川問。
「我覺得當時中上不像是自己跳下樓，而像是被什麼東西追趕，衝動之下才跳出窗外，就好像火災的時候，不是有人會跳窗嗎？差不多就是那種感覺。」
「火災嗎？」湯川小聲嘀咕著，陷入了思考。他抱著雙臂，站著那裡不動。
「那個……」里山奈美開口叫了一聲。
湯川突然放下手臂，看著草薙。
「你說之前在偵訊室接收連崎的意念時，完全沒有任何感覺，對嗎？」

「對，他說，沒有向他尋求救贖的人接收不到他的意念。」

「不，不是那樣。」里山奈美說：「大師曾經向我提過當時的事，他說只是假裝向你送念而已。因為無法在偵訊室做這麼神聖的事。」

「也就是說，只有在那個房間才能進行那種儀式。」湯川指著黑板上畫的房間示意圖說道。

「沒錯，只能在『淨化空間』進行。」

「原來是這樣。」湯川點了點頭，注視著里山奈美。

「果然有必要從科學的角度驗證，能不能以《試週刊》採訪的名義，讓我去調查一下？」

「啊，那務必麻煩你。」

「就這麼決定了。」湯川打了一個響指，「測量儀器和工作人員由我負責準備，反正有空的學生要多少，就有多少。」湯川滿臉興奮地說道。

「不，那個……不行。」里山奈美搖著雙手。

「不行嗎？什麼不行？」

「就是不能用科學的方式去調查。編輯部也曾經提出這樣的要求，我去和教團交涉，但對方說不行。」

「為什麼？」

「因為他們解釋說，這不是科學可以測量的，大師是訴諸諮商者的心靈，就好像科學無法瞭解人心一樣，科學的方法也無法測量這種力量，這麼做根本沒有意義。而且，如果有很多外人在場，大師會無法專心送念。剛才我之所以說正在找能夠用科學方式解釋這種現象的人，就是因為無法實際進行調查。」

湯川聽了她的說明，皺著眉頭坐在椅子上，再度陷入了思考。

8

奈美的手心冒著汗。可以做這種事嗎？她不由得感到不安，但同時對意想不到的發展感到興奮不已。

她目前正在「苦愛會」的總部，但今天不是獨自來這裡，湯川也在她旁邊。

「雖然之前就曾經聽說，沒想到真的很氣派啊，無論家具和擺設都是高級品。」湯川巡視室內後，慢條斯理地說道。

大理石桌子、真皮沙發，牆上掛著巨大的繪畫，架子上陳列著一排古董價值很高的陶藝品。奈美第一次走進這間會客室時，也曾經大吃一驚。

「全都是別人送的，信徒因為大師得到了救贖，所以就送這些禮物表達感謝。」

「沙發和桌子也是嗎？」

「家具應該不是。」

湯川站了起來，走到陳列陶藝品的架子前，隨手拿在手上打量。奈美忍不住提心吊膽，很怕他不小心打破了。

門打開了，第一部長真島走了進來。「不好意思，讓你們久等了。」他對奈美露出微笑後，用帶著警戒的眼神看著湯川。

湯川走回奈美身旁。

「真島先生，我為你介紹一下，這位是我們雜誌社的主編。主編，這位是『苦愛會』的第一部長真島先生。」

「我是橫田。」湯川自我介紹的同時，遞上了名片。這是向真正的主編要來的名片，只是並沒有告訴他真正的用途。如果主編知道的話，一定會大發雷霆。

「謝謝你們對里山的照顧，託你們的福，本週的週刊都賣光了，容我再度向你道謝。」湯川口若懸河地說道。他的演技很出色。

真島瞇起眼睛說：

「我們並沒有做什麼，對待里山小姐就和其他信徒一樣。我們也很感謝她正確介紹了我們教團。」

「身為主編，聽到你這麼說真是太高興了，謝謝。」湯川恭敬地鞠了一躬。

「呃，所以，」真島看了看奈美，又看了看湯川問：「你們今天來這裡，就是為了說這些嗎？」

「不，」奈美開口說道，「今天帶主編來這裡，也是為了私事。」

「妳的意思是？」

「由我來說明吧。」湯川說：「不瞞你說，我這一陣子的身體狀況不太理想，所以為這件事很煩惱。身體懶洋洋，腦袋也昏沉沉，而且食慾不振，還有失眠問題。我去看了醫生，醫生說身體沒有任何異常。於是里山建議我，不妨來這裡請大師看一下。」

「喔喔，」真島回答說，「所以是想接收大師的意念？」

「不行嗎？」湯川問。

真島搖了搖頭。

「沒這回事，我們隨時做好了接納所有人的準備，更何況是里山小姐的上司，當然不可能見死不救。請稍候片刻，我去徵求一下大師的意願。」說完，他走出了房間。

奈美默然不語地等待真島回來，因為湯川叮嚀她，要極力避免說任何不必要的話。雖然他沒有說出口，但似乎考慮到這裡有可能裝了竊聽器。

不知道最後會是怎樣的結果。她暗自想著，同時回想起在帝都大學的對話。湯川得知教團不同意接受科學調查後，提出自己可以找個理由成為被實驗者。不管找什麼理由，一旦教團方面知道他是物理學家，必定會不高興。沒想到湯川竟然提議，他可以假冒是《試週刊》的主編。如果他是主編，的確可以順理成章地和奈美一起去拜訪教團。

奈美猶豫了很久，最後決定接受他的提議。雖然不忍心欺騙連崎，但她更希望湯川能夠解析連崎的力量。她認為自己並不是純粹的信徒，因為她無法戰勝身為記者的好奇心。

不一會兒，真島走了回來。

「我已經和大師談過了，大師說，既然這樣，可以立刻見你。真是太好了。」

「感謝大師的盛情。」湯川起身鞠了一躬。

他們跟著真島，搭電梯來到五樓，「淨化空間」位在鋪著地毯的走廊深處。

「請在這裡稍候。」真島打開拉門後說，然後伸手準備接過湯川的皮包，「我為你寄放皮包。」

奈美緊張地看著湯川。

「不，不用了，我可以自己拿。」湯川說。

真島搖了搖頭，雖然他臉上帶著笑容，但眼神很銳利。

「不必要的東西不得帶進『淨化空間』，這是規定，請你諒解。」

湯川眨了眨眼，「無論如何都不行嗎？」

「麻煩你了。」真島微微鞠躬。

湯川沉默片刻，思考了一下後，打開皮包，從裡面拿出一本很薄的大學筆記本。

「請同意讓我帶筆記本，因為我想把大師說的話記下來。」

真島遲疑了一下，隨即點了點頭，「好吧。」

湯川把皮包交給真島後，走進室內。奈美也跟在他身後。

房間內靜悄悄的，除了中央放著坐墊以外，沒有任何東西。窗戶已經敞開著。

「那就是『苦愛星』嗎？」湯川看著掛在上座牆上的標誌。

「是啊。」奈美回答。

「圖案很簡潔。咦？上面好像用小字寫了什麼，妳去看一下。」

「啊？我嗎？」

「對啊。」湯川用眼神示意她趕快去看。

奈美有點猶豫，但還是走到高台上。雖然只有數十公分的高度，但站上去之後，發現離天花板很近，甚至可以俯視高大的湯川。她忍不住想，原來連崎平時都是從這個角度看信徒。

她看著「苦愛星」，那是星形的鏡子，上面並沒有寫字，只看到自己的臉。

「沒有寫任何字啊。」她說。

「是喔。」湯川很乾脆地回答，「那算了。」

搞什麼嘛。奈美走下來時，忍不住想道。隨即聽到了腳步聲，奈美慌忙在牆邊坐了下來，看著湯川的臉，指著坐墊。於是，他也跪坐在坐墊上。

前方的門打開了，身穿工作服的連崎走了進來。他用眼神向奈美示意後，注視著湯川，走到高台上。他像往常一樣，對著「苦愛星」行了一禮後，在正中央盤腿坐了下來。

這時，奈美發現剛才那本筆記本直立地放在高台前方，剛好在連崎坐的位置的正下方，連崎當然看不到。

「好，」連崎開了口，「我已經聽真島說了，聽說你最近為自己的身體狀況很苦惱。」

「是啊，很傷腦筋。」湯川說：「希望你可以幫我。」

「嗯。」連崎點了點頭，閉上眼睛，把雙手輕輕放在胸前之後，身體好像有點嚇到似地抖了一下。

「不妙喔。」他睜開眼睛說，「你的心靈累積了不少汙穢。這麼說或許有點失禮，你至今為止的人生中，似乎經歷了不少事。」

「喔，是心靈的汙穢嗎？」湯川摸著自己的胸口。

「不必感到羞恥，活在這個世上，想要維持純潔的心並不是一件容易的事，但如果心靈的汙穢不及時清除，就會很危險，因為會慢慢侵蝕身體，就好像我們操心很多事，就容易胃痛一樣。幸好你今天來這裡，差一點就為時太晚了。」

「情況這麼糟嗎？」湯川瞪大了眼睛。

「不必擔心，我可以為你消除心靈的汙穢，只不過可能會花一點時間。因為你這麼多年，累積了大量汙穢。對了，你已經決定要入會了嗎？」

「還沒有，我打算體驗一下之後再決定。」

「原來是這樣，」連崎的嘴角露出笑容，「看來你還在懷疑。」

「不，絕對不是。」

「沒關係，大家都一樣。你先放鬆肩膀，整個人放輕鬆，我會向你送念，沒問題吧？」

連崎看到湯川坐直身體後，再度閉上了眼睛，對著湯川舉起雙手。那起事件發生後，奈美第一次看到別人接收連崎的意念。

湯川的臉色有了變化。奈美確信他感覺到了。

連崎放下手，睜開眼睛問：「怎麼樣？」

但是，湯川搖了搖頭。

「我也不太清楚，好像有感覺到什麼，但也可能是錯覺。」

「是嗎？那就再試一次。」

連崎又重複了相同的動作，湯川的身體稍微向後退。

「怎麼樣？」連崎笑著問道，似乎在說，這次應該感覺到了吧。

但是，湯川還是微微偏著頭。

「我不太清楚，因為我向來不太容易接受暗示。」

「暗示？」

「以前去採訪催眠術時，只有我完全沒有被催眠，對其他人造成了困擾。」

連崎臉上的笑容消失了，有點意外地瞪著湯川。

「你是橫田先生吧？你似乎誤會了，我所做的，並不是暗示或是催眠之類的事，而是給予你更直接的力量。」

「是嗎？那是不是我太遲鈍了？」

「好吧，那我再加強力道，你一定可以感覺到。」

連崎露出可怕的表情伸出雙手，但他沒有閉上眼睛，雙眼注視著湯川。

下一剎那，湯川「哇」地叫了一聲，整個人向後仰。他慌忙坐了起來，露出緊張的表情。

「這次終於感覺到了吧。」連崎得意地問。

湯川點了兩、三次頭，「感覺到了，的確……」

「這就是念力，我剛才對你送念，已經消除了你很多心靈的汙穢。怎麼樣？身體是不是覺得比原來舒服了？」

「聽你這麼說，好像是這樣。」

「對嘛，只要持續，身體一定可以恢復健康。我建議你馬上入會，持續接受送念。」

「好，我會考慮。」

「很好，那就改天見。」連崎站了起來，走出了房間。

「你還好嗎？」奈美問湯川。

他點著頭，走向高台，拿起了豎在那裡的筆記本。打開筆記本後，露出了滿意的笑容。

9

上午九點多，草薙、其他警視廳的偵查員和藤岡等轄區警局的刑警一起，進入「苦愛會」總部進行搜索。雖然有一般的信徒在道場內，但他們驚慌失措，完全沒有抵抗。

那些幹部強烈反彈，甚至還暫停電梯，阻止偵查員上樓。第一部長真島武雄和第二部長守屋肇試圖鎖住自己的居室所在的四樓樓梯的門。

草薙和其他偵查員在千鈞一髮之際，從門縫中擠了進去，按照事先的計畫衝上五樓，再根據事先準備的示意圖，進入了「淨化空間」和隔壁的房間。

連崎至光——他的本名叫石本一雄，和他的妻子佐代子在隔壁的房間，把他們帶走之後，草薙和其他人調查了牆壁旁的書架，在不明顯的位置發現了金屬配件，操作之後，發現書架可以向一旁移動。

藏在書架後方的裝置大小和五斗櫃差不多，有幾條電線和另一台放在地上的機器相連，儀器上有一塊三十公分見方的正方形板朝向牆壁。

那傢伙果然料事如神。草薙心想。

戶外正在使用那台裝置進行實驗。湯川不斷和鑑識人員溝通、測試，確認安全性。草薙和其他人則在不遠處看著。

湯川走了過來，「好，開始吧。」

「為什麼是我啊？」

「你不是要寫報告嗎？既然這樣，當然要親自體驗一下。好了，快做好準備。」湯川說著，指著放在地上的坐墊。其他偵查員和鑑識人員都笑了起來。

草薙皺著眉頭，脫下鞋子，坐在坐墊上。

湯川走了過來，遞給他一張明信片大小的紙。那張紙用保鮮膜包了起來。

「把這個放進胸前的口袋。」

草薙把紙放進口袋後，坐直了身體問：「這樣可以嗎？」

「ＯＫ，你做好心理準備了吧？」

「請你手下留情，因為畢竟是第一次。」草薙注視著放在兩公尺前方的四方形板。那是之前搜查教團時扣押的儀器。湯川說，那是一種天線，用電線和這塊板連結的四方形裝置則是電源。

「別擔心，首先會用普通的送念模式，開始囉！」

湯川說著，打開了電源。

「喔！」草薙忍不住叫了一聲。因為他瞬間感到渾身發熱。

「怎麼樣？」湯川問。

草薙點了點頭，「的確感覺到了，就像那些信徒說的一樣。」

「那接下來就正式開始實驗，這次可能會有點不太舒服。」

「你別嚇我。畢竟是來路不明的儀器——」

他說到這裡，突然「哇」地驚叫起來。因為他覺得身體突然發燙，好像身體前方被火燒到一樣。草薙無法維持原來的姿勢不動，忍不住倒向後方，但仍然無法擺脫灼熱的感覺，他不顧一切地逃走了。

這時，灼熱的感覺突然消失了，也一點都不覺得熱。他看著自己的身體，完全沒有燙傷。剛才簡直就像是中了邪。

「太厲害了，簡直就像被火包圍。」

「只要增加輸出功率，就會覺得更熱。」

「笨蛋，你饒了我吧。」

「啊呀，真是太厲害了。」藤岡說：「草薙先生，你是不是故意表現得有點誇張？」

「才沒有呢！如果你以為我是裝出來的，可以自己試試。」

「不，我還是算了。湯川老師，可以再麻煩你說明一下儀器的構造嗎？聽說和微波爐的原理相同。」

湯川點了點頭。

「這個儀器使用了微波，藉由高周波數的電磁波，刺激人體內所含有的水分。當水分開始激烈運動時，身體就會覺得熱。」

「不會對身體有危害嗎？」

「這個裝置只會對皮膚下數十微米產生影響，即使覺得熱，也不會留下傷痕，而且當調整輸出功率和通電時間時，身體會感受到不同程度的熱。在美國，曾經利用這個原理，開發了不會對人體造成傷害的鎮暴裝置，稱為主動拒止系統（Active Denial System）。」

「沒想到竟然用這種東西欺騙人，成為新興宗教的教主。應該可以認為中上是因為這個儀器，才會從窗戶跳樓吧？」

「當然是，因為感覺火從前方燒過來，所以會不假思索地向後逃，就像草薙剛才一樣。我是聽到攝影師說，曾有人在火災時從窗戶跳下樓，才有了靈感。在送念的時候都要打開窗戶，是為了避免微波照到窗戶玻璃。萬一玻璃表面有水滴，就會產生熱量，導致玻璃碎裂。」

「原來是這樣，我完全瞭解了——草薙先生，謝謝你，我回分局後，會向上司報告。」

「代我向刑事課長問好。」

「好。」

藤岡帶著下屬離開了，草薙也站了起來。

「剛才那張紙給我看一下。」湯川說。

草薙從口袋裡拿出那張用保鮮膜包起的紙，看到紙張表面，忍不住驚叫一聲。原本是白色的紙變成了黑色。

「和當時的紙一樣。」草薙說。

湯川和里山奈美一起去教團回來之後，給草薙看了一張紙。那張A4的其中一面變成了黑色。

湯川告訴他，那是熱感應紙，遇熱會產生反應，變成黑色。他用水沾濕後，以保鮮膜包起，夾在大學筆記本中，直立放在連崎坐的高台中央。湯川猜到教團可能使用微波在搞鬼，根據里山奈美告訴他的情況，猜想裝置可能藏在高台裡面。一旦微波通過那裡，感熱紙的水分就會加熱，表面就會變黑。

湯川說，他在放筆記本時，叫里山奈美站在「苦愛星」的前方。因為他看到那個標誌是用鏡子做的，察覺到那是雙面鏡，有人在鏡子後方監視。

草薙向間宮報告後，才終於進行了大規模搜索。偵查員也是因為事先知道裝置藏在哪裡，所以才會直奔「淨化空間」隔壁的房間。

10

進行完實驗的一個星期後，草薙特地去了湯川的研究室登門道謝。

「多虧你幫忙，高層都很滿意，謝謝你。」草薙把伴手禮放在工作檯上。這次他咬牙買了香檳王。「轄區警局也很高興，還說下次再遇到離奇的事件，也會找我商量。我已經說了好幾次，解開謎底的人不是我，他們還是搞不懂。」

「就當作是這麼一回事啊，但是，恐怕很難以殺人罪的罪名起訴吧？因為即使用微波照射，對方也不一定會跳樓。」

草薙皺著眉頭，點了點頭。

「很可惜，真的就像你說的那樣。中上的事件最多只能以傷害致死罪論處，但他們的罪行並不是只有這一條而已。詐欺罪一定可以成立，二課那些人都摩拳擦掌，一課這次也算是幫了他們的忙。」

「他們欺騙了很多人，必須受到相應的懲罰。所有幹部都知道微波的事嗎？」

「不，根據目前為止的調查，只有第一部長真島，和第二部長守屋這兩名幹部知道。第三部長以外只是懷疑其中可能有什麼機關，但並不瞭解詳情，甚至有人至今仍然相信連崎的能力。」

「所以，那些人無罪嗎？主謀是誰？果然是教主嗎？」

草薙搖了搖頭。

「他只是傀儡而已，只是遭到利用。主謀是他老婆佐代子，那個女人是這一切的元兇。」

湯川睜大了眼睛，「他老婆？」

草薙撇著嘴，點了點頭。

「沒錯，雖然說是他的老婆，但他們並沒有正式結婚。那個女人是天生的壞胚子，如果沒有遇到那個女人，他應該也不會走到今天這一步。」

草薙想起在偵訊室內偵訊佐代子時的情況。和第一次見面時的印象完全不同，她的眼中沒有任何感情，嘴上掛著冷笑。原本看起來很樸素的五官也變得很豔麗，就連身上的衣服也很華麗高雅，簡直就像毛毛蟲變成了蝴蝶。

對照她的供詞和從真島、守屋口中得知的事，草薙大致瞭解了「苦愛會」的實際情況。具體情況如下。

佐代子之前曾經和其他男人結婚，她的丈夫經營一家小工廠，在微波加工技術方面小有名氣。

但是，佐代子根本不愛那個男人，當初是為了錢才會嫁給他。而事實上，工廠當時的經營狀態也很理想。

但之後因為經濟持續不景氣，工廠也陷入了經營危機。佐代子受不了整天忙於家事又必須省吃儉用的生活，就離家出走了。

她靠在酒店上班維生，聽到丈夫因病去世後，立刻回到家中。因為他們並沒有離婚，所以她認為可以領到死去丈夫的保險金，同時認為應該會有一些遺產。

但其實在她離家之後，工廠的狀況每況愈下，不得不變賣土地和房子，只剩下少許現金，和丈夫直到臨死之前都在研究的儀器。

佐代子一籌莫展，找來了賭博時認識的真島。佐代子知道真島有管道可以將一些倒閉工廠的產業機器轉賣到東南亞國家，打算把丈夫留下的奇妙儀器賣點錢。

真島看了佐代子丈夫留下的使用說明書後，立刻決定放棄出售。佐代子問他原因，真島回答說，那不是產業機器。

「既不是工作機器，也不是計量儀器，如果硬要歸類的話，算是健康器具。」

真島說，使用這種機器發射的微波，可以促進人體的血液循環。試了之後，發現身體的確會變熱。佐代子的亡夫想到可以使用微波治療血液循環障礙，正著手準備申請專利。

但根據佐代子的亡夫留下的紀錄，發現並沒有醫學的根據，甚至有人認為微波之類的電磁波對人體有害。

於是，他們討論起是否能夠使用這些儀器大撈一票。只要說是針對癌症或是其他疾病的新型治療方法，一定會有來自全國各地的病人上門求診。

不，這種謊言很快就會被拆穿，最好把儀器藏起來。只要使用特殊材質的牆壁，就可以從隔壁房間發出微波。任何人在空無一物的空間內感覺到身體發熱，一定會很驚訝，所以不妨包裝成某種特異功能。

這時，和真島一樣在賭博時認識的守屋加入了他們。守屋曾經用裝神弄鬼的伎倆大撈一票過，也知道如何申請宗教法人。三個人以佐代子為中心，研擬了詳盡的計畫，打算創立一個新興教團，賣點當然是使用微波的機關，問題是由誰來擔任教主？他們不可能自己擔任教主，否則一旦出事，就無法順利脫身。

剛好在這時，佐代子認識了石本一雄。石本掛了氣功師的招牌，為病人治療疾病。有人說他的氣功很有效，但也有更多傳言說根本無效。

這個男人可以利用——佐代子第一次看到石本時就這麼覺得。石本的外表不錯，散發出知性的感覺，表演能力也很出色。最值得一提的，就是他自我陶醉的能力。佐代子雖然不相信氣功，但石本相信自己的能力，他並不覺得自己在欺騙病人，正因為這樣，他說話很有說服力，也能夠讓他人信服。

佐代子接近石本。單身的石本沒有和女人交往的經驗，青澀的他無力抵擋佐代子的誘惑，很快就上了鉤，拜倒在她的石榴裙下。

佐代子等到時機成熟後，向他提起創立教團的事。雖然石本起初有點猶豫，但佐代子吹捧說：「只有你才能成為教主」，便立刻躍躍欲試。佐代子也把真島和守屋介紹給他。

新興教團「苦愛會」就這樣成立了。苦愛並沒有特別的意義，只是把「苦」和「愛」這兩個字連起來而已。教主雖然是石本，但以佐代子為主，設計了教團的架構，「心靈的汙穢」和「送念」的字眼都是她創造出來的。也是她想出了連崎至光這個名字，命令石本改名。連崎是她婚前的姓氏，和前夫分居時，就使用這個姓氏，所以真島和守屋至今仍然叫她「連崎」。

他們在郊外租了一棟小房子後開始活動，微波裝置的威力超乎想像，眾人聚集，只要稍微表演一下，每個人都相信了石本，也就是連崎至光的特異功能。

他們僱用了抬轎人吹噓送念的效果，之後竟然真的有人因為送念而恢復了健康。這就是所謂的安慰劑效果。在那之後，就一帆風順了。他們製作了護身符和罈罐等開運商品，展示在集會的地方，即使價格驚人，也很快就一掃而空。他們僱用幽靈寫手，以連崎至光的名義出版的書籍已經有五本。每一本都是暢銷書。

教團總部在短短兩年之內，就從原本的小房子搬到了五層樓的大樓。幹部的人數也增加了，但這些新增加的幹部並不知道微波裝置的事，佐代子認為知道秘密的人越少越好。

教團的信徒人數成長順利，但最近陷入了停滯不前的狀態。靠口耳相傳吸引信徒無法持久，所以他們正在思考要用什麼方法增加知名度。

這時，他們發現信徒之間出現了奇妙的傳聞，說一部分幹部將教團的資產私有化。

顯然是指真島和守屋。

真島他們派了奸細調查放話的人和動向，最後驚訝地發現，傳聞的源頭是負責財務的中上正和，而且，中上已經決定帶著同夥一起投靠對手「守護的光明」教團。

怒不可遏的佐代子構想了一個大膽的計畫。她要讓中上體會一下連崎至光真正的力量，讓他牢記，絕對不允許他背叛。通常在送念時，會將微波的輸出功率調到最小，因為他們知道如果調到最大，會全身發熱，好像身陷火窟。

但是，她無意殺害中上，也沒有料到中上會跳樓自殺。佐代子和真島他們都極力主張這一點。

「他們的供詞雖然不自然，但很難推翻他們的主張。」草薙說，「因為就像你說的，這種殺害方式並不算是確實的殺人手段，不知道實際執行後，會有怎樣的結果。而且微波照射的範圍並不廣，只要往旁邊閃，就不會覺得熱了，不是嗎？」

「沒錯，」湯川點了點頭，「只不過不知道送念其實是微波的人，恐怕無法這麼冷靜應對。」

「所以並非只是嚇唬他而已，而是一開始就想要殺他，至少覺得他死了也沒關係。只要看到那個女人，你也會深信這一點，而且那個女人可怕的地方，在於還利用殺人行為來為教團進行宣傳。雖然她堅稱只是巧合，但我覺得邀請《試週刊》的記者一起參與，絕對是刻意安排的。」

「是那個女人在操作儀器嗎？」

「對，她躲在『淨化空間』隔壁的房間，正如你識破的那樣，她的確躲在雙面鏡後方，在觀察現場情況的同時進行操作。」

「是喔，剛才聽你的描述，她不像是甘於躲在幕後的人。」

「她並不認為自己是在幕後，自認是製作人。」

草薙再度想起佐代子的臉。

「太好玩了。」難得一見的蛇蠍女厚顏無恥地說，「不管是再怎麼懷疑的人，只要一碰按鈕，就可以讓他們改觀，馬上成為信徒，我們可以隨心所欲地操控每個人，即使不需要開口，他們也會主動捐獻，而且還對我們心存感激，我不由得深刻體會到，人真是太單純了。」

她說話時，完全沒有難過的感覺，可能是料到不會以殺人罪的罪名遭到起訴。在殺害中上時，她可能也覺得是在玩遊戲。

而且，佐代子甚至不承認自己犯了詐欺罪，她堅稱使用微波只是一種表演而已。

「這就像是教堂會彈風琴、唱聖歌一樣，只是為了讓信徒心情振奮的表演，為什麼不可以？」她咄咄逼人地反問草薙時，完全沒有任何罪惡感。

「看來這個女人真的很厚顏無恥，那教主大人呢？」湯川問，「他在一夜之間，就變成了詐騙犯嗎？」

「從某種意義上來說，也許他才是最大的受害人。」草薙說。

石本被帶進偵訊室時，似乎完全沒有意識到自己是詐騙集團的一分子，而且也不太清楚微波裝置的玄機。

「我只聽說那是輔助機器，只是為了讓我的力量發揮到極致的裝置。事實上，在使用那個儀器之後，的確拯救了很多人，我也實際感受到比只用氣功時，在精神上更加進化了。請你們轉告佐代子，不需要再用儀器了，我們可以重新開始，請你們把我的意思告訴她。」

所有的偵查員都以為他在裝傻，但在仔細聽他供述後，發現並不是這麼一回事。

「他相信自己真的有那種力量，真的可以拯救信徒，所以在發生那起事件時，他真的以為自己等於是殺了中上，所以也是真心說要自首。佐代子和其他人利用了他的這種想法。因為一旦教主自首，宣傳效果當然更加理想。他們一定認為不可能被定罪。聽拘留所的看守員警說，石本在拘留時，也一直都在冥想，看起來不像是裝出來的。」

湯川聽了草薙的話，露出沉痛的表情後，用指尖推了推眼鏡。

「原來並不是只有信徒被教團迷惑，教主比任何信徒都更深受其害。」

「就是這麼一回事。啊，對了——」草薙從口袋裡拿出一個信封，「這是我姊要我交給你的，謝謝你順利阻止了她婆婆受騙上當。」

「她不必這麼客氣，但裡面裝的是什麼票券嗎？」

「好像是，她說是什麼入場券之類的。」

湯川打開信封，拿出了門票。裡面還有一張字條。湯川看了字條，頓時瞪大了眼睛。

「是什麼？」草薙問。

湯川把門票出示給草薙，「全國占卜博覽會。」

「占卜？」

「字條上寫著，『這次的事，太感謝你了。聽說那裡的占卜很準，你可以帶女朋友一起去。』」

「那個笨女人……對不起，你丟進垃圾桶吧。」

「那怎麼行？不是很準嗎？太好奇了，那我就心存感激地收下了。」湯川把門票放進了白袍的口袋裡。

第二章 透視

1

要不要去續攤？湯川原本面無表情地喝著飯後茶，一聽到這句話，雙眼似乎有點發亮。

「我發現一家很不錯的店。」草薙做出喝酒的動作，「也許該說是一家好玩的店，無論如何都想帶你去看看。」

「是怎樣的店？」

「你去了之後就知道了，很值得期待喔，那裡有很多漂亮小姐。」

湯川的眉毛動了一下，「好吧，既然你這麼堅持……」

「今天我請客，謝謝你平時對我辦案的協助，你不必客氣，那就走吧。」

草薙說完，站了起來。

那家位在銀座的酒店名叫「豎琴」，位在一棟外觀華麗的大廈七樓。一走出電梯，剛好面對著酒店的入口。身穿黑衣的男子立刻上前打招呼。草薙來過幾次，男子可能已經認出他了。

「我為兩位掛外套。」黑衣男子說。

草薙脫下了米色風衣，湯川也把看起來很高級的黑色皮大衣交給了他。

這家酒店很大，共有三十幾桌，有七成的座位都坐滿了。黑衣男子把他們帶到角落的一張桌子。

他們剛坐下，草薙熟識的小姐伶華就跑來坐檯。她瘦瘦高高，但胸部很豐滿，她穿的那件強調乳溝的長裙很漂亮。

「歡迎光臨。」她鞠了一躬，在草薙旁邊坐了下來。

「他是我大學同學，但我現在不能介紹他的名字。」草薙對伶華說完，轉頭看著湯川說：「你也不要說自己的名字。」

湯川露出訝異的表情，「怎麼回事？」

「等一下你就知道了——那個小姐今天有來上班吧？」草薙問伶華。

伶華微微一笑。

「你是說小愛嗎？她在，要不要叫她過來？」

「好啊，拜託了。」

伶華叫來黑衣男子，向他小聲說著什麼。湯川一臉納悶地看著他們。

「你不是不相信特異功能嗎？」草薙說。

「不是不相信，而是沒有足夠的證據讓我相信。」

「不要說得這麼拐彎抹角，所以我想讓你見一位小姐。」

不一會兒，一個身穿和服、個子嬌小的女生走了過來。她的臉只有巴掌大，眼睛看起來特別大。「兩位好。」那個女生向他們打招呼。

「喔，小愛，歡迎歡迎，妳坐在這位先生旁邊。」

她在湯川的身旁坐了下來，自我介紹說：「你好，我是小愛。」

湯川滿臉疑惑地看向草薙。

「我就是想讓你見見這位小姐——小愛，上次的那個，拜託一下。」

「好。」小愛回答後，轉頭看向湯川。

「請問你有帶名片嗎？」

「名片？有啊。」湯川把手伸進西裝的內側口袋。

「請你先不要拿出來。」小愛制止了他，打開放在腿上的束口袋，從裡面拿出一個富有光澤的黑色信封，放在湯川面前。「請你把名片放進去，但小心不要被我看到。」

「這裡嗎？」湯川問道，然後拿起了信封。

「麻煩你了。放進去之後，告訴我一聲。」她把頭轉到一旁，背對著湯川，用手遮住了眼睛。

湯川訝異地看著草薙。

「反正你按照她說的去做就好了。」

湯川一臉難以理解的表情，把名片放進了信封，「放好了。」

小愛把頭轉了過來。

「那這個借我一下。」小愛從湯川手上接過信封後，看向坐在對面的伶華，「伶華，可不可以借用一下妳漂亮的胸部？」

「好啊，只要妳不嫌棄。」伶華用力挺出胸部。

「恕我失禮了。」小愛說完，把信封塞進伶華的胸口。

「到底在搞什麼名堂？」湯川不滿地問。

「別急別急，好戲還在後頭。」草薙說。

小愛再度打開束口袋，拿出一串佛珠套在手上，合起雙手。

「現在開始了，請兩位注意伶華小姐的胸口。」

湯川的眼神開始飄忽，草薙忍不住笑了起來。

「現在可以大大方方地欣賞伶華漂亮的乳溝，不必客氣啊，我也要好好欣賞。」

「草薙先生，你的眼神快著火了。」伶華笑了起來。
「好了。」小愛說著，抬起了頭，「我看到了。」
「看到了？看到了什麼？」湯川問。
但是，小愛沒有回答，把信封從伶華胸口抽了出來，交還給湯川。「請你把名片拿出來，收回原來的地方。」說完，她又把頭轉了過去，用手遮住了眼睛。
湯川聳了聳肩，把名片放了回去。「收好了。」
小愛轉過頭，對他嫣然一笑。「湯川先生，很高興認識你。」
這位物理學家頓時瞪大了眼睛，微微張著嘴。草薙見狀，拍著桌子說：
「太厲害了，簡直是傑作，湯川，竟然能夠讓你目瞪口呆。來，乾杯！」他舉起裝了兌水酒的杯子。
但是，湯川並沒有伸手拿酒，「妳怎麼會知道？」
小愛露出意味深長的笑容，偏了偏頭說：「你說呢？」
「為什麼？喂，喂，思考這種事，不是你的工作嗎？我有言在先，我可不是共犯。我沒有告訴這家店的任何人你叫什麼名字，也沒說今天要帶你來這裡。」
聽到草薙的挑釁，湯川皺著眉頭，沒有吭氣。他不知道想到了什麼，注視著伶華的胸口。
「這裡沒有機關。」伶華雙手捂住了胸口。
「啊，不好意思。」湯川慌忙移開了視線。草薙很少看到朋友這麼手足無措。
「其實我除了有透視能力，還可以看到一個人的過去。」小愛說。
「過去？」湯川臉上的表情更不安了。「怎樣看到？」

「比方說，」小愛把手放在湯川的肩上，閉上了眼睛，「你今天來這裡時穿了大衣，是黑色的皮大衣……義大利貨吧？」說完，她睜開了眼睛露出微笑，似乎在問：「怎麼樣？」

「喔喔，太精采了！」草薙在一旁說道。

湯川露出幾乎可說是沉痛的表情陷入了思考，但隨即似乎想到了什麼，抬起了頭，「原來是大衣。」他拉開上衣，指著內側說，「我的大衣內側繡了名字，妳來這裡之前，去看了我的大衣。」

「叮咚！」小愛輕輕搖著食指說：「答對了。」

湯川重重地吐了一口氣，終於拿起了兌水酒的杯子，「原來是這樣，我剛才完全上當了。」

「對不起，用這麼簡單的詭計糊弄你。」小愛微微欠身說道。

「不，詭計越簡單，越容易受騙上當，一旦謎底揭曉，就會覺得原來這麼簡單。科學的世界也一樣，越是乍看之下很複雜的問題，構造往往很簡單，過去也曾經有好幾件事證明，其實是人腦的頑固把問題複雜化了。比方說……」

湯川一如往常地聊起科學的事。他似乎因為解開了透視之謎，心情很放鬆。草薙看著朋友，忍不住竊笑起來，很慶幸自己今天帶他來這裡。

他們喝了一個小時左右，準備離開。「你真的不必跟我客氣。」草薙制止了一臉擔心的湯川，付了酒錢。

伶華和小愛送他們到門口，兩位小姐從黑衣男子手上接過大衣，站在他們身後，準備幫他們穿大衣。

「不必了，我自己來。」湯川從小愛手上接過大衣，穿在身上。

小愛向前跨出一步問：「湯川先生，我可以請教你一個問題嗎？」
「好啊。」
「你的名字是讀『manabu』，而不是『gaku』吧？」
「嗯，對啊……」湯川突然露出驚訝的表情，翻開了大衣內側。上面只繡了「湯川」的姓氏。
這位物理學家似乎臉色發白。因為他不記得剛才在店裡的時候，曾經提過「湯川學」這個全名。
「真是傑作啊，我第一次看到你露出這樣的表情。」草薙忍不住興奮起來。
小愛調皮地笑了笑，「帝都大學的湯川副教授，歡迎下次再度光臨。」
當然，剛才也完全沒有提到自己的身分。
湯川一臉茫然地站在那裡。

2

在草薙帶湯川去銀座的「豎琴」酒店後過了四個月，某一天，他又見到了相本美香，但起初並沒有認出她。一方面是因為那次之後，就沒再去過那家店，更因為她已經面目全非。
有人在荒川沿岸的草叢中發現了那具屍體。附近就是扇大橋，上方是首都高速公路的中央環狀線。一名退休的上班族在晨跑時發現了屍體。
屍體身穿黑色洋裝和黑色夾克，從盤起的頭髮和臉上的妝容，草薙猜想可能是酒店小姐，普通的粉領族也不會做那麼花稍的指甲彩繪，而且還戴著卡地亞的手錶。

現場沒有發現皮包、皮夾，以及其他可以瞭解她身分的東西，應該是兇手帶走了。

死因明顯是他殺。脖子上有勒痕，而且是掐死的痕跡，也就是說，不是用繩索勒死，而是被人用手掐死的。

屍體已經送去解剖，但在此之前，鑑識小組拍了幾張照片，其中有一張臉部特寫。草薙在轄區警局看到這張照片時，才發現了屍體的身分。

「酒店小姐？你常去的酒店嗎？」間宮看了看照片，又看著草薙的臉。

「也沒有常常去，只是去過幾次。那家酒店名叫『豎琴』，我認為應該是在那家酒店上班的小姐小愛。」

「沒想到晚上花天酒地，也有派上用場的時候。好，你去確認一下。」

「好。」

草薙撥打了伶華的手機，原本以為她還在睡覺，沒想到很快就接通了。因為他之前從來不曾打電話給她，所以她有點意外。

聽到草薙想要打聽小愛的電話，她露出驚訝的聲音。

「草薙先生，你喜歡小愛嗎？我完全不知道。」

「不是妳想的這樣，是為了工作。」

草薙之前只說自己是地方公務員，他在「豎琴」時所使用的名片上，也只印了這樣的內容，所以伶華聽到是為了辦案，驚訝地叫了一聲：「不會吧！那下次請你給我看一下警察證。」

「有機會的話。妳先把小愛的電話告訴我，另外，我還想知道她家的住址。」

「我只知道她的手機電話，經理應該知道她家的住址，要不要把經理的電話告訴你？」

「好啊。」

伶華把兩個人的電話告訴他之後問：「發生什麼事了？小愛怎麼了？」她似乎終於瞭解了事態的嚴重性。

「她昨天晚上有去店裡上班嗎？」

「有啊。」

「有沒有和妳坐在同一桌？」

「有啊，之後還一起去吃了消夜。」

「好。」草薙說，「等一下再見，我應該會去店裡。」

「是嗎？那我就等你囉。」伶華的聲音格外開朗。

「妳不需要用在上班時的聲音和我說話，我不是去喝酒。」草薙說完，掛上了電話。

幾個小時後，草薙坐在「豎琴」的吧檯座位旁。因為才剛開始營業，所以店裡還沒有其他客人。

「我完全想不到任何可能性，昨天她也像平時一樣，看起來精神很好。」戴著黑框眼鏡的經理連續眨了好幾次眼睛說道。他似乎還無法相信小愛遭到了殺害。

警方已經確認，屍體正是小愛——相本美香。她的手機不通，家裡的電話也沒人接，根據從她的幾件私人物品上採集到的指紋比對後，證實正是她。

「她有沒有和誰交往？」草薙問。

「不，」經理偏著頭，「應該沒有，我沒聽說過。」

「她有沒有什麼煩惱？或是被討厭的客人糾纏？」

「如果有這方面的問題，她應該會告訴我……」

經理說，小愛三年前開始在這家酒店上班。來銀座之前，曾經在六本木的酒店當小姐。雖然有幾個客人捧她的場，但並沒有聽說她和客人之間有深入的交往，而且和店裡的其他小姐關係也不錯。

草薙突然想到一件事。

「她不是經常會表演有趣的節目嗎？那個透視的魔術，是她自己想出來的嗎？」

經理點了點頭。

「沒錯，她剛來店裡時，偶爾會表演，許多客人都覺得很有趣，所以我們也很歡迎……」

「她很擅長各種魔術嗎？」

「這我就不太清楚了，但她只表演過透視，沒看過她表演其他魔術。」

「你應該知道那個魔術幕後的機關吧？」

「我嗎？不不不，」經理在自己面前搖著手，「我不知道，雖然我曾經好幾次拜託她告訴我，但她說，那是她重要的生財工具，不肯告訴我。我猜想應該沒有人知道，那個魔術和案情有關嗎？」

「不，」這次輪到草薙搖著手，「只是因為有點在意，所以順便問一下。」

「是嗎？因為真的很精采，她前幾天又表演了新的魔術。」

「新的魔術？」

「她之前不都是表演透視名片嗎？但那天她透視了客人皮包裡的東西。因為接連說中了客人皮包裡的東西，客人已經不是驚訝，而是感到害怕了。」

那倒是。草薙想道。其中到底是什麼機關呢？如今再也無法聽她親口說了，不由得感到遺憾。
草薙也向伶華瞭解了情況。她一開始就雙眼通紅。得知了小愛的事後，她傷心落淚。她說，簡直就像在做噩夢。
「昨天她也幹勁十足，很有活力。因為沒有第一次上門的客人，所以沒機會表演魔術，但她像平時一樣開心地聊天……我真的無法相信。」
「妳白天的時候說，妳們一起去吃了消夜。」
「對，和兩名經常來的客人一起去。有一家烤肉店營業到很晚，客人帶我們去了那家店。」
在那家烤肉店時也沒有發生什麼特別的事，在和諧的氣氛中吃了消夜。離開餐廳時大約凌晨三點半左右，客人順路送小愛回家。
「她在這家店和誰最要好？妳嗎？」
「應該是吧……」伶華回答時不太有自信，也許她為自己沒辦法為命案提供任何線索感到懊惱。
草薙問到小愛的男性關係時，伶華回答說，目前小愛應該沒有男朋友。
「但她有時候會和高中同學見面。」
「高中同學？是男生嗎？」
「對，但是，聽小愛說，他們不是男女朋友，只是普通朋友。」
「妳知道那個人叫什麼名字嗎？」
「對不起，這就不知道了……」伶華露出歉意的表情。
草薙也問了她，是不是知道透視魔術的機關。

「我不知道。這件事，小愛不願告訴任何人。」伶華的回答和經理相同。
「聽說她最近透視了客人的皮包。」
「對啊，那天她帶西畑先生進場。我也看到了，真是嚇了一大跳。」
「西畑先生？」
「是店裡的客人。那天和小愛一起看了電影，吃了晚餐之後來店裡喝酒。」
「看電影和吃飯嗎？簡直像在約會啊。那個人和小愛有什麼關係？」
伶華聽了草薙的問題，有點苦笑地搖了搖頭。
「應該沒有任何關係，好像是小愛約他看電影，但並不是因為她喜歡西畑先生，只是希望有人陪她看電影，對象不管是誰都沒問題。因為她也經常約其他客人一起去看電影，她說，最近她迷上了電影。」
「電影喔……」
「雖然她人很好，只是有時候不知道她在想什麼。草薙先生，你應該也瞭解吧？」
「嗯，是啊。」
「搞不好她真的有什麼神奇的力量，你覺得呢？」
「那就不知道了。」草薙只能偏著頭這麼回答。
從銀座回到分局後，間宮對他說：「你回來得正是時候，被害人的父母剛到，正等在會客室，你去向他們瞭解一下情況。」
「好。」
「高級酒店那裡的情況怎麼樣？有沒有掌握到什麼線索？」
「不，沒什麼特別的……」草薙偏著頭。

「既然是酒店小姐，應該曾經和一、兩個客人之間發生過什麼糾紛吧？」

「你說得這麼大聲，小心被投訴說這是職業歧視而產生的偏見。你那裡的情況怎麼樣，有沒有發現什麼線索？」

間宮立刻皺起了眉頭。

「目前既沒有發現兇手的遺留品，也沒有找到目擊證人，鑑識小組那裡也沒有什麼重大的消息。」他嘆著氣，把資料丟在桌上，資料中所附的照片中，有一張拍到了被害人的腳。

「這是什麼？」

「她的腳趾之間夾了類似香菸菸草的東西，這並沒有什麼特別，她在酒店上班，那裡應該有不少客人抽菸，她自己本身也可能抽菸。可能是菸蒂中的菸草不小心掉在腳上了，因為只有幾毫米而已，所以走路時，也不會感覺有什麼異狀吧。」

間宮的話很合理，但草薙無法立刻回答：「有道理。」因為他覺得哪裡不太對勁。他很快發現了其中的原因，立刻抬頭看著上司。

「怎麼了？」間宮問。

「她難道沒穿和服嗎？」

「和服？」

「她在店裡的時候，通常不是穿小禮服，而是穿和服。你等一下，我確認一下。」

草薙拿出手機，撥通了「豎琴」的電話，找到伶華，問了相本美香昨天穿的衣服。

她在店裡穿和服，但在離開店之前，去更衣室換了便服。

掛上電話後，他把情況告訴了間宮，但間宮露出「有什麼問題嗎？」的表情。

「穿和服時，腳會被和服遮住，而且還穿著和服襪，香菸的菸草根本不可能掉在腳上。」

間宮的嘴巴縮成圓形，好像在說：「喔！」

「那是什麼時候沾到的呢？」

「因為她又去吃了消夜，可能是在那家餐廳時沾到的，但如果不是……」草薙豎起了食指，「就是被害人被兇手掐死的時候。她死前應該曾經抵抗，在抵抗時，鞋子很可能掉落，也許在那時候沾到了地上的菸草。」

「你是說，兇手在棄屍時，直接為她穿上了鞋子嗎？」

「這種假設太牽強了嗎？」

「不，有可能。先請鑑識人員查一下香菸的牌子。」

「但那未必是兇手抽的菸，而且如果是很普通的牌子，恐怕無法成為線索。」不能抱有過度的期待。草薙打了預防針之後，走去會客室。

一個年約六十歲、穿著棕色西裝的乾瘦男人，和在白色襯衫外、套了一件紫色開襟衫的女人坐在會客室。正在向他們瞭解情況的轄區警局刑警，向草薙介紹說，他們是相本美香的父母，草薙有點困惑。因為那位父親沒有問題，但她母親看起來太年輕了，最多不超過四十歲，而且，五官漂亮，也很亮麗。

相本美香的父親叫勝茂，經營一家蔬果店。草薙向皮膚黝黑的他表示哀悼，但話還沒說完，他就迫不及待地問：「這是怎麼回事？到底發生了什麼事？」

「目前還不瞭解具體的情況，」草薙坐直了身體回答，「因為我們才剛開始偵辦這起案件。目前只知道令千金遭人殺害，所以想要向兩位瞭解一些情況。請問你們最近有沒有和美香小姐聯絡？」

相本夫婦聽到這個問題，有點尷尬地互看了一眼。

「你們平時很少聯絡嗎？」草薙輪流看著他們兩個人問道。

勝茂吞吞吐吐地開了口。

「偶爾……其實一年也只有一、兩次而已，都是我打給她，問她最近在忙什麼，什麼時候要回家。我記得最後一次是去年年底。」

也就是說，已經超過半年沒聯絡了。應該不會聊到什麼對這次的案情有幫助的內容。

「你們是住在長野縣長野市吧，美香曾經回家探親嗎？」

勝茂搖了搖頭，無力地說：「她高中畢業後，就從來沒有回過家裡。」

他告訴草薙，美香高中畢業後，說想要從事演藝工作，就來到東京，之後就不曾回去過。美香說，不必寄生活費給她，所以，至今為止，也從來沒有寄錢給她。

草薙告訴他們，美香生前在銀座的酒店上班，之前也是在六本木的酒店上班，勝茂重重地嘆著氣說：「果然是這樣啊。」他的妻子惠里子在一旁垂著頭，似乎很受打擊。

「相本太太，妳也不知道令千金在酒店上班嗎？」為了謹慎起見，草薙向她確認。

「我……自從美香離家之後，就沒有和她說過話。」惠里子回答時仍然低著頭。

「一次也沒有嗎？」

「不，那個……」勝茂插了嘴，「惠里子是我的第二任太太，不是美香的親生母親。」

「喔，原來是這樣。」

「不好意思，沒有及時說明。」

「不。」草薙搖了搖手。難怪他太太看起來這麼年輕。

他們對美香在東京的生活幾乎一無所知，當然也想不到任何可能和事件有關的線索，勝茂甚至問草薙，女兒是不是被壞男人騙了。

「聽說美香小姐的朋友中，有一個是她高中時的同學，請問你們知道嗎？是一個男同學。」

「不知道……」勝茂微微張著嘴，偏著頭回答。

這時，惠里子抬起了頭。

「我想應該是藤澤。」雖然她說話很小聲，但語氣很堅定。

「藤澤……請問你們知道他的電話嗎？」

「應該可以查到他家的電話，他以前和美香參加同一個社團，家裡應該有社團成員的名冊。」

「那可不可以請你們查到之後通知我？」

「好的。」

「拜託了。」草薙在道謝時，覺得這個女人雖然是續弦，但也許比父親對破案更有幫助。

3

發現屍體的翌日，草薙和幾名偵查員再度前往相本美香的家中調查。主要是為了調查她生前的交友關係。

她的住處是格局寬敞的一房一廳，牆邊掛了一整排衣架，掛滿了衣服，她的首飾和皮包數量也很驚人，壁櫥的架子上，有一大部分都是首飾和皮包。

但是，她似乎很愛看書，家裡有一個小型書櫃，上面陳列著草薙光看書名，也無法推測是什麼內容的書。

「喂，內海，」草薙叫著後輩女刑警的名字，「妳知道什麼是冷讀術嗎？」

「冷……什麼？」內海薰走了過來。

「這個啊。」草薙指著書架說道，上面有一本名為《冷讀術的奧義》的書。

「啊，我好像在哪裡看過。」內海薰皺著眉頭，「好像是魔術還是什麼的機關。」

「魔術？真的嗎？」草薙精神一振。

「還是催眠術？」

「喂，到底是什麼？」

「反正就是關於這種神奇的技巧之類的。」

「是嗎？好，那就先帶回去。」草薙把那本書放進一旁的紙箱裡。

「我也有問題想要請教，你覺得這是什麼？」內海薰拿出一張照片。

那是一張幾乎全黑的照片，但可以隱約看到文字，好像是在黑暗中，拍下了寫了字的紙。

「第一個字好像是『我』，第二個字是『會』嗎？之後就看不清楚了。這個好像是『遠』，這個是『著』。這是什麼？妳在哪裡找到的？」

「就在床頭的架子上，我還以為是什麼重要的東西。」

「這個嗎？」

「怎麼辦？」

草薙想了一下後回答說：「只要是可疑的東西，就全帶回去。」

「被殺了？那個女人嗎？」湯川拿著裝了即溶咖啡的馬克杯，整個人僵在那裡。

「為什麼會……？」他嘀咕著，把杯子放在桌子上。

「目前還不瞭解動機，也沒有鎖定任何嫌犯。」草薙喝著咖啡，把發現屍體時的情況告訴了湯川。

他正在帝都大學物理系第十三研究室，他在外出辦案後，順便來這裡。

「我也問了和她們一起去烤肉店吃消夜的客人，相本美香——也就是小愛的確是在自家公寓門口下了車。因為那個客人有計程車行的收據，所以我也去向司機確認了，司機也說，的確是在那裡下了車。」

「所以，是在下車之後發生了意外。」

「她的公寓周圍都是小路，很少有人來往，深夜的話，行人就更少了。可能是她在目送計程車離去後，準備走進公寓時遭到了攻擊，或是在那裡被擄走。她的公寓離她屍體被發現的地方直線距離約五公里，兇手絕對有開車。」

「是這樣啊，所以關鍵在於兇手是不是熟人……」

「我認為是熟人。」草薙明確說道。

湯川挑起單側眉毛，「有什麼根據？」

「被害人並沒有遭到強暴，所以，目的並不是為了強暴。」

「她的手提包被偷了，不是嗎？」

「但不是單純的搶劫，她手上還戴著卡地亞的手錶，那只手錶至少值兩百萬。如果是為了錢財，不可能不拿走手錶。相反地，如果是隨機殺人，就沒有理由搶走皮包。」

「我同意。」湯川點了點頭，伸手拿起馬克杯。「兇手應該是把車子停在路邊等她回家，而且等了好幾個小時。照理說，應該有人看到……」

「沒有人看到嗎？」

草薙皺著眉頭。

「畢竟是三更半夜，公寓附近好像一片靜悄悄的。」

湯川聳了聳肩，「你剛才說，他們在凌晨三點半離開烤肉店，嗯，也難怪沒人看到。」

「如果是熟人，『豎琴』的客人就很可疑。如果之前曾經送她回家，當然知道她住在哪裡，所以我去清查了曾經在下班後，帶她一起去吃消夜的客人，但一無所獲。其實她並不怎麼受歡迎。」

「她有那種特技，竟然不怎麼受歡迎？」湯川意外地瞪大了眼睛。

「不，在這方面很受歡迎，我是說，她很會炒熱氣氛，但身為女人，就不怎麼受歡迎。說白了，就是沒什麼男人緣，聽說幾乎沒什麼客人看上她。」

「是喔。」湯川哼了一下，「我覺得她是像少女一樣的女人。」

「問題就在這裡，雖然她很漂亮，但有一張娃娃臉，簡直就像洋娃娃。有趣的是，其他坐檯小姐都說她很漂亮。她屬於女生喜歡的臉，但男人不一樣，男人都喜歡更平凡、更粗俗的臉。」

「那只是你自己喜歡的類型吧？」

「我屬於多數派。她很難靠女人的魅力吸引客人上門，所以才會學那種特技。沒想到坐檯也很辛苦，總之，雖然努力清查了她的交友關係，也沒有發現任何男女關係，我也就有點搞不懂了，難道兇手不是店裡的客人嗎？」

「酒店小姐和客人之間，並不是只有男女關係的問題，聽說還有很多金錢方面的糾紛。」

「的確是這樣，像是小姐不得不支付客人欠的酒錢，但是，只有做業績的小姐才會遇到這種事，她並不是做業績的。除此以外，也沒有發生過任何金錢糾紛。總之，無論向誰打聽，她的風評都很好。個性開朗活潑，好奇心旺盛，話題豐富，喜歡為別人帶來快樂。聽起來不像是因為她被人殺害，大家同情她，所以才沒有說她的壞話。」

「她的確是令人愉快的人。」湯川露出了陷入回憶的眼神，「真想再看一次透視魔術。」

「連你也沒有看出其中的機關嗎？」

湯川皺著眉頭說：「我的確很懊惱上了她的當。」

「上了她的當？」

「她提到大衣的時候，我猜想可能是看到了大衣上繡的名字。她馬上就承認了，所以我內心也就把這件事放下，不再思考這個問題。在我們準備離開時，才知道我原本的推理錯了，但已經來不及了，因為我已經忘記了她表演時的細節。」

「大家都被她那一招騙了，我之前也上了她的當。」

聽了草薙的話，湯川不悅地垂下嘴角。也許他想要說，不要把我和你這種沒有理科腦的人混為一談。

「我之後檢查了大衣的口袋，裡面完全沒有任何寫了我名字的東西，但是，她除了我的名字以外，甚至還說中了我的頭銜，唯一的可能，就是偷看了名片。她擅長魔術嗎？」

「在目前為止的偵查過程中，無法推論出這個事實，但是，在她家發現了一本有趣的書，我猜想她透視能力的機關會不會就是這個。」

湯川眼鏡後方的雙眼發亮，「是什麼書？」

「呃，」草薙打開了記事本，「書名是《冷讀術的奧義》，我還沒有看內容，聽說冷讀術是洞悉對方心理的讀心術，不是嗎？」

湯川訝異地皺起眉頭。

「冷讀術？兩者之間沒有關係吧？」

「為什麼？」

「你剛才說，這是一種讀心術，但事實上並不存在這種東西。正確地說，冷讀術是一種好像洞悉了對方心理的說話技巧，這是算命師經常使用的手法。比方說，當有人去算命時，算命師劈頭就問：『你是不是在為人際關係煩惱？』其實人的煩惱有十之八九都來自人際關係，但算命的人就會覺得算命師看透了自己的心思。然後，算命師會持續問一些可以套用在任何人身上的模糊問題，同時觀察算命的人，取得各種資訊。然後再根據這些資訊，將問題具體化，於是，算命的人就會覺得自己完全被看透了——這就是冷讀術。」

草薙打量著口若懸河的湯川，很納悶他到底什麼時候掌握了這些雜學知識。

「你覺得這和透視沒有關係？」

「沒有關係，」湯川毫不猶豫地回答，「冷讀術或許可以推測出對方正在想的事，但無法說中對方的名字，更何況那天我並沒有和她聊太多。」

的確是這樣，草薙只能點頭。

「那個魔術的機關不是像這種利用心理盲點之類的，只不過資訊太少了，最好還有其他提示，比方說，她只能偷看到名片上的字之類的。」湯川自言自語道。

「不，不光是名片而已，皮包也可以。」

「皮包？」

草薙告訴湯川，相本美香還逐一透視了客人皮包裡的東西。

「那是怎樣的皮包？紙袋嗎？」

「我就知道你會這麼說，我見到那個客人時，請他讓我拍了皮包的照片。」草薙拿出手機。

那個客人名叫西畑卓治，是印刷公司的會計部長，年紀大約快六十歲。他的臉很大，所以看起來肩膀特別窄，但突出的肚子很符合他的年紀。頭髮有點稀疏，微鬈的劉海貼在額頭上。

草薙問他和相本美香一起進酒店的事時，西畑顯得很緊張。

「雖然我曾經多次送她回家，但那天是第一次和她一起進酒店。之前去店裡的時候，我們聊電影的事聊得很開心，所以就約好下次一起去看電影。不管你去問誰都沒關係，我和她之間絕對沒有任何曖昧。老實說，我並不是很想去，只是那天因為有幾分醉意，已經答應了。更何況在吃飯之前，要先去看電影，就必須提早離開公司。」

他對事件一無所知，案發的當天晚上也一個人在家，他好像也沒有車子。

「我剛才也說了，那天是第一次，也是最後一次和她一起去酒店，她從來沒有和我聊過私事，我甚至不知道她的本名。」西畑加強語氣說道，似乎不想和這件事扯上什麼關係。

最後，草薙問起透視皮包的魔術，西畑說：「真是太驚訝了，她像平時一樣拿出佛珠，像這樣合起雙手，閉上了眼睛，然後就說中了皮包裡的面紙、記事本和眼鏡盒。雖然其中可能有什麼機關，但我無法識破。」

西畑拿出一個很普通的棕色皮革公事包，上方有一條拉鍊。

「需要X光裝置才能透視這個皮包，就是機場安檢時用的那種機器。」湯川看著手機畫面說道。

「你認為『豎琴』內會有這種機器嗎？」

「應該不可能。」

「你有空的時候研究一下，只不過不知道和命案有沒有關係。」草薙收起手機，把喝完咖啡的馬克杯放在工作檯上，「打擾了，如果破解了魔術，記得通知我。」

4

藤澤智久在龜戶一家大型購物中心內的寵物店工作，同一個樓層有一家兼賣西點的咖啡店，草薙和他約在那裡見面。草薙是從相本惠里子那裡得知了他的聯絡方式。

藤澤是一個仍然帶著少年氣息的純樸年輕人，瘦瘦高高，肩膀很塌，一頭在時下的年輕人身上難得一見的黑髮。

他知道這起事件，據說平時靠網路保持聯絡的同學之間也都在討論這件事。

「難以相信，我們上個星期還互傳了電子郵件，我為女朋友的事徵求相本的意見，她回答了我。她真的是一個好人，到底是誰做了這麼殘忍的……」說到這裡，他咬著嘴唇。

「聽說你們之前參加同一個社團，是什麼運動項目嗎？」草薙問。

藤澤淡淡地笑了笑，搖了搖頭。

「不是運動項目，是生物社團。」

「生物……喔，原來是這樣，難怪你在寵物店上班。」

藤澤尷尬地抓了抓頭。

「其實我原本想當獸醫，但沒考上獸醫系，最後進了和生物毫無關係的商學院。現在工作的這家寵物店，我從學生時代就在這裡打工，畢業之後就留了下來。不瞞你說，我目前還不是正職員工。」

「原來你這麼喜歡動物。」

「因為無論去哪裡工作，薪水都很低，還不如陪這些貓狗比較開心。」他的語氣中有一種看破世事的感覺，可能在畢業之前，曾經試圖找過其他工作。

「相本小姐也喜歡動物嗎？」

「對，但她和別人不太一樣，雖然也喜歡貓狗，但對其他動物更有興趣。」

「其他動物？」

「飛鼠。她曾經說，是為了進一步瞭解飛鼠，才會進生物社團。」

「飛鼠是……？」草薙完全沒有概念。

「像松鼠一樣很可愛，會在樹上跳來跳去的動物。聽她說，在她小時候，有一隻飛鼠闖進了她家的倉庫，她飼養了一段時間。所以，當社團在討論要調查縣內動植物的生態時，她對飛鼠以外完全沒有興趣。因為社團內只有她一個女生，其他人也就都沒說什麼。」藤澤說到這裡，重重地嘆了一口氣，用指尖擦著眼角。他似乎回想起以前的事，再度悲從中來。

「你們來東京之後，也經常見面嗎？」

「也沒有經常，差不多兩、三個月一次而已。相本會來店裡找我，通常看著小貓和小狗，和我聊聊她的近況。」

「你們會不會一起去吃飯或是喝酒？」

「我們單獨嗎？」

「對。」

藤澤的嘴角露出掃興的笑容。

「我們以前就經常被誤會，其實我和相本從來不曾有過那種關係，我們真的只是普通朋友。我剛才也說了，我有女朋友，只是和相本在一起時，有一種回到過去的感覺，的確很開心。雖然她的打扮越來越花稍，但她和以前一樣，完全沒變，開朗、快樂，喜歡惡作劇。在我為無法適應東京的生活而煩惱時，她也總是鼓勵我說，別擔心，東京到處都是外地人，我們一定也能夠混得很好。」

草薙覺得這句鼓勵的話很有效。相本美香也許就是用這句話鼓勵自己。

「相本小姐有男朋友嗎？」

「我不是很清楚，我猜想應該沒有，因為如果有這樣的對象，她一定會告訴我。」

草薙點了點頭，用原子筆的筆尖輕輕敲著記事本。藤澤並沒有說任何值得記下來的話。

「請問，」藤澤開了口，「相本的父母來東京了嗎？」

「她的父母？對啊，在發現她屍體的當天晚上。」

「是喔……」藤澤似乎欲言又止。

「相本小姐的父母怎麼了嗎？」

「不，那個，」藤澤抓了抓眉尾，「相本在高中畢業之後，就沒有回過老家，一次也沒有。」

「好像是這樣，她的父母也這麼說。」
「你認為是為什麼？」
「不知道。可能是不想讓父母知道她在酒店上班吧？」
藤澤搖了搖頭。
「不是。相本和她父母之間的關係很差，在高中畢業之前就這樣了。其實她會來東京，並不是真的想當藝人，只是想離開父母。」
藤澤強烈的語氣引起了草薙的好奇心，「可不可以請你說得詳細點？」
藤澤喝了一口杯子裡的水，坐直了身體。
「相本在讀小學時，她的親生母親因為車禍喪生。她很喜歡她媽媽，一直很愛惜她媽媽生前為她編織的毛線手套。雖然手套太小，她根本已經沒辦法戴了，但還是整天放在口袋裡。她也很擔心她爸爸，經常說，她要代替媽媽照顧好家裡，好像也經常下廚。在社團活動晚回家時，經常擔心晚餐的問題。」
「原來她以前很乖巧。」草薙說著，伸手去拿咖啡杯，但完全不知道藤澤到底想要表達什麼。
「相本一直以為會和她爸爸兩個人相依為命，她甚至曾經說，搞不好以後不會結婚，但後來她爸爸鬼迷心竅了，在她快要升高二的時候。」
「鬼迷心竅？」
「他愛上了女人，相本很不以為然地說，她爸爸都一把年紀了，竟然還會因為感情鬼迷心竅。」
「對方就是……」

「現在的繼母，她以前是酒家女。」

「是這樣啊。」草薙忍不住身體向後仰，難怪她看起來很亮麗。

「她爸爸幾乎每天晚上都出門，然後喝得醉醺醺回家，相本說，她當時就覺得很奇怪。不久之後，她爸爸說想讓她見一個人，就介紹了那個人。而且還當場告訴她，他們打算再婚。相本似乎很受打擊。」

草薙想像當時的狀況，覺得情有可原。「所以她和父母關係不好嗎？」

「不，」藤澤偏著頭，舔了舔嘴唇，「一開始還好。雖然相本反對她爸爸再婚，但曾經說過，那是她爸爸的人生，所以也無可奈何，只不過曾經聽她說，會盡可能不打照面。但在共同生活了一段日子之後，發生了一件決定性的事。」

「什麼事？」

「那個人……她爸爸的新太太不小心把她的手套丟掉了，那是她媽媽留給她的遺物。」

「喔喔，」草薙開了口，「那的確很不妙。」

「雖然她爸爸的新太太說是不小心丟掉的，但相本並不相信，哭著大罵說，絕對是故意的。因為她一直不和那個女人親近，所以那個女人才會用這種方式整她。之後，她就開始叛逆。」

「叛逆……」

「她完全不和新媽媽說話，因為不想看到她，所以也經常晚歸。即使新媽媽煮好了飯，她也說絕對不吃。有一次，她爸爸生氣地叫她吃飯，結果她把菜全都倒進了馬桶。」

「這……還真猛啊。」

「我當時聽了，就覺得女人很可怕，但這也代表她多麼珍惜和她媽媽之間的回憶。」

「所以她才離開老家嗎？」
草薙心想，如果曾經發生過這些事，的確可能不回家探視父母。
「但是，相本曾經說過，和繼母之間的事，在她離家的時候，就已經完全放下了。」
「什麼意思？」
「這是她最近告訴我的事。」藤澤聲明了這句話後，告訴了草薙以下的情況。
在來東京的前一天，相本美香處理了自己房間內的東西。她在庭院內生了火，把書信類全都付之一炬。
然後，她把繼母惠里子叫到庭院。惠里子很驚訝，美香把紙筆和一個黑色袋子交給了她。
「妳把對我的真實想法寫在紙上，不用說謊或是掩飾，因為我不會看。寫完之後，放進這個袋子。」
美香說完，又拿出另一個袋子。
「我也把對妳的想法寫在紙上，裝在這個袋子裡。我們相互交換袋子之後，不要看裡面的內容，一起丟進火裡。這樣就一筆勾銷，忘記所有的一切，妳覺得怎麼樣？」
惠里子點了點頭表示同意，然後背對著美香，在紙上寫完之後，裝進了黑色袋子。之後，她們交換了袋子，丟進了火裡。袋子在轉眼之間就化為灰燼。
「這樣就一筆勾銷了，請妳多保重——她告訴我，她對那個女人說了那句話後就道別了，你不覺得很猛嗎？」藤澤露出凝望遠方的眼神。
「的確很猛。」
「我曾經問相本，她在紙上寫什麼。她告訴我，她寫了『妳和死老頭一起去死吧』。」
草薙嘆了一口氣。他不知道該怎麼回答。

「相本一直說，她現在這樣根本回不去，也根本不想回去。我覺得她應該已經和父母訣別了。」

「訣別喔。」

草薙回想起相本夫妻的臉。原來他們臉上的哀傷，不光是因為看到女兒死去的關係。也許對他們來說，這是第二次失去女兒。第一次失去了她的心，這一次，失去了她的一切。

5

命案發生後第五天，終於查出了相本美香腳上沾到的菸草是哪個牌子。因為之前始終找不到有力的線索，搜查總部內開始出現了焦躁的氣氛。

「希望這條線索可以引導我們走向隧道的出口。」間宮遞上了鑑識小組的報告。上面寫的是外國菸的品牌，連老菸槍草薙也不太知道這個牌子的香菸。他內心不由得有點興奮，也許真的很幸運。

晚上八點多，草薙來到了「豎琴」，經理和伶華在店裡等他。「要不要喝啤酒？我請客。」雖然伶華這麼說，但草薙還是婉拒了。因為他還在工作，而且這次喝她一杯啤酒，下次不知道要多付好幾萬。

「那天晚上和我們一起去吃消夜的客人中，送小愛回家的客人不抽菸，另一個客人我記得是抽MILD SEVEN。」伶華說。

草薙鬆了一口氣。如果其中一人抽那個牌子的菸，相本美香腳上的菸草就是那個客人留下的了，這意味著他和這起事件不可能完全無關。

經理拿著列印的清單走了過來，上面是抽那個牌子香菸的客人的姓名。

「當客人想要菸時，我們都會記下客人的姓名和香菸的牌子，下次客人要菸時，就不需要再問香菸的牌子了，同時，也有助於我們瞭解哪個品牌的香菸需要多少庫存。草薙先生，你是抽萬寶路的淡涼菸吧。」

「原來是這樣啊，不愧是一流的酒家啊。」

名單上總共有八個人，如果是上班族，還同時附上了公司的名字。草薙將目光停留在一個人的名字上。那個人叫沼田雅夫。

「這個人經常來店裡嗎？」

「沼田先生嗎？他經常來這裡招待客人，但這兩、三個月都沒見過他。」

草薙問伶華，相本美香是否曾經坐過沼田的檯。

「我不是很清楚，」她偏著頭，「我想應該沒有，因為這位沼田先生是其他媽媽桑的客人。」

「是喔。」

這家店有好幾個媽媽桑，小姐分別跟不同的媽媽桑。伶華她們的媽媽桑最近生病，正在休養。

草薙拿了那張名單的影本，離開了酒店。

沼田雅夫滿臉警戒地走進咖啡店。警視廳搜查一課的刑警打電話給他，約他來這裡見面，他有這種反應也很正常。他的臉很方正，體格壯碩，穿西裝很有型。

草薙問沼田是否認識「豎琴」的小愛，他有點意外地皺起眉頭。
「果然是那起事件嗎？因為你說是搜查一課，我就猜想應該是在調查命案。」
「你對警視廳的架構很瞭解嘛。」
「現在就連小孩子都知道這種事。言歸正傳，我不認識那個小姐。只是那家店的其他小姐傳了電子郵件給我，說店裡的小姐被人殺害，我才知道這起事件。」沼田從上衣內側口袋拿出了菸盒。就是那個牌子的香菸。
「你經常去那家店嗎？」
沼田點了菸，吐了一口煙之後聳了聳肩。
「也沒有常常去，只是招待老主顧時會去那家店。不知道為什麼，我職務的前任很中意那家店，所以我也就帶客人去那裡，並不是看上了那家店的哪個小姐。」
「你最近一次是什麼時候去的？」
「我有點忘了，差不多三個月前吧。你只要向店裡打聽一下就知道了。」他在說話時也頻頻抽菸，菸癮似乎比草薙更大。
草薙拿出了自己的香菸，「我也可以抽嗎？」
沼田愣了一下，立刻放鬆了臉上的表情，「喔，請隨意，請隨意。」
草薙用拋棄式打火機點了菸。
「太好了，最近連在偵訊室都經常不能抽菸。」
「警察也這樣嗎？我們公司也很糟啊，抽菸都會招人厭。」沼田說話稍微流暢了些。
「你抽的菸，牌子很少見啊。」草薙看著他的菸說道。
「你是說這個嗎？以前我朋友送了我一條，之後我就開始抽這種菸，尼古丁和焦油量很低，但味道很濃，現在我只抽這種菸。」

「從什麼時候開始抽這種菸？」

「嗯，差不多快五年了吧。」

「你在開車時也會抽菸嗎？」

「是啊。啊，但在自己的車上不會抽，因為我老婆和孩子會抗議，說車上都是菸味，也不想想，到底是用誰賺的錢買的車子，但寡不敵眾，只能對他們投降。」沼田苦笑著說。

「你在工作時也要開車嗎？」

「要啊，去拜訪客戶時，就開公司的車子，雖然大部分都是由年輕人開車。」

「在公司的車上會抽菸嗎？」

「當然會啊，有什麼好客氣的？雖然經常被抱怨說『一看就知道營業部長用過車子了』，可能是因為菸灰缸裡塞滿菸蒂吧。」沼田說話時帶著笑容，內心並沒有罪惡感，但好像突然想起什麼似地恢復了嚴肅的表情，「刑警先生，你想要問我什麼事？」

「公司那輛車子，其他人也會使用嗎？」

「會啊，因為是公司的車子嘛。有什麼問題嗎？」

草薙在菸灰缸中捺熄了菸。

「貴公司有一位西畑先生吧？西畑卓治先生。」

「西畑？你是說會計部長嗎？」

「對，他也經常去『豎琴』，你知道嗎？」

「西畑先生嗎？喔，聽你這麼一說，我想起有一次在那家店裡遇到他，當時我還在想，原來他也會想來這種地方放鬆。他經常去嗎？真是有點意外啊。」

「他不像是這種類型的人嗎？」

「據我所知是這樣，因為他是出了名的一板一眼，安分守己的人。」沼田說到這裡，突然巡視四周，探出身體，小聲地問：「他怎麼了嗎？」

「不，沒什麼，我們目前在調查那家店的所有客人。」

沼田似乎想起自己也正遭到調查，恢復了不愉快的表情。

「總之，我對那起命案一無所知，也不認識那個小姐，和我完全沒有關係。」

「是嗎？我知道了。」草薙伸手拿起帳單。

他一開始就知道沼田和這起命案無關，只是因為發現他和西畑卓治同一家公司，所以才會找他。

6

命案發生第十天的下午，逮捕了西畑卓治。因為在他們公司的業務用車的副駕駛座上，發現了相本美香的髮夾和頭髮，同時，在停放業務用車的停車場監視器拍到了西畑的身影。當提出這兩項事證偵訊時，他馬上供認不諱。

他的供述內容大致如下。

西畑卓治從五年前開始盜用公款。他向來不賭博，生活也不鋪張，但因為某個原因，掉進了期貨交易的陷阱。

那個原因就是他的妻子生病死亡。他太太原本心臟就不好，但某一天在毫無預警的情況下病倒，然後就離開了人世。

他們沒有孩子，妻子死後，他的生活變得很孤獨。想到未來，不由得感到不安。他對自己的外貌沒有自信，所以也沒有積極尋找再婚的機會。

這時，他接到一通期貨公司的業務員打來的電話，對方說話恭敬客氣，一再要求和他見面好好談一談。

最後，西畑決定在下班後和業務員見面，這個決定鑄下了大錯。那個業務員比西畑想像中更有毅力，無法輕易拒絕。而且業務員說的話頗有吸引力，也很有說服力。西畑聽著聽著，忍不住有點動心，覺得不失為賺錢的好機會，也許可以小小投資一下。業務員又對他說：

「西畑先生，雖然這麼說有點失禮，但你目前單身，而且已經五十多歲了，要找新的對象並不容易。但如果手上有錢，就另當別論了。現在的女生都很現實，比起口袋空空的年輕男人，很多女生更喜歡有錢的男人，即使有點年紀也無妨。所以，西畑先生，你要不要趁現在挑戰一下？」

這番話打動了他。雖然他當時回答說要好好想一想，但已經落入了對方的圈套。在和業務員第三次見面時，他從自己的戶頭中領了三百萬圓開始做期貨。

只不過這筆錢不到半年的時間就虧光了。業務員說，必須投入更多資金才能把虧損的錢賺回來，於是他開始四處籌錢。在開始做期貨的一年後，他開始挪用公司的資金。

剛好在這個時候，他接到了其他家期貨投資公司的電話。業務員說，同時在不同家公司投資，可以分散風險——他又被這套聽起來很有道理的說詞騙了。但現實完全相反，虧損像滾雪球般不斷累積，已經達到了數千萬圓。

他已經無法靠自己的能力填補這些財務漏洞，雖然明知道不應該，但除了盜用公款，他想不出其他方法。幸好公司的財務部門只有兩個人，另一個人是他的下屬。使用公司印章和會計業務實質上都由西畑獨自管理，只要篡改銀行存款證明和年度決算報告的資料，盜領公款的事就不會被人發現。

這種情況維持了好幾年，盜用的公款應該不下數億圓，西畑漸漸開始麻木，已經對盜用公款沒有任何罪惡感，同時也失去了警戒心——

那天早晨，西畑第一個來到公司，「像往常一樣」擅自開了支票。公司的印鑑由他負責管理，只要五分鐘，就可以完成作業。他把支票裝進信封，放進了皮包。他做夢都不會想到，皮包會被人偷看。公司上下沒有人發現他盜用公款的事。

下午三點，他辦理了提早下班的手續後離開了公司。因為他和「豎琴」的小愛約好在有樂町見面。他對自己身上帶著擅自開的支票這件事完全沒有絲毫的緊張。因為他早就習以為常了。

他對小愛並沒有特殊的感情，但對「豎琴」就不一樣了。

他之前看過營業部門送來的請款單，每次都很在意。銀座的酒店到底是什麼樣的世界？去這家名叫「豎琴」的店，到底有什麼好玩的事？每次來請款的酒錢這麼昂貴，不可能沒有一點特別的花樣。

以前，那是和西畑無緣的世界，他不可能花自己的錢去那種地方。

但是，現在的情況不一樣了。錢根本不是問題，無論要多少，都可以自由地從公司的帳戶提領。

他想要滿足多年的好奇心，卻沒有勇氣踏進酒店的大門。但是，有一件事推了他一把。

西畑經常去看的牙科醫生是「豎琴」的老主顧。在治療時，剛好閒聊到這件事。牙醫師看到西畑表現出濃厚的興趣，很乾脆地說：「你可以自己去看看，就說是我介紹的。」

那天晚上，他帶著不少現金前往銀座。如果牙醫師介紹的是其他店，他應該會感到畏縮，但因為在處理會計事務時，經常看到那家酒店的店名，所以才能鼓起勇氣。

西畑在「豎琴」受到熱情款待，他自始至終喝得很開心，和小姐相談甚歡，覺得自己的身分地位好像連升了好幾級。他終於瞭解營業部為什麼要帶客人來這裡喝酒。

他很快就成為「豎琴」的老主顧。即使回到家，也是孤單一人，每次思考起將來的事以及盜用公款的事，心情就格外沮喪，只要去「豎琴」，就可以把這些事都拋在腦後。

他並沒有愛上特定的小姐，他知道那裡是幻想的空間。正因為是虛假的世界，所以根本不是有錢人的自己也能夠在那裡擺闊。

他答應和小愛看電影也沒有特別的理由，只是想體會一下不同的樂趣而已。當然，被年輕女人邀約，他有點暗爽。

他們一起走進電影院相鄰而坐。西畑找不到放皮包的地方，小愛說：「我旁邊的座位空著，我幫你放在那裡。」西畑也就把皮包遞了過去。

那部電影既說不上好看，也談不上不好看，他搞不懂為什麼小愛會想看那部電影。看電影的時候並沒有發生什麼特別的狀況，當電影院的燈光亮起後，西畑從小愛手上接過皮包，站了起來。

他們在日本料理的餐廳吃了飯，然後和小愛一起去了酒店。西畑在酒店門口想要寄放皮包時，被小愛制止了，說等一下再寄放。西畑感到納悶，但還是聽從了她的意見。

坐了一會兒之後，小愛又開始玩透視術。

之前小愛曾經透視過名片，讓西畑感到驚訝，但這次讓他大驚失色。因為小愛逐一說出了皮包裡的東西，連西畑自己也不知道，宅配的單子不小心放進了皮包。

最後，小愛說了他最害怕的事。小愛說，她看到了信封，而且還意味深長地笑著說：「我嗅到了危險的味道。」

西畑心跳加速，冷汗直流。因為那個信封內裝了他擅自開的支票。

西畑故作平靜地問小愛，是不是可以看到信封裡裝了什麼。小愛偏著頭說：「不知道。」但是，當另一個小姐起身離開，只剩下他們兩個人時，她在西畑耳邊小聲地說：

「那個不太妙喔，小心不要被人發現了。」

西畑的心一沉，轉頭看著她。她一臉心懷不軌的表情說：

「幸好是被我看到的，別擔心，我不會告訴任何人。」

西畑知道自己的表情僵硬，脫口問她：「妳想要多少錢？」

她呵呵笑了起來。

「我想一想要多少錢，我覺得太好玩了。」

看到小愛天真爛漫的樣子，他內心湧起了殺機。這個女人發現了支票的事，如果告訴公司的人，自己就死路一條了。

即使小愛轉檯去其他桌後，西畑仍然無法不在意她。他的目光追隨著小愛的身影，小愛不時和他四目相接，每次都對他露出不懷好意的笑容。

西畑告訴自己必須當機立斷。小愛或許只想要錢，但即使付了錢，也無法保證她會保密一輩子。當她缺錢的時候，一定會再度勒索。

西畑離開時，小愛送他到門口。她的眼神顯然有話要說。當西畑轉身離開時，終於下了決心。必須殺了她——

於是，他決定在那一天晚上採取行動。

那一天深夜，他去公司旁的停車場偷了公司的車子。他知道備用鑰匙貼在車牌背面。他開車去了小愛的公寓。之前他曾經多次送小愛回家，所以知道她住在哪裡。那是位在小巷內的一棟舊公寓，深夜時，幾乎沒有人、車來往。

他把車子停在離公寓入口十公尺左右的路旁，等待她下班回家。手錶的時針指向凌晨一點半。「豎琴」在凌晨一點打烊，她可能會陪客人去吃消夜，或是和其他小姐一起去別處，所以不知道幾點才會回家，但是，西畑覺得只能在這裡等，因為除此以外，沒有任何方法可以解決。

雖然那條小巷很冷清，但偶爾會有計程車停下。西畑每次都緊張地察看，但下車的都不是小愛。

他一直等到凌晨兩點、三點，小愛都沒有回家。西畑不由得緊張起來。也許小愛今天沒有去上班，早就在家睡覺了。想到這裡，就覺得完全有這種可能。早知道應該打電話去店裡，確認她今天有沒有上班。他為自己這麼晚才想到這件事感到生氣。

但是，快要四點時，一輛計程車停在公寓門口。後方的車門打開，下車的正是小愛。她在迷你洋裝外套了一件夾克。

似乎有客人送她回家，她站在路旁向計程車揮手，在計程車離開之前，她一直站在那裡。

西畑走下車，目送計程車離去的小愛正轉身走向公寓的玄關。西畑急忙跑過去，從背後叫住了她：「小愛。」

小愛嚇了一跳，停下腳步，轉過頭。她原本就很大的眼睛瞪得更大了。

「咦？西畑先生……你怎麼會在這裡？」

「我在等妳啊，因為有事情要和妳談談，就是那個信封的事。」

「喔。」小愛恍然大悟地點了點頭，「那真的事關重大，不過，你放心，我沒有告訴任何人。」

「謝謝。所以我有事想和妳商量。」

「和我商量？所以特地來這裡等我嗎？」

「因為我認為有這個必要，妳應該也想和我談交易吧。」

小愛目不轉睛地看著西畑，點了點頭。

「是啊，畢竟那件事非同小可。」

「我開了車，我們去家庭餐廳好好談一談。」

小愛完全沒有起疑心，不假思索地坐在副駕駛座上。也許她以為西畑沒有膽量殺人。果真如此的話，西畑覺得她真是太傻太天真了。任何人會殺人，是因為別無選擇，和有沒有膽量毫無關係。

他已經決定了行兇地點。就在荒川沿岸的路旁。當他拉下手煞車時，小愛露出訝異的表情，似乎在問，為什麼要停在這裡？但西畑不讓她有機會發問，他一解開安全帶，立刻向她撲了過去。他在開車之前，就已經戴上了皮革手套。他用戴了手套的手掐住了小愛纖細的脖子。

嬌小的小愛掙扎的力氣也很小，不一會兒，她的身體就沒了動靜。

西畑為她穿上掉在車上的高跟鞋，把屍體丟進附近的草叢。為了偽造成強盜犯案，還特地開車去其他地方後，才把她的皮包丟進河裡。

完成了一切，開車返回公司時，他完全沒有鬆了一口氣的感覺。但是，他並不是擔心因為殺害小愛而遭到逮捕，他很樂觀地認為，這件事應該不會被人發現。

西畑滿腦子都想著公司帳簿上的巨大坑洞。

他握著方向盤時想道，無論殺多少人，都無法填補那個洞。

7

湯川巡視室內，重重地嘆了一口氣。

「簡直就像來到不會整理的人的家裡，完全感受不到絲毫的條理和脈絡。」

即使湯川這麼說，草薙也無法反駁。因為他說的完全正確。他把從相本美香家裡帶回來的參考資料全都排放在會議桌上。雖然冷讀術的書放在整套化妝工具旁，但並沒有特別的用意，他只是按照從紙箱裡拿出來的順序，排放在桌上而已。

「這樣不會先入為主，不是很好嗎？」草薙勉強為自己辯解。

「你是要我根據這些東西推理出透視是怎麼回事嗎？」

「我知道這樣的要求很離譜，但除了你以外，我不知道還能找誰幫忙。」

湯川再度嘆著氣，拿起冷讀術的書問：「你有沒有去問過魔術師？」

「我問了幾個魔術師，但所有人的回答都一樣。透視的魔術有很多，如果沒有實際看到，很難猜出到底用了什麼機關。」

「是喔，也許有道理。」

「相關人員中，只有你看過小愛的魔術，所以只能靠你了。」

「為什麼我變成了相關人員？我和命案完全沒有關係啊。」

「我是說，和我相關的人。」

湯川聽了草薙的回答，無奈地聳了聳肩。

他們正在搜查總部所在的警察分局會議室內。因為西畑卓治對案情坦承不諱，相本美香命案已經準備收尾，只是在殺人動機方面，還有一個問題需要解決。那就是相本美香到底用什麼方法透視了西畑皮包裡的東西。西畑說他也不知道。

間宮一籌莫展，把草薙找來後，再度命令他：「去請教伽利略老師。」

「嗯？這張照片是什麼？」湯川拿起一張照片，「看起來有點可怕，上面好像寫了字。」

那是內海薰找到的照片，據說珍藏在床頭的架子上。草薙向湯川說明了情況，「但不知道是什麼照片。」

「不知道是什麼照片還帶回來嗎？」

「正因為不知道，所以才帶回來啊。」

湯川噘起嘴，把照片放回原來的位置。

「兇手並不是整天拿著皮包，會不會是看電影的時候，小愛偷看了皮包呢？」

「西畑說，如果小愛這麼做，他一定會知道。而且電影院裡很黑，即使偷看，也看不到吧。」

「那倒是。」湯川很乾脆地承認了。接著，他拿起一本冊子。「這是什麼？」

「客人的名單，上面寫了姓名和電話。」

湯川打開一看，瞪大了眼睛。

「太驚訝了，我的名字也在上面，連大學的電話也有，完全是名片上印的資料。」

「應該是上次透視到的吧。」

湯川搖了搖頭，「我不相信。」

「既然你這麼想，就趕快為我解謎。」

「不需要你提醒，我也在思考。話說回來，這份名單真驚人啊，她工作很認真嘛。」湯川把冊子放了回去。

「對酒店小姐來說，客人的資料最重要，跳槽去其他店時，就靠手上的這些客人。」

「這也是一個問題，她為什麼會當酒店小姐？當然啦，職業不分貴賤。」

「很多嚮往演藝圈的女生最後都跑去酒店上班啊，而且，也許她想要報復她父親。」

「父親？」

「對了，我還沒有向你提過這件事。」

草薙把從藤澤智久那裡聽說的、有關相本美香和她父母之間的不和告訴了湯川。

「父親娶了酒店小姐當續弦，所以自己去酒店上班，她父親也沒話好說——也許她內心有這種想法。」

「是喔，也不是不能理解，但既然這樣，為什麼向家人隱瞞她在酒店上班這件事呢？」

「不是隱瞞，只是因為沒有聯絡，所以沒機會說。」

但是，湯川似乎無法釋懷。他看著相本美香的遺物，在室內緩緩踱步。

他停下了腳步，拿起了《動物醫學百科》這本書。

「為什麼有這本書？她有養寵物嗎？」

「不，她並沒有養寵物，這本書應該是她在高中時看的。聽說她參加了生物社團，她好像喜歡飛鼠，以前曾經熱心調查飛鼠的生態。」

「飛鼠？就是在天空中飛的飛鼠嗎？」

「除此以外，還有什麼飛鼠？」

湯川沒有理會草薙的吐槽，低頭踱著步，嘴裡唸唸有詞。

不一會兒，他停下了腳步，輕聲笑了起來。

「怎麼了？」草薙問：「有什麼好笑的？」

「不，不好意思，但是你應該為我高興，因為我解開謎底了。」

「真的嗎？到底是什麼機關？」草薙興奮地問。

「不要著急，即使我告訴你，你應該也聽不懂。百聞不如一見。」這位物理學家推了推眼鏡。

8

草薙正駕駛著SKYLINE，前往湯川所在的帝都大學，準備看他做實驗。相本惠里子坐在副駕駛座上。因為湯川無論如何都希望她也在場，草薙也不知道其中的原因。

惠里子明顯看起來很緊張，雖然因為草薙對她說：「有一些關於美香的事，想要讓妳知道。」她來到了東京，但她一定搞不懂為什麼不是找美香的親生父親，而是要她來這裡。

車子很快抵達了帝都大學。草薙在停車場停好車子後，帶著惠里子前往物理系第十三研究室。

「我第一次來這麼大的大學。」惠里子好奇地東張西望，「好漂亮的學校，校慶之類的應該很好玩。」

「是啊，很熱鬧。」
惠里子停下腳步，嘆了一口氣，露出落寞的眼神看向遠方。
「美香應該很想讀大學，但如果要繼續升學，就必須靠父母。我猜想她不想靠父母，所以才沒有提想要讀大學這件事。」
「你們沒有好好溝通過嗎？」
「當時我覺得不可能，但其實無論如何，都應該試著溝通。我當時很害怕會和她發生衝突，這是最大的錯誤。」惠里子垂下雙眼，搖了搖頭。「雖然現在說這些已經沒用了。」
「聽說妳把她死去的母親為她織的手套丟掉了？」
惠里子痛苦地皺著眉頭。
「那真的是很大的失誤，雖然我向她道歉，但她不原諒我。即使現在回想起來，仍然覺得很難過。」
「美香小姐似乎認為妳是故意的。」
「我想也是，但這也難怪。都是我不好，我一直覺得只能耐心等待，直到她原諒我。」
草薙聽了她的話，不由得感動不已。這句話不像是說謊。
走進研究室，發現身穿白袍的湯川正在等他們。研究室看起來比平時乾淨。因為有女性客人要上門，他似乎也稍微費心整理了一下。
伶華也不知道從哪裡冒了出來。「好厲害喔，原來研究室長這樣。」她走到架子前，打量著那些看起來很複雜的計量儀器，興奮地說道。她今天穿著白襯衫和牛仔褲，只化了淡妝，看起來像學生。
「妳為什麼會在這裡？」草薙問。

「我叫她來的，因為她曾經多次看過小愛的透視魔術，她是最理想的證人。」

草薙聽了湯川的說明，覺得很有道理。

「草薙先生，發生了很多讓我感到驚訝的事。小愛被殺當然也是，沒想到那個人竟然是兇手。不知道我們店會怎麼樣，週刊雜誌一定會報導吧？真傷腦筋。」伶華皺著眉頭。

「妳可以跳槽去其他店啊。」

「事情沒那麼簡單。你別看我這樣，我這個人很有情有義，我會好好努力，讓我們店恢復形象的。草薙先生，你有時間的話，也要記得來捧場。」

「好啊，等我有閒錢的時候會去找妳。」

草薙把惠里子介紹給湯川他們。伶華得知是相本美香的母親，露出驚訝的表情。可能看到她太年輕了。惠里子可能察覺到了，慌忙補充說：「我是繼母。」

「歡迎兩位來到第十三研究室，要不要喝咖啡？」湯川問兩位女士。

「不，我不用。」惠里子婉拒道。

「我也不需要。」伶華也說：「我想趕快知道透視的機關。」

「我也是，咖啡等一下再喝。」草薙也表示同意。

「好，那我們就開始吧。先請你們坐在那裡的椅子上。」

聽到湯川這麼說，草薙和伶華在工作檯前的兩張椅子上坐了下來。

「請妳站在他們的後面。」湯川對惠里子說。

看到惠里子站在兩個人後方後，湯川問草薙：「你把我要的東西帶來了嗎？」

「名片嗎？當然準備好了。」

「很好。那在我轉身的時候，你把名片放進這裡。」湯川從白袍的口袋裡拿出一個富有光澤的黑色信封。草薙以前也看過類似的信封。

「這個信封很像小愛以前用的信封。」

湯川只是笑了笑，沒有說什麼，轉身背對著他們。

草薙從內側口袋裡拿出一張名片，放進了黑色信封。「放好了。」

湯川轉過身，面對著草薙。他伸出手，草薙把信封交給他。

「我記得那天晚上，小愛把信封放在妳的胸口。」湯川拿著信封對伶華說，「但我不方便這麼做，不好意思，可不可以請妳自己放？」

「我無所謂啊，但既然老師不好意思，那我也不勉強了。」伶華笑著接過信封，放進了襯衫的胸口。

「那天晚上，小愛之後是怎麼做的？」湯川問草薙他們。

草薙想了一下後說：「她拿出了佛珠。」

「對，她拿出佛珠進行透視儀式。」伶華也說。

「嗯，的確是這樣。」湯川拿起放在一旁的便利商店塑膠袋，在工作檯對面坐了下來，「那我用這個代替佛珠。」說完，他從塑膠袋裡拿出金屬鍊條。

「這是什麼？」

「我向學生借的，是鎖腳踏車用的鐵鍊，因為手邊找不到佛珠。好了，我要做和那天晚上相同的事。」湯川把鐵鍊繞在手上，合起雙手。「草薙，你看著伶華的胸口。」

「真的假的？你饒了我吧。」

湯川的嘴角露出笑容，放下鐵鍊，目不轉睛地看著草薙，「間宮股長叫慎太郎嗎？」

草薙大吃一驚，忍不住看向伶華的胸口。

她拿出黑色信封，把裡面的名片抽了出來。仔細打量後，放在工作檯上。名片的中央印了「間宮慎太郎」的名字。

「你是怎麼透視的？」草薙問。

湯川緩緩伸出右手。他的手背向上，當手伸到草薙的面前時翻了過來。他的手中有一個像拋棄式打火機大小的黑色盒子。看起來像是什麼裝置。

「這是超小型紅外線相機和紅外線燈組合起來的裝置，只要打開開關，紅外線燈就會照射出紅外線，開始攝影。和夜間使用的監視攝影器一樣。」

「紅外線……」

「啊，我曾經聽說過，」伶華說：「只要用紅外線相機拍照，就可以透視泳裝，有不少人跑去海邊偷拍別人。」

「妳知道得真清楚。沒錯，陽光中有紅外線，只要條件符合，就可以透視，所以現在的泳裝都使用紅外線無法穿透的材質。」

「聽你這麼說，我就放心了……啊，但是，」伶華把手放在胸口，「該不會也可以透視這件衣服吧？」

湯川苦笑著搖了搖頭。

「我剛才也說了，必須符合條件。泳裝只有在陽光這種強烈的光源下才能夠透視。在室內時，普通的狀態下不可能透視。即使是在室外，只要不是穿泳裝那種貼身的衣服，也可以放心。」

「是這樣嗎？太好了。」

「那這個要怎麼用？」草薙指著相機問。

湯川露出意味深長的笑容，拿起了黑色信封。

「秘密在這個信封裡，這個信封看起來像是用黑色透明紙或是塑膠做的，但其實是紅外線濾紙，紅外線可以通過，但可視光無法通過。所以——」湯川把名片放進了信封，「像這樣把名片放進去後，就完全看不到了。因為我們的眼睛只對可視光有反應，但是，像這樣用紅外線照射的話，」他走向剛才那個小型裝置，打開了開關。

「還是什麼都看不到。」草薙注視著信封說。

「不要讓我一直重複相同的話。我剛才不是說，人類的眼睛只對可視光有反應嗎？但是，相機的感應器不一樣，尤其是紅外線相機。」湯川放下裝置，把剛才的塑膠袋拿了過來，從裡面拿出一個手掌大小的液晶螢幕。湯川把螢幕放在草薙面前。

「哇！」伶華驚叫起來，草薙反而說不出話了。

液晶螢幕上出現的正是間宮的名片。雖然有點暗，但可以清楚看到印刷的文字。

「這就是那個相機拍到的畫面嗎？」草薙問。

「沒錯，這個相機除了可以發出紅外線、攝影以外，還具有傳輸影像資料的功能。小愛在從客人手上接過信封交給伶華時，用藏在手心的相機拍了照。」

「但是，她什麼時候看螢幕？根本沒時間看螢幕啊。」

「所以才需要佛珠啊。你可以回想一下當時的情況，她從放在腿上的束口袋中拿出佛珠，我猜想液晶螢幕就放在那個束口袋中。她假裝拿佛珠，其實是在確認影像。」

草薙發出低吟，轉頭看著身旁的伶華。「聽湯川這麼說，好像是這樣？」

「也許是。」她點了點頭，「我曾經看過那個魔術好幾次，她每次都把束口袋放在腿上，然後從裡面拿出佛珠。」

草薙吐了一口氣。

「看來就是這樣了。但是，她從哪裡張羅到這些器材？」

「這並不是什麼特殊的器材，也可以網購，只要稍微改裝一下就行了。改裝的方法也可以在網路上查到。」

「原來是這樣，沒想到竟然被你識破了。」

「你說的話提醒了我。你說她在高中時參加了生物社團，很熱心地調查了飛鼠的生態，我立刻靈光一閃。飛鼠是夜行性動物，想要觀察飛鼠的生態，必須仰賴紅外線相機，所以我猜想小愛以前就很擅長這方面的技術。」

「原來是這樣。那她又是怎麼說出西畑皮包裡的東西呢？他的皮包很普通，應該沒辦法透視吧？」

「沒錯，但是，這次不需要透視，只要確認皮包裡的東西就可以了。」

「怎麼確認？西畑說，她根本沒機會看皮包。」

湯川靠在椅子上，抱著雙臂。

「他們不是一起去看電影嗎？看電影的時候，皮包放在哪裡？」

「我不是說了嗎？電影院裡很暗啊。」草薙說到這裡，想到一件事，「對喔，因為是紅外線相機……」

「你似乎已經發現了。她只要在看電影的時候偷偷打開皮包，用相機拍皮包裡的東西就好。只要看著前面，把拿著相機的手伸進皮包就好，這並不困難，等離開電影院之後再慢慢確認螢幕就好。」

「原來是這樣的機關。」

「聽說她曾經邀很多客人去看電影。」湯川問伶華。

「對，她曾經說，隨便看什麼電影都沒關係。」

「我猜想她是為了表演新的節目。因為名片的魔術只能在第一次來的客人面前表演。」

伶華露出沉痛的表情，「她對工作很熱心……而且也很在意很少有客人來店裡點她的檯。」

草薙再度體會到，在酒店上班果然不輕鬆。

「等一下。所以說，小愛雖然看到皮包裡的信封，但並不知道信封裡……」

「她應該沒有看到信封裡的東西。」湯川用冷靜的口吻說道。

「但是，她對西畑說，她嗅到信封有危險的味道，被人發現很不妙。這要怎麼解釋？」

湯川豎起食指。「這就是所謂的冷讀術。」

「冷……原來是用在這裡。」

「她並不知道信封裡裝了什麼，但看到對方反應過度，猜想裡面一定裝了有什麼隱情的信，然後再問幾個模稜兩可，可以產生多種解釋的問題，最後猜中裡面裝了什麼。她想要運用自己學到的冷讀術技巧。」

「結果，西畑以為她看到了信封裡面裝的東西。」

湯川一臉佩服的表情點了點頭，「從某種意義上來說，她的冷讀術技巧運用得太成功了。」

草薙緩緩搖著頭。

「怎麼會這樣？所以說，她是因為太多事了？」

「小愛就是這樣的女生。」伶華說，「她很貼心，又很愛惡作劇，她經常說，希望客人玩得更高興，不知道怎樣才能讓客人高興，很想看看客人心裡到底在想什麼。」伶華在說話時悲從中來，從皮包裡拿出手帕，按著眼角。

湯川看向草薙他們。

「我認為她之所以很努力做好酒店的工作，是因為受到妳的影響。」

惠里子倒吸了一口氣，「請問這是什麼意思？」

「她果然是為了報復她的父親嗎？」草薙問。

「不是，」湯川注視著惠里子說道，「聽說她來東京的前一天，妳們分別寫下了自己的真心話，放在信封裡，然後用火燒掉了。」

惠里子眨了眨眼睛，「你怎麼知道？」

「是藤澤先生，」草薙回答，「藤澤智久先生告訴我的。」

「喔。」惠里子點了點頭，似乎瞭解了，「沒錯，的確有這件事。」

「妳當時在紙上寫的，」湯川說：「是不是『我會永遠等著妳』？」

惠里子睜大了眼睛，雙手捂住了嘴，「你怎麼……？」

「他說對了嗎？」草薙問。

她用力點了兩次頭，似乎說不出話。

「湯川，這是怎麼一回事？」

湯川嘴角露出笑容。

「和名片的機關一樣。當時燒掉的黑色袋子也是紅外線濾紙，丟進火焰裡會怎麼樣？因為火焰也會發出紅外線，所以只要用相機拍攝，就可以拍到裡面的文字。即使是普通的相機，也可以有某種程度的紅外線拍攝功能——她會不會在黑色袋子燃燒時，用手機的相機拍了下來？」
「有……可能。因為我一直看著火。」
湯川從白袍口袋裡拿出一張照片放在草薙面前。
「這張照片應該就是當時拍攝，然後列印出來的照片。雖然這樣看不太清楚，但在液晶螢幕上，應該可以看清楚寫了什麼字。」就是那張上面有神秘文字的照片，「我用電腦解析，也看到了其他的文字，發現上面寫著『我會永遠等著妳』。我相信美香小姐應該也看到了。」
「她也看到了……」草薙說到這裡，終於恍然大悟，「我知道了，原來是這樣。」
「你似乎已經知道我想說什麼了。」
草薙深深地點頭，轉頭看向惠里子的方向。
「美香小姐來東京之前，想要瞭解妳的真心想法，所以使用了那個機關。因為她猜想妳一定會寫她的壞話，但是事後看到妳寫的內容時，應該很驚訝。雖然她之前那麼叛逆，但妳並沒有恨她，而且，我猜想她為自己感到羞愧，覺得自己是一個心胸狹窄的人。藤澤先生曾經告訴我，美香小姐曾經對他說，像現在這樣根本回不去，也不想回去。藤澤先生認為，這句話代表她已經和父母訣別了，我當時也以為是這樣，但事實並非如此。她之所以沒有回老家，並不是因為不想見父母，而是覺得自己沒臉見到妳。她應該暗自決定，在充分磨練自己，能夠坦然面對妳之前都不回家。這張照片就是最好的證明。妳的這句話，是她最珍惜的東西。湯川說得沒錯，她之所以去酒店上班，是以妳的生活方式為榜樣。」
惠里子顫抖的手伸向照片。
「原來美香看到了我當時寫的內容……」
「沒錯，她瞭解妳對她的心意。」

惠里子注視著照片，用另一隻手掩著嘴。

「果真如此的話……我真的應該更早和她好好溝通。」她深深地垂著頭。

湯川站了起來，「我來泡熱咖啡。」

惠里子的後背微微顫抖，掩著嘴的指縫中傳出了嗚咽。

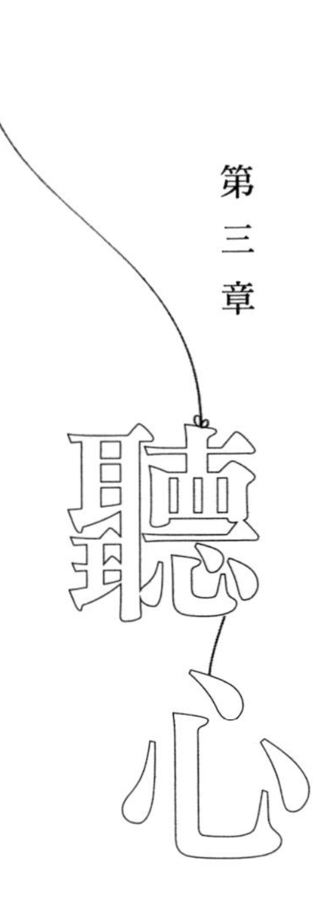
第三章
聽心

1

坐在電腦前不到五分鐘，耳鳴又出現了。脇坂睦美把雙肘架在辦公桌上，假裝看著螢幕，靜靜等待耳鳴消失。螢幕上顯示的是EXCEL的圖表，但她視而不見。即使看到了，也無法思考。耳鳴讓人極不舒服。

那種感覺很難形容，好像有飛蟲在腦袋裡飛來飛去。輕微、沉悶的聲音帶著不規則的節奏，時強時弱地重複著。

起初她並不知道是耳鳴，以為是自己聽到了哪裡實際發出的聲音。所以第一次聽到時，她忍不住問坐在旁邊的長倉一惠：「這是什麼聲音？」

一惠露出納悶的表情眨了眨眼問：「哪個聲音？」

「就是這個聲音啊，不是有聲音在響嗎？」睦美指著天花板，因為她覺得聲音是從上方傳來的。

一惠露出豎耳細聽的聲音後問：「妳是說排氣扇的聲音？」

「不是，不是，就是這個聲音啊，很沉悶的聲音。咦？妳聽不到嗎？」

一惠滿臉困惑地搖了搖頭說：

「我沒聽到。」

「是喔。」睦美在皺著眉頭應了這句話時，那個聲音突然消失了。

「啊，聽不到了……」

一惠微微苦笑著說，「是不是錯覺？我什麼都沒聽到。」

睦美偏著頭，「是嗎……？」

「妳會不會是太累了？是不是週末玩瘋了？」

「怎麼可能？而且我哪有錢去玩啊。剛才那個到底是什麼聲音？」

「不知道。」一惠似乎沒什麼興趣。

睦美閉上眼睛，集中注意力仔細聽，但還是沒聽到剛才的聲音。她吐了一口氣，繼續低頭工作。也許同事說得沒錯，只是自己的錯覺而已。那天也的確沒有再聽到那個聲音。

但是，第二天中午，和三個同事一起在公司附近的露天咖啡座吃午餐時，又聽到了那個聲音。

「啊，又聽到了。你們也聽到這個奇怪的聲音了吧？是什麼聲音？」她問在場的其他同事，其中一個同事正是長倉一惠。

「昨天的聲音嗎？」一惠訝異地問。

「對。」睦美點了點頭。

一惠問另外兩名同事：「你們有聽到什麼聲音嗎？」

「什麼？」另外兩個人滿臉錯愕地問。

「奇怪的聲音，好像有什麼聲音在嗡嗡叫。」睦美一個勁地說明，但另外三個人不知所措地互看著。

「你們聽不到嗎？」睦美問。

其他三個人不約而同地回答：「沒聽到。」看他們的表情不像在說謊。

「為什麼？」睦美問這句話時，聲音又突然消失了，「啊，聽不到了……」

「會不會是耳鳴？」一惠擔心地問，「可能是壓力太大的關係，妳最好趁早去耳鼻喉科檢查一下。」
睦美聽了，不由得感到不安。
「你們真的沒聽到嗎？」她問。
其他三個人同時點了點頭。
一個星期後，睦美去了公司附近的耳鼻喉科。這段期間並不是沒有耳鳴現象，事實上幾乎每天都會耳鳴，通常都是在公司上班的時候，也曾經在車站月台上等電車時發生，每次都持續兩到三分鐘，但一天之內不會連續好幾次出現，對工作並沒有太大影響，但她從網路上看到耳鳴不及時治療很危險，所以決定去醫院檢查一下。
檢查之後，醫生說並沒有特別異常。
「應該是精神性的，不必想得太嚴重，出現的時候，只要覺得『啊，又來了』就好。過一段時間就會消失了。」年邁的醫生一派輕鬆地說。
但是，耳鳴並沒有消失。雖然沒有更加嚴重，但幾乎每天都會聽到，只不過假日在家時不會耳鳴，所以她覺得應該是精神性因素造成的。
今天的耳鳴也像平時一樣突然消失了，就好像突然關掉了開關。睦美很慶幸，坐在旁邊的一惠剛好不在座位上。最近睦美並沒有和她聊耳鳴的事，所以一惠應該不知道睦美仍然深受耳鳴之苦。
她繼續埋頭工作後不久，一惠就一臉凝重的表情走了回來。一坐下來，立刻小聲地問睦美：「部長的事，妳聽說了嗎？」
「部長？早見部長嗎？」
「當然啊。」一惠點了點頭。

睦美看向部長位在窗邊的座位。平時只要一回頭，就可以看到一頭花白頭髮總是梳理得整整齊齊的部長坐在那裡，但今天他還沒有進公司。

「部長怎麼了嗎？」

一惠的黑色眼珠子露出好奇的眼神，把臉湊到睦美面前。

「聽說部長今天早晨死了，從公寓的陽台跳了下來。」

早見達郎跳樓身亡的隔天，警視廳的偵查員來到睦美他們的公司展開調查。和早見關係密切的人都被找去問話，睦美覺得應該輪不到自己。雖然早見部長是上司，但私下幾乎沒有交談過。

出乎意料的是，睦美竟然也被找去問話。走進會客室，有兩名刑警坐在那裡，其中一名是女刑警，睦美有點意外。

問話的主要是姓草薙的男刑警。他看起來很親切，不過聊了一些無關緊要的事之後，會突然問出人意料的問題。最意外的就是他竟然問：「妳對早見先生的女性關係有什麼看法？」

睦美不知該如何回答，草薙笑著說：「我已經聽說了，三個月前，大家不都在議論這件事嗎？聽說妳消息最靈通。」

「哪有消息靈通……」睦美搖著手，「只是我有朋友在那個部門，那個朋友告訴我一些事而已。」

「那個部門是？」

「就是……」

「哪個部門？」草薙露出好像要洞悉別人內心的眼神。他早就知道了，卻故意問這個問題，要睦美再說一次。

睦美嘆著氣回答：「廣告部。」

「廣告部怎麼了？」

睦美瞪著草薙，「你不是已經知道了，所以才找我來嗎？」

粉領族的挖苦，當然無法對警視廳的刑警造成任何影響。

「如果我說話不當，會被說成是誘導訊問。所以雖然有點麻煩，還請妳配合一下。」

睦美再度嘆著氣。看來只能一五一十地全說出來。

三個月前，公司的一名女職員自殺了。那個在廣告部工作的三十一歲女職員用膠帶把房間封死後燒炭自殺。

雖然很明顯是自殺，但並沒有留下遺書，自殺動機也不明。只不過廣告部所有女職員都知道，她是營業部長早見達郎婚外情的對象。睦美的朋友也在廣告部。

「早見部長似乎對她說會和太太離婚，所以他們交往了三年，但最後全都是騙人的，她也被部長甩了，而且被甩的原因竟然是部長又有了新歡。這也太離譜了，難怪她會想不開去自殺。她應該也想藉此報復吧。」

睦美向營業部內的女同事轉述了朋友告訴她的這番話。刑警在這次辦案過程中得知了這件事，所以認為她「消息靈通」。

「原來是這樣啊。」草薙了然於心地點了點頭，「妳有沒有聽說後續的情況？」

「後續……？」

「同公司的人外遇，而且女方自殺了，就這樣沒了下文嗎？應該會對這件事議論紛紛吧？」
睦美搖了搖頭。
「沒有聽說。因為男女感情的事，只有當事人才知道是怎麼回事。即使有人議論，如果沒有證據，就只是想像而已。最近應該沒有人聊這件事了。」
草薙露出有點失望的表情點了點頭，然後問她：「妳對這次的事件有什麼看法？就是早見先生跳樓身亡的事，有沒有想到什麼線索？」
「我不太清楚，」睦美偏著頭，「完全沒有任何頭緒。」如果隨便亂說話，事後被追究責任就慘了。
草薙闔起了原本攤開的記事本，對身旁正在做紀錄的女刑警說：「接下來的內容不要記錄。」然後再度看著睦美。
「妳可以當作我們在閒聊，我希望妳談談對這起事件的感想，無論想到什麼都沒關係。妳聽到這起事件後，有什麼想法？有沒有感到驚訝？」草薙的表情很平靜，但眼神很嚴肅。
「當然很驚訝啊。」
「妳做夢都沒有想到早見先生會自殺嗎？」
睦美停頓了一下後回答說：「也……是啊。」
草薙挑了一下眉毛，「妳剛才好像欲言又止。」
「不，沒這回事。」睦美搖著頭。
「脇坂小姐，」草薙探出身體，「有一件事，我只告訴妳。其實早見先生的死有幾個疑點，我們才會展開偵查。所以，可不可以把妳感到不對勁的事告訴我們，再微不足道的事都沒問題。」

睦美聽了刑警的話，忍不住挺直了身體問：「請問有什麼疑點？」

「因為偵查不公開，所以無法告訴妳，而且我認為妳不知道比較好，妳應該也不希望被捲入麻煩吧？」

睦美點了點頭，心想到底是什麼麻煩。

「妳不必擔心，妳說的話我們會保密。妳對早見先生的死，是不是知道些什麼？」

睦美搖了搖頭。

「我不知道什麼內情，而且我說的話也不需要保密，因為我相信大家的想法都和我一樣。」

草薙皺起眉頭，「什麼意思？」

睦美猶豫了一下後回答：「得知部長自殺時，並不覺得意外。」

「不覺得意外？為什麼？」

「因為部長最近一直都很奇怪，或者該說行為很可疑。他的氣色很差，好像隨時都提心吊膽。課長他們都說，他會突然放空，完全沒聽到別人在說什麼。坐在自己的座位上時，也經常喃喃自語，大家都在說，部長最近怪怪的。」

「從什麼時候開始？」

「什麼時候開始喔，應該有一個多月了。」

草薙露出若有所思的表情，不發一語地連續點了幾次頭，沒有再繼續發問。

睦美事後從網路上得知了這起事件的詳細情況。根據網路消息，事件發生的當天早晨，早見達郎說要去上班，離開了公寓。之後，小孩子去上學，他太太也出門去社區大學上課。大約一個小時後，有人發現早見陳屍在公寓的空地。從陳屍的位置判斷，很可能是從自家陽台跳下來的。

但是，這起事件有很多可疑的地方。他之前已經出門去上班了，為什麼又返家？在這段期間，他去了哪裡？又做了什麼？如果是自殺，動機又是什麼？

接下來的那段時間，公司的人都在討論這些疑點，有人認為可能是因為情婦自殺，所以他也跟著走上絕路，但這些都只是臆測而已，並沒有任何證據能夠佐證。

事件發生後，刑警幾乎每天都來公司調查，但時間一久，刑警出現的頻率減少，最後終於不再上門了。公司內的氣氛也恢復了原狀，雖然並沒有正式公布，但大家都認為應該就是自殺，之後也沒有人再討論這件事。

在事件發生一個月後，脇坂也忘了刑警曾經向自己瞭解相關情況這件事。

但是——

她本身的煩惱並沒有消除。像飛蟲在腦袋裡飛的耳鳴仍然每天折磨著她的神經。

2

醒來的時候，草薙就暗想不妙。他覺得身體發燙，而且喉嚨也不太舒服。扁桃腺一定腫了起來。每次感冒，都會出現這種症狀。

他緩緩下了床，走向盥洗室。如果是平時，他會吞一包家裡常備的市售感冒藥觀察一下，但目前他所屬的那一股並沒有正在偵辦的案子，不需要硬撐。而且，如果感冒拖太久，等到有案子需要出動時病倒在床，不光會被上司嫌，也會被後輩刑警嘲笑。

還是趕快去醫院看一下——草薙看著自己在盥洗室鏡子中有點浮腫的臉，忍不住嘆著氣。

醫院內人滿為患。填好了初診掛號單，還要排隊掛號。雖然他很後悔不該來這家大醫院看病，但已經為時太晚了。

好不容易掛完了號，櫃檯人員請他去內科就診。幸好內科候診室也在一樓，但看到坐在那裡候診的人，草薙忍不住感到厭煩。想到不知道要等多久才會輪到自己，他很想掉頭走人。

他茫然地站在那裡，坐在旁邊的老婦人挪了一個座位，微笑著對他說：「請坐。」老婦人似乎以為他找不到座位在發愁。草薙覺得拒絕似乎有點不近人情，道謝後坐了下來。座椅很溫暖。

「這家醫院向來都很多人。」老婦人主動對他說。看來她是這家醫院的常客。

「是嗎？」草薙回答。

老婦人點了點頭。

「因為醫生看每個病人都花很長的時間，不過，這也代表醫生看得仔細，才會這麼受歡迎。那些把看病當成流水作業的醫院不行，病人都不會想去。」

她似乎很精通醫院的事。草薙佩服地嘀咕了一聲：「是這樣啊。」

「你哪裡不舒服？」

「不，我只是——」

他還沒有把「感冒」兩個字說出口，後方傳來男人「嗚哇哇哇」的大叫聲。回頭一看，一個男人手上揮著像是棍棒的東西。一個乾瘦的老人倒在旁邊的地上。幾個女人尖叫著。

草薙起身衝了過去。其他病人都遠遠地看著那個男人。

男人大約三十五、六歲，個子高大，體格也很結實，五官也很端正。如果說他是男演員，別人應該也會相信，但他露出瘋狂的眼神。雖然天氣並不熱，但他的額頭因流滿了汗水而發亮。

男人手上拿的是拐杖。他倒拿著拐杖，發出奇怪的叫聲，威嚇著準備靠近他的人，還不時用拐杖的握把部分打向倒地老人的臉和身體。老人似乎昏了過去，一動也不動。周圍的女人尖叫不已。

「吵死了！吵死了！吵死了！每次都在重要的時候攪局。你們給我閉嘴，小心我殺了你們！」男人大聲叫著。

警衛終於趕了過來，但男人甩著拐杖，警衛無法靠近。

草薙立刻巡視四周，剛才的老婦人也在他身旁，手上拿著陽傘。

「這個可以借我嗎？」草薙指著陽傘問，老婦人露出困惑的表情，他立刻解釋說：「別擔心，我是警察。」老婦人心領神會地點了點頭。

草薙拿著陽傘，從人群中擠到前面。男人舉著拐杖，和警衛大眼瞪小眼。

「這裡很危險，請你離遠點。」中年警衛對草薙說。

「別擔心，我是警察。」草薙說完，看著那個男人說：「我要以傷害罪現行犯的罪名逮捕你，把拐杖放在地上。」

男人雙眼發紅。

「你是怎麼回事？你也是他們的同夥嗎？」

「同夥？你在說什麼？」

草薙的話音剛落，男人大叫著：「你們別想殺我。」然後把高舉的拐杖揮了下來。在拐杖即將打到頭頂時，草薙立刻用手上的陽傘打向男人的手臂。傘的前端剛好打在他的手腕上，男人的拐杖掉了。草薙見狀，立刻丟下陽傘衝了過去。雖然他的劍道只有初段，但柔道是三段。不出十秒鐘，就用柔道中的袈裟固制伏了對方。

「趕快報警。」草薙壓制著男人對警衛說道。

借陽傘給草薙的老婦人對他做出勝利的姿勢，草薙忍不住笑了笑，他正想舉起一隻手回應老婦人，這時，側腹感受到輕微的衝擊，似乎碰到了什麼東西。

怎麼回事？草薙心想著，低頭看著自己的側腹。

他感到疼痛漸漸擴散，同時發現襯衫被染紅了。

3

「既然你可以看漫畫，顯然沒什麼好擔心的。」湯川一走進病房，就對草薙說道。

「你怎麼會來這裡？」草薙問。

湯川沒有回答他的問題，從手上的白色塑膠袋裡拿出哈密瓜，東張西望著。

「我還帶了水果來看你，要放哪裡啊？」

「也不包裝一下嗎？」草薙瞪大了眼睛，「通常不是會裝在盒子裡或籃子裡嗎？」

「你想要盒子或是籃子嗎？」

「不是這個意思啦……算了，謝謝你。」在這件事上爭執也沒有意義，「你放在那個架子上就好，我姊會處理。」

湯川放好哈密瓜後，脫下了上衣，在病床旁的椅子上坐了下來。

「我聽你姊姊說，你被人刺了？」

草薙把看到一半的漫畫放在枕邊，抬頭看著這位老朋友。

「你和我姊經常相互聯絡嗎？」

「沒有相互聯絡，都是她打給我。她說是你把我的手機號碼告訴她的。」

「她說有事要直接和你談，而且不告訴我是什麼事。」

湯川輕輕嘆了一口氣說：「是相親。」

「相親？」

「她要介紹相親的對象給我，我委婉地拒絕了，但她還沒有放棄。」

草薙看到湯川為難的表情，忍不住笑了起來。啊哈哈。在發出笑聲後，立刻皺起眉頭。因為他感到側腹一陣劇痛。

「你沒事吧？」湯川淡然地問道，顯然並不怎麼擔心。

「我沒事，原來我姊為你張羅這些事。」

「她今天也為了這件事打電話給我，我也是在電話中得知你挨了一刀。雖然她說沒有生命危險，叫我不必擔心。」

「原來是這樣。」

「你什麼時候被刺的？」

「昨天。案發現場就在這家醫院的一樓，所以立刻被送進急救室，然後就直接住院了，連換洗的衣服都沒有，只好打電話給我姊。」

「你沒有其他人可以拜託了嗎？」

「如果有的話，就不會找那種女人來了啊。」

湯川一臉納悶的表情眨了眨眼。

「這就奇怪了，你姊姊為什麼不幫你介紹結婚對象？」

「不知道。站在媒人的立場，可能覺得大學的菁英副教授比低薪的刑警更有行情吧。」

「是不是低薪我不知道，但這次的事至少證明是危險的工作。」湯川看向草薙的側腹，「真的是飛來橫禍啊。」

草薙皺著眉頭，抓了抓鼻翼。

「我是自作自受，太大意了，完全沒想到他竟然帶著刀子。」

「怎樣的刀子？戰鬥刀嗎？」

「小型瑞士刀，就是露營時使用的那種刀子。如果是戰鬥刀，不可能才這麼一點傷。」

「對方為什麼身上帶著刀子？」

「好像有什麼隱情。兇手不是黑道分子，他說自己因為壓力太大，情緒不穩定，忍不住失控動粗。詳細情況等一下應該就知道了。」

「等一下？」

湯川發問時，傳來了敲門的聲音。「請進。」草薙回答道。

門打開了，一個皮膚黝黑的男人走了進來。男人雖然個子不高，但因為肩膀很寬，所以看起來很高大。他看到湯川，露出意外的表情，似乎沒有想到會有其他人。

「這位是我大學同學，名叫湯川。」草薙指著湯川對男人說：「他是帝都大學的物理學家，曾經多次協助辦案，今天只是來看我。」

男人露出恍然大悟的表情打量著湯川。
「我曾經多次聽過你的傳聞，原來就是你……」
草薙又對湯川說：「他是負責這起案件的刑警北原，對了，他是我警察學校的同期。」
湯川稍微瞪大了眼睛。他今天沒戴眼鏡。
「難怪你說話這麼不客氣，和對我的態度一樣。」
「我只是轄區警局的刑警，所以已經習慣他用這種態度對我了。」
北原自嘲地說道，草薙忍不住皺了皺眉頭。
「原來你也會酸言酸語啊。」
北原慌忙搖著手說：「不好意思，我只是開玩笑。」
草薙看著湯川說：
「以前在警察學校時，他的成績就比我好很多，大家都認為北原信二絕對是第一個被拔擢去警視廳的人，沒想到我已經進了搜查一課，上面那些人竟然還沒有重用他。由此可見，上面那些人有眼無珠，就會白白浪費優秀的人才。」
「你別亂說啦。」北原說：「關於事件，我有幾件事想向你確認。雖然你受了傷，不能讓你太累，但我可以現在問你幾件事嗎？」
「喔，當然可以啊。」
北原從西裝內側口袋拿出記事本，但在說話之前，瞥了身旁一眼後對草薙說：「如果可以，我希望和你單獨談案情。」
「不好意思。」湯川立刻站了起來，「我還是迴避吧。」
「無所謂啊，」草薙對北原說：「他就像自己人，不會把我們說的話告訴別人。」

北原尷尬地搖了搖頭。

「不，還是應該照規矩來。」

「這樣比較好。」湯川拿起上衣，「草薙，改天再見，向你姊姊問好。」

「好，不好意思啊。」

湯川離開後，草薙對北原說：「你還是老樣子。」

「你是不是想說我一板一眼，不懂得通融？」

「不至於這麼說……」

「我才覺得你有問題，雖然不知道他之前提供了多少協助，但老百姓就是老百姓，不能隨便透露偵查內容。」

草薙悶不吭氣地露出苦笑，即使告訴北原，湯川不是普通老百姓，他應該也無法接受。

「偵訊嫌犯的進展順利嗎？」他改變了話題。

「目前正在進行。」北原在湯川剛才坐的椅子上坐了下來，「昨天他的情緒很激動，今天已經平靜下來了，也有問必答，說話也很客氣。看他今天的樣子，覺得他連蟲子也不敢殺。」

「你說他是普通的上班族？」

「是在辦公事務機器廠商任職的上班族，沒有前科，甚至沒有違反過交通規則，難以相信會突然抓狂，而且還用刀刺傷了人。」

「但我的確被他刺了啊。」

「我知道，他自己也承認。」

嫌犯名叫加山幸宏，今年三十二歲，單身。昨天來醫院看身心科，所以排隊掛號，因為背後一直推擠，所以和排在後面的老人發生了口角，最後搶走了對方的拐杖，用力打對方的頭——這是他之前的供詞。

「但是，他的供詞有很多矛盾的地方。被他毆打的老人說，根本沒有和他發生口角，說他突然抓狂，動手攻擊。問了周圍的目擊證人，發現老人的證詞才正確。」

「嫌犯在說謊嗎？」

北原緩緩點頭。

「我追問了這件事，他今天的供述和之前完全不一樣了。」

「他說什麼？」

「他說啊，」北原聳了聳肩，「是因為幻聽的關係。」

「幻聽？」草薙皺著眉頭。

「就是聽到了根本不存在的聲音，他說這一個月，一直深受幻聽之苦，來這家醫院，也是打算去身心科就醫。」

「幻聽喔，他到底聽到了什麼？」

「加山說，聽到了人的聲音，是男人極其低沉的聲音，用好像在詛咒的語氣小聲地說，你去死，我早晚會殺了你。幾乎每天都會在意想不到的時候聽到這個聲音。」

草薙聽了，忍不住皺起眉頭。

「果真如此的話，實在受不了啊。如果每天都聽到這個聲音，真的會發瘋。」

「是啊。」北原翻開記事本，「現在要向你確認，你昨天說，加山在揮動拐杖時，嘴裡叫著，每次都在重要的時候攪局——」

「對。」

「而且他還說，你也是他們的同夥嗎？你們別想殺我。對不對？」

「沒錯，除了我以外，應該也有其他人聽到。」

北原闔起記事本，點了點頭。

「已經記錄了幾個人的證詞，雖然每個人說的內容有微妙的差異，但內容基本上大同小異，大家都覺得他說的話很奇怪。加山說，他在排隊掛號時，又聽到了那個聲音，那個聲音說，今天一定要殺了你，你就等死吧。這是第一次在公司以外的地方聽到這個聲音，他比平時更慌張，更不知所措。他忍不住回頭，剛好看到身後的老人把拐杖換到另一隻手上，他誤以為老人準備用拐杖攻擊他，以為自己小命不保。雖然他記得自己不顧一切地防衛，但之後的事記不太清楚了，當他回過神時，已經被壓制了。」

「他也不記得自己用刀子刺傷了壓制他的人嗎？」

「關於這件事，他說隱約記得。他當時覺得不趕快逃走就會被殺，所以不顧一切刺向對方。」

「他為什麼會帶刀子？」

「防身用。」北原很乾脆地回答，「雖然他知道是幻聽，但還是覺得不知道什麼時候會被人殺害，所以外出時，都會把刀子放在口袋裡。他的興趣是登山，那是之前就一直在使用的，他很後悔竟然用自己喜愛的刀子來傷人。」

「他是為這件事後悔嗎？如果不是喜愛的刀子，就無所謂了嗎？」草薙皺起鼻子，撇著嘴說道。

「我們根據以上這些情況判斷，加山供稱是因為幻聽的供詞很有說服力，但你當時曾經和他對峙，所以想瞭解一下你的意見。如果你有什麼疑問，可以儘管說。」

草薙想了一下後，搖了搖頭。

「不，我沒有什麼特別的疑問，我也覺得他的精神狀態有問題，但這麼一來，就要進行精神鑑定吧？」

「應該會，但簡易鑑定應該就足夠了。而且，只要稍微調查一下，就知道他有沒有在說謊。」

「要去問他同事嗎？」

北原點了點頭，看著手錶。

「等一下要去大手町，是一家名叫『PENMAX』的公司。」

「PENMAX？」草薙皺起眉頭。

「怎麼了？那家公司有問題嗎？」

「兩個月前，名叫早見的營業部長自殺了，當時我曾經負責調查。」

「是喔。」北原露出興趣缺缺的表情應了一聲，突然想到了什麼。

「加山說，他也是在營業部。」

「真的嗎？」

「我想應該只是巧合而已。部長自殺，這次下屬又犯下傷害罪，要不要提醒他們在玄關堆鹽堆啊。」北原站了起來，「不好意思，你在休養，還跑來打擾你，你好好休息。」

「有什麼事，隨時來找我。」草薙說。

北原輕輕揮了揮手回應後，走出了病房。

草薙目送老朋友離去後躺了下來，「幻聽……喔。」

他想要睡一下。雖然有點在意，但他覺得輪不到自己操心。目前的首要任務，就是趕快養好傷。警視廳內認為他這次算是光榮受傷，但不能得意忘形。如果因為受傷影響了工作，很快就會被調走。

但是，即使閉上眼睛，各種想法還是浮現在腦海，根本睡不著。草薙乾脆睜開了眼睛，伸手拿了掛在床邊的上衣，從內側口袋拿出了記事本後翻閱著。

兩個月前，「PENMAX」的營業部長早見達郎從自家公寓的陽台墜落身亡。雖然乍看之下，自殺的可能性很高，但如果是自殺，有很多無法解釋的疑點，所以警視廳搜查一課的草薙和其他人都被派去處理這起案子。

早見在那天早上七點半出門，之後，他的孩子出門上課，他的妻子也在上午八點多外出。上午八點四十分左右，許多住戶都聽到了巨大的聲響，管理員很快就發現有人渾身是血，倒在一樓的公寓空地，立刻報了警。轄區警局的偵查員在上午八點五十分抵達，確認倒地的人已經死亡。從死者身上的駕照，發現是住在七樓的早見達郎。

根據墜樓的位置，認為是從自家的陽台墜落的。問題是到底是自殺還是意外，或者是謀殺？雖然他家的大門鎖著，但並沒有掛上門鍊。根據他家人的陳述，早見向來沒有掛上門鍊的習慣。死者沒有穿鞋子，離家時穿的皮鞋脫在玄關。

不久之後，有人說在案發當天上午八點左右，在住家附近的公園看到了很像是早見的人。那名目擊者說，早見在公園並沒有特別做什麼，只是茫然地坐在那裡抽菸。

由此看來，那天他謊稱要去上班，出了家門後，在公園打發了一個小時，當妻兒離家之後，他又回到家裡。他也沒有打電話通知公司說要晚一點到或請假。

雖然不知道他為什麼沒有去公司，但根據其他狀況，可以認為是自殺，只是有一件事無論如何都無法解釋。

那就是牆上的血跡。

客廳的牆上沾到了淡淡的血跡。血跡在離地一百七十公分左右的位置，符合早見的身高。鑑定之後，發現的確是早見的血。屍體的額頭也有看起來不像是墜落時造成的擦傷。為什麼早見的額頭會撞到牆上——這成為最大的不解之謎。如果是他人造成的，就有可能不是自殺。

於是，草薙和其他搜查一課的人就著手調查了這起案子。

在調查早見的人際關係後，發現了一個耐人尋味的事實。三個月前自殺的女職員是他婚外情的對象。女職員發現早見不想離婚而心生絕望，決定走上絕路。調查後發現，她在死前曾經打電話給早見。偵查員問早見，他們在最後一通電話中聊了什麼，早見回答說：「她對我說，就讓之前的事過去吧。」只不過沒有證據能夠證明這句話的真實性，偵查員反而認為那個女職員可能在電話中暗示自己要自殺，並對他說，如果想要阻止她自殺，就趕快和他太太離婚。但是，已經無法查明真相了。而且，即使是事實，也很難追究早見的罪責。

只不過即使無法追究罪責，也不代表不會招人怨恨。女職員的家屬和親友想要殺了早見也不足為奇。

向早見的同事瞭解情況後，發現早見似乎在害怕什麼。也許他曾經多次遭遇危險，但也有不少同事認為「他之前的精神狀態就很差，所以聽到他自殺，也並不感到意外」。

草薙等搜查一課的人問了很多人，但並沒有發現可能是兇手的人。雖然那名女職員的家屬討厭早見，但認為女職員和有妻兒的男人交往也有錯，所以並沒有復仇的念頭。為了以防萬一，也確認了他們的不在場證明，再加上他們都住在外地，所以家屬中並沒有發現任何人有行兇的可能。

不久之後，根據公寓監視器影像進行調查的小組報告說，查明了案發前所有出入公寓的人的身分，完全沒有發現任何可能和早見有交集的人。

鑑識小組對牆上的血跡有了一個推論。鑑識報告中提到，仔細調查後發現，血跡兩側有早見的掌紋和指紋，從掌紋和指紋附著在牆上的程度來看，早見並不是被別人推去撞牆，很可能是自己用額頭撞牆。

雖然有幾個匪夷所思的疑點，但認為是自殺比較妥當——偵辦工作的負責人作出了這樣的結論。

草薙看著記錄在記事本上的兩個字。這是在偵辦過程中發現的。雖然他很在意，只是當時不知道該如何著手繼續偵辦下去。

那兩個字分別是「靈」和「聲」。

草薙拿起枕邊的手機，遲疑了一下，撥打了內海薰的電話。

4

北原離開醫院後，搭計程車前往大手町。他正前往加山任職的「PENMAX」，但腦袋裡想著其他事。

他回顧剛才和草薙的對話，不由得陷入了自我厭惡。他很後悔剛才挖苦草薙，因為根本沒必要把那幾句話說出口。他無法原諒自己對警視廳的人產生自卑。

雖然從來沒有和草薙在同一個單位工作的經驗，但在以進入警視廳搜查一課為目標這件事上，他始終把草薙視為競爭對手。當他聽說草薙被拔擢進入警視廳時，驚訝得幾乎暈眩。因為他一直覺得自己早就超越了草薙。

草薙在那些老頭子面前很得寵——同期中有人這麼說。應該就是這樣。北原也只能這麼認為。自己向來不喜歡對上司察言觀色，這是自己唯一不如草薙的地方，除此以外，他有自信完全不輸給草薙。

但是。

不管是基於什麼理由，一旦有了高低之分，之後的距離就會越來越大。在目前的職場，無論怎麼努力，都無法做出引人注目的成果。即使轄區內發生了命案，辦案時也都以搜查一課的人為主，轄區的刑警根本沒有大顯身手的機會。

真是太諷刺了。北原忍不住想。當他得知醫院發生了刺傷事件趕到現場時，歹徒已經遭到制伏，而且被害人正是之前的競爭對手，也是他親手制伏了歹徒。運氣好的人，即使在休假時也會有好運上門。北原只能去確認嫌犯的精神狀態是否有問題這種事，顯然也無法立什麼功。

真是夠了——他忍不住嘀咕道。「什麼？」計程車司機問他。他冷冷地回答：「沒事。」

他很快就抵達了「PENMAX」。北原先向加山的直屬上司村木課長瞭解了情況，這個慈眉善目的男人看起來四十多歲。

「這次真的給你們添麻煩了，做夢也沒有想到會發生這種事，我們也嚇了一大跳。」村木一走進會客室，立刻深深地鞠躬道歉。

「先坐下吧。」北原對他說。

「昨天是非假日，貴公司應該有上班吧。加山有沒有請假？」

村木聽了北原的第一個問題後用力點頭。

「他前天來向我請假，說最近身體一直不太舒服，打算去大醫院檢查一下。」

「他有沒有具體說是哪裡不舒服？」

「雖然他並沒有說，但連我也知道他哪裡不舒服。其實我之前就對他說，最好去醫院檢查一下。」

北原有點意外地看著他的臉，「他怎麼了嗎？」

「嗯，他的確有點狀況，而且不是一、兩次了，也不是只有我這麼說而已。」

「這是怎麼回事？到底發生了什麼事？」

「嗯，比方說，不久之前……」

村木告訴北原一個星期前發生的事。

那天，加山要在某個會議上報告新的企畫。因為他是那個企畫的負責人，董事和部長也都參加了那個大型會議。

會議一直到中途都很順利。加山在說明時使用了設置在前方的螢幕，條理清楚易懂，說話的語氣也很輕快明確，充滿了自信。

沒想到之後突然變了調。他說話開始結結巴巴，不時長時間停頓沉默。村木忍不住叫他的名字，但加山沒有回答，好像聽不到別人說話。他雙眼發紅，額頭冒著汗。

村木正想要問他是怎麼回事時，加山開了口。

「吵死了！吵死了！吵死了！吵死了！滾出去，從我的腦袋裡滾出去！」

他大叫著揮動雙手，好像試圖趕走什麼看不見的東西。

「我完全不知道發生了什麼事，因為董事也在場，必須趕快收拾殘局，所以後半部分就由其他人進行說明。加山很快就恢復了平靜，在之後的會議過程中，也沒有發生任何問題，但他到會議結束前都垂頭喪氣，也沒說什麼話。」

「他自己怎麼解釋當時的情況？」

「他說自己因為太緊張而失常了，但我覺得很奇怪，因為之前更大型的會議，或是壓力更大的簡報時，他也都自信滿滿地完成了，所以大家都說難怪他在同年代中的同事裡升遷最快。」

「喔，他升遷得很快嗎？」

「因為他之前的表現很出色，如果只論業績，他在整個部門內也是頂尖水準，只不過那件事大大影響了公司高層對他的印象。」

北原還向其他人瞭解了情況，幾乎所有人說的內容都和村木所說的大同小異。加山坐在自己的座位上工作時，會突然自言自語；或是在開會時，完全無視對方，大聲叫喊一些莫名其妙的話。總之，加山最近有很多異常的舉動。

「我認為說到底，他就是一隻披著老虎皮的狐狸，」說這句話的是和加山同期進公司的小中，「他很會表現自己。雖然和別人做同樣的事，卻很會假裝成果比別人多一倍。但是，不可能一直靠這種欺騙手法混下去，所以他可能暗自為這件事煩惱。他被指名負責的那個企畫，應該也對他造成了很大的壓力。」

北原點了點頭。警界也經常有這種人，看來每個行業都差不多。

北原回到分局後，再度偵訊了加山。北原把在公司打聽到的情況告訴他後，他用力垂著頭，整個人都洩了氣。

「果然不光是課長，其他人也都發現我不太正常……」

「全都是幻聽造成的嗎？」北原問。

加山無力地點著頭。

「每次在做重要的工作時，就會聽到奇怪的聲音，叫我去死，或是說要殺了我。在那次企畫會議時，那個聲音比平時更大，而且持續不斷，結果我不知道自己該說什麼，陷入了恐慌。」

如果聽到這樣的聲音，任何人都會陷入混亂。

「你有沒有和別人討論過幻聽的事？」

加山緩緩搖頭。

「我沒有告訴任何人，因為如果說我有幻聽，就會被從重要的工作調離。」

他的好勝心果然很強。北原想起了他的同事小中說的話。

「但是，最後你實在受不了，決定去醫院檢查。沒想到在醫院也聽到了幻聽，結果就迷失了自我，失去了理智嗎？」

「之前只有在公司的時候會聽到，但竟然在公司以外的地方……」加山抱著頭，「我鑄下了大錯。」

北原看著沮喪的嫌犯，覺得這起案件已經結案了，結論就是一個平凡的上班族因為壓力太大而衝動失控，不會有任何人對這樣的結論有異議。接下來只要完成筆錄報告就好，雖然可能需要為嫌犯做精神鑑定，但要不要起訴，由檢察官決定，和自己無關。

這是轄區警局特有的簡單案子。

但是，翌日早晨，他的想法就被推翻了。刑事課長把北原找去之後，為他引見了一位年輕女子。她外表冷豔，姿勢挺拔，雖然穿著便服，但一看就知道是警察。

刑事課長介紹說，她是警視廳搜查一課的偵查員內海薰，似乎和草薙同一組。
「他們目前負責的事件，似乎有需要你提供協助的地方。我剛才稍微聽了一下，好像很複雜。接下來就交給你了。」刑事課長說。
「是喔。」北原看著女刑警的臉說：「那就先聽妳的說明。」
他們走到房間角落的簡易會客空間後，北原從正面打量著女刑警標緻的臉龐。為什麼這種年輕女孩可以進搜查一課？不滿在他的內心擴散。但他大致能夠猜出其中的原因。一定是因為幾年前的「女警計畫」而受到了拔擢，當時，警察廳突然公告：「在今後的犯罪偵查中，女性的觀點也非常重要，警察總部的所有部門，都要積極吸收女性偵查員」，聽說警視廳搜查一課也增加了幾名女刑警。
高官的心血來潮，讓這種不經世事的小女生平步青雲成為菁英，自己卻一直都在當跑腿。真是受夠了。他很想吐口水。
「需要我提供什麼協助？」北原在問話時蹺起了二郎腿。
「簡單地說，就是交換情報。北原先生，你目前負責加山幸宏事件吧，這起事件和我們目前正在偵辦的事件很可能有某些關聯。」
「啊？」北原誇張地開了口，「有什麼關聯？加山是因為壓力太大導致行為失控，怎麼可能和其他案子有關聯？」
「不光是壓力大，他不是有幻聽嗎？」內海薰口齒清晰地說。
北原整了整自己的領帶，點了點頭，「……妳是聽草薙說的嗎？」
「你有沒有去加山的公司瞭解情況？」
「去了啊，即使是轄區警局的刑警，這點事還是能夠處理好。」

「關於幻聽的事，有沒有獲得相關的證詞？」

北原在深呼吸後，放下了蹺著的二郎腿，微微探出身體。

「到底是怎麼回事啊？這起事件是上班族因為壓力導致精神狀態出了問題，去醫院看病時，在衝動之下行為失控，搜查一課為什麼會對這起事件產生興趣呢？妳不要故弄玄虛了，要不要秀一下妳手上到底有什麼牌？」

北原故意用有威嚴的低沉聲音說道，但內海薰完全無動於衷。她把原本放在一旁的皮包拿過來，從裡面拿出了記事本。

「我並沒有故弄玄虛，現在向你說明一下我們目前手上的案子。這起事件在大約兩個月前發生，辦公用品製造商『PENMAX』的營業部長早見達郎從自家公寓的陽台墜落身亡。雖然自殺的可能性很高，但在客廳的牆壁上，發現了早見先生的血跡，無法排除他殺的可能性，所以由我們負責這起案子的偵辦工作。」

「我好像聽草薙提過這件事。」他想起在病房內和草薙之間的對話，「但聽草薙的語氣，那起事件不是已經以自殺結案了嗎？」

「你說得對，的確已經以自殺結案了，我相信這個結論不會改變。」

「我真是搞不懂。」北原說。

「你們手上的案子是自殺，我手上的是腦筋出了問題的上班族行為失控，這兩起案子到底有什麼關聯？這種程度的巧合並不足為奇。」

內海薰低頭看著記事本，翻了一頁。

「草薙請鑑識人員分析了早見達郎先生使用的電腦，結果發現，早見先生經常搜尋兩個關鍵字。」

「兩個關鍵字？」

內海薰把記事本遞到北原面前，上面寫了兩個字。

「一個是『靈』，另一個是『聲』。」

北原撇著嘴問：「這是什麼啊？」

「草薙原本也不知道這代表什麼意思，但聽你說了這次的事件之後，就想到了一個可能。」

「什麼可能？」

「很多人都證實，早見達郎先生從死前一個多月開始變得很奇怪，好像在極度害怕什麼，整天提心吊膽，惴惴不安。當初在朝他殺的方向偵辦時，我們認為也許早見先生察覺有人想要殺他，但在排除他殺的可能性之後，就留下了早見先生到底在害怕什麼的疑問。」

「現在解開那個疑問了嗎？」

「目前還只是想像而已，」內海薰說：「草薙認為，早見達郎先生是不是和嫌犯加山一樣，也聽到了幻聽。尤其那個聲音，很可能聽起來像是來自那個世界，這樣想的話，就可以解釋早見達郎先生為什麼會查『靈』和『聲』這兩個字了。」

「來自那個世界？」

「你可能還不知道，在早見先生死亡的三個月前，另一個部門的女職員自殺了。她是早見先生的婚外情對象，大家都認為他和那名女職員的自殺也有關係。」

「也就是說，那個姓早見的部長聽到了那個自殺的女人的聲音嗎？」

「這只是草薙的猜測而已。」

「是喔。」北原發出大驚小怪的聲音，「草薙這傢伙還真會想一些稀奇古怪的事，話說回來，也不能排除這種可能啦。被拋棄的女人一旦自殺，無論是誰，都會睡不安穩。一旦覺得是自己害對方走上了絕路，會產生幻聽也很正常。但是，那又能證明什麼呢？」

「加山也說，他聽到了幻聽，不是嗎？還說是因為幻聽導致他行兇。」

北原注視著眼前這名女刑警，身體稍微後退，然後靠在椅背上。

「那又怎麼樣呢？妳到底想說什麼？」

「同一個職場的人，都深受幻聽之苦——可以視為只是巧合而已嗎？」

北原忍不住噗哧一聲笑了出來。

「如果不是巧合，還會是什麼？還是說，幻聽和流行性感冒一樣，會傳染給別人嗎？」

「也許吧。」內海薰面無表情地回答，「也可能有其他的原因。」

「太荒唐了。」北原不以為然地說道，「草薙這個傢伙沒問題吧？妳代我轉告他，有時間想這些荒誕離奇的事，還不如花點時間去準備升等考試。」

「你認為是荒誕離奇的事嗎？」

「是啊，更何況我對精神病沒有興趣。加山說他聽到了奇怪的聲音應該是事實，但這是因為壓力或是緊張造成的。如果不是巧合，那就是環境的關係。在他們公司上班應該壓力很大，會讓人腦筋出問題。」

「兩個月前，草薙在偵辦這起案子時，」內海薰低頭看著記事本，「瞭解到早見先生在工作上並沒有任何煩惱，營業部長的工作非常順利。」

「無論在旁人眼中看起來如何，其實沒有人能夠瞭解當事人的感覺。即使兩個人都產生了幻聽，原因也相同，但這和我們的工作有關嗎？無論是什麼原因，都無法改變你們手上的案子是單純的自殺，我手上的是傷害案這個事實，難道不是嗎？」

「必須視幻聽的原因而定。」
「妳說什麼？什麼意思？」
內海薰沒有回答他的問題，看了一眼左手腕上的手錶。
「北原先生，我接下來要去一個地方，你可以和我一起去嗎？」
「去一個地方？要去哪裡？」
內海薰一雙細長的眼睛直視著他回答：
「去找也許有辦法解決這個幻聽問題的人。」

走進帝都大學校門時，北原忍不住思考，自己有多久沒來過這種地方了。在之前負責的案子中，從來不需要來大學進行調查。最多只是去委託司法解剖的法醫學研究室而已，但這種時候，不會覺得走進了大學，更像是去醫院。更何況北原從來沒有想過要來聽取和犯罪偵查毫無關係的物理學家提供的意見。

他之前就曾經聽說，草薙借助這位姓湯川的學者的能力，偵破了好幾起疑難事件。但北原認為，這種辦案方式根本是歪門邪道。即使再怎麼坐困愁城，也不能向普通老百姓求助。他忍不住懷疑，難道草薙沒有身為刑警的自尊心嗎？

所以，當內海薰告訴他接下來要去的地方時，他一度打算拒絕。因為他覺得加山的事件已經解決了。

但他隨即又想，瞭解一下草薙他們辦案的方式也沒有損失，所以臨時改變了主意。從內海薰說話的方式發現，她和湯川也很熟。北原手上沒有需要緊急處理的工作，所以帶著看好戲的心情，跟著內海薰一起來到這裡。

內海薰似乎已經來過多次，熟門熟路地走在校園內。最後走進的那棟教學大樓內，散發出不知道是藥品還是油的味道，那是北原以前從來沒嗅聞過的臭味，如果不是因為這次的案子，他恐怕一輩子都不會來這種地方。

不一會兒，他們來到物理系第十三研究室。

內海薰敲了敲門，裡面傳來「請進」的應答聲。內海薰走了進去，北原跟在她身後。研究室中央有一張大型作業檯，上面和周圍放了許多讓人不太敢碰的複雜儀器。

一個身穿白袍的男人背對著他們坐在後方的座位上，電腦螢幕上顯示的圖形只能用「奇怪」這兩個字來形容。

男人站了起來，回頭看著他們。他就是昨天在草薙的病房見到的湯川。昨天他沒戴眼鏡，今天戴了一副無框眼鏡。

「久違了。」湯川對內海薰說。

「好久不見。不好意思，今天又在你百忙中上門打擾。」

「草薙剛才打電話給我，你們真是強人所難。我告訴妳，那些科學雜誌採訪我的時候，如果不提早兩個星期預約，我向來一概拒絕。」湯川說到這裡，向北原點了點頭，「昨天辛苦了。」

「昨天真是失禮了。」北原向他鞠躬說道。

「你不必道歉，瞭解案情時，的確要排除閒雜人等。但是——」湯川將視線移向內海薰，「我真是做夢也沒想到，我會和這次的事件扯上關係。」

「不，還言之過早，」北原說，「我反而認為應該不需要麻煩老師。」

湯川用指尖推了推眼鏡中央，俯視著內海薰問：「是這樣嗎？」

「不知道，所以才會來這裡徵求你的意見。」

「是喔。」湯川一臉難以釋懷的表情點了點頭，問北原：「要不要先喝杯咖啡？雖然只是即溶咖啡。」

「不用了，不必浪費時間。」

「是嗎？」湯川在工作檯旁的椅子上坐了下來。「那就先聽妳說明一下情況，聽草薙說，是有關幻聽的問題？」

「沒錯，這次的關鍵字就是幻聽。」內海薰說完這句開場白之後，開始說明情況。

她告訴湯川，兩個月前的自殺事件以及這次的案件，都很可能和幻聽有關，而且很難認為只是巧合而已。她的說明簡潔明瞭，同時交代了必要的細節。北原在一旁聽了，內心不由得感到佩服。不愧是能夠被拔擢進入搜查一課的女警，腦袋的確很靈光。當然，光靠腦袋是無法勝任刑警的工作的。

「原來是這樣啊，的確很耐人尋味。」湯川聽完內海薰的說明後表示，「但是，幻聽本來就是精神方面的問題，應該輪不到物理學家出面解決。」

北原也有同感，所以用力點點頭。內海薰說：

「如果只是一個人有幻聽的問題，或許的確如你所說。但在同一家公司的兩個人，都在差不多的時期，深受幻聽的折磨，就有可能是基於非精神性的因素——也就是某些物理作用造成的。」

「比方說呢？是怎樣的魔法？」

「草薙先生說，」內海薰舔了舔粉紅色的嘴唇後開了口，「以前曾經聽湯川老師提過超指向性喇叭的事，據說有方法讓極小範圍的人聽到聲音。」

湯川露出了笑容，瞇著眼鏡後方的雙眼說：

「他是說高超音速聲音系統嗎？沒想到那個科學白痴竟然還記得這件事，太意外了，真是讓人刮目相看啊。」

「請問你們在說什麼？」北原問道，他完全聽不懂談話的內容。

「普通的聲音會從聲源呈扇形擴散，但超音波的擴散幅度極小，幾乎以直線的方式前進，這種情況稱為有高度指向性。高超音速聲音系統，就是利用這個優點研發的裝置。」

「是喔。」北原雖然不置可否地點了點頭，但其實他並沒有聽懂這番話的意思。

「也就是說，」湯川補充道，「正如內海剛才所說的，只有很小的範圍才能夠聽到那個喇叭發出的聲音。比方說，即使有很多人聚集在一起，也可以只讓其中一小部分人聽到聲音。」

「有辦法做到這種事嗎？」

「只要具備相關的條件就行了。」湯川將視線移回內海薰身上，「草薙認為有人故意讓加山他們聽到幻聽嗎？」

「他懷疑有這種可能性。」

「哼，太荒唐了。」北原不以為然地說，「怎麼可能有這種事？他到底在想什麼？」

「你憑什麼認定不會有這種事呢？」湯川問。

北原看著眼前這位學者的眼睛說：

「因為這麼做根本沒有意義，讓別人聽到幻聽，會有什麼好處呢？姑且不論加山，草薙認為兩個月前自殺的部長也聽到了幻聽，那根本只是他的想像而已。」

「根據內海剛才所說的情況，我認為這種想像很合理。」
北原在自己面前用力搖著手。
「老師，你想太多了。辦案不是你想的這樣，如果靠想像就能破案，也未免太輕鬆了。」
「沒有人要憑想像作出結論，在分析現象時，繼續探究所有的可能性。也就是說，當有人提出某種意見時，首先必須加以尊重。只有缺乏進取心的懶人，才會不經驗證，而只因為不符合自己的想法和感覺，就排斥他人的意見。」
「懶人？」北原瞪著這位物理學家。
「沒錯，就是懶人。隨時傾聽他人的意見，持續檢驗自己的做法和想法是否正確，對肉體和精神都會造成很大的負擔。相較之下，完全不聽他人的意見，固執己見就很輕鬆。只有懶人才會貪圖這樣的輕鬆。難道我說錯了嗎？」
北原咬著嘴唇，握緊了右拳，很想一拳打在湯川端正的臉上。
「湯川老師，」這時，內海薰開了口，「有沒有方法可以確認草薙先生的推論是否正確呢？」
湯川點了點頭。
「我想先向當事人瞭解情況，但其中一個人已經死了，只能問剩下的另一個人了。」
北原用力倒吸了一口氣，忍不住撐大了鼻孔，「你想向加山瞭解情況？」
「沒錯。」
「不可能。」北原斷然拒絕，「你是和事件無關的民間人士，只是學者而已，我怎麼可以讓你和嫌犯見面呢？」
「但是，要解開幻聽之謎——」

「沒這個必要！」北原站起來時，故意發出很大的聲響，「我是不知道你和草薙至今為止完成了多大的成就，但不要插手我們在偵辦的事件。加山的事件已經結案了，你們不必多管閒事。」他低頭看著內海薰繼續說道：「請妳轉告草薙，叫他不要得意忘形了。」

「草薙先生完全沒這個意思——」

「少囉唆，不用妳管。」北原大步穿越研究室，握住了門把。

「你要走，是你的自由，但我有言在先，」北原身後傳來湯川的聲音。「正因為受草薙之託，我才會協助這次的偵辦工作。老實說，我完全不想和這種事扯上任何關係。既然你說那起事件已經結案了，那我也就不管這件事了。至於能不能查明事件真相，我比你更不在意。我希望你在瞭解這件事的基礎上，再決定要堅持自己以前的做法，還是傾聽他人的意見，挑戰新的辦案方式。」

北原握著門把轉過頭。他的眼神中充滿了憎惡。

但是，物理學家完全不在意，重新戴好眼鏡說：

「草薙向來尊重我這個外行人的意見，也願意傾聽後輩刑警的意見。他能夠做到的事，難道你辦不到嗎？」

北原咬牙切齒，抓著門把的手因為憤怒而顫抖。

5

加山得知面談的對象是物理學家時，露出了困惑的表情。這也難怪。北原心想，以目前的狀況來看，加山應該要和心理學家或是精神科醫師談話。

面談在警察分局的小會議室內進行，只有北原和內海薰在場。北原向上司說明情況後，將這次面談定調為非正式的面談。

「那個聲音聽起來是怎樣的感覺？」湯川開始發問，「聽說是男人低沉的聲音，聲音聽得很清楚嗎？是否曾經有過聽不太清楚的情況？」

「每次都聽得很清楚，」加山回答，「也因為太清楚，所以在聽到幻聽時，根本聽不到其他人說話的聲音。無論周圍的環境再怎麼吵，都可以清楚聽到幻聽。」

「你有沒有試過耳塞？」

「有，但因為完全沒有效果，所以就沒再用了。」

「完全沒有效果嗎？」

「對。」

「你主要是在公司的時候會聽到幻聽，對嗎？現在會聽到嗎？」

「不會，遭到逮捕之後，就沒有再聽見，讓我鬆了一口氣。」加山說到這裡，臉上的表情稍微放鬆了。可見他之前深受幻聽之苦。

「聽到幻聽的時候，周圍有人嗎？」

「有時候有人，有時候沒有人。在我發現那是幻聽之前，每次只要一聽到，我就會東張西望，通常周圍都沒有其他人。」

「你有沒有和別人討論過幻聽的事？」

加山滿臉痛苦地搖了搖頭。

「沒有，我應該早一點去看醫生的。」

「有沒有聽說，除了你以外，還有誰有幻聽的煩惱？」

加山聽了湯川的問話，一臉意外地眨了眨眼，「有這樣的傳聞嗎？」

湯川面無表情地回答：「不知道，所以才會向你確認。有聽說過嗎？」

「我從來沒有聽說過。」

「那你認為自己幻聽的原因是什麼？」

加山一臉嚴肅的神情沉默片刻後，緩緩開了口。

「歸根究底，還是因為我太脆弱了。有了一點成績，就開始得意忘形。被指名負責那個企畫時，的確感受到很大的壓力，隨時都感到很不安，不知道自己是否能夠勝任。我原本以為自己更堅強，其實只是自視太高，我現在為此感到非常羞愧。」

「所以，你認為是精神方面的原因造成的嗎？」

「除此以外，還會有其他原因嗎？」加山垂下雙眼。

面談結束後，加山被送回拘留所。北原他們仍然留在小會議室。

「你覺得怎麼樣？」內海薰問湯川。

物理學家一臉凝重的表情，低頭看著筆記說：「排除了草薙認為的可能性。」

「草薙認為的可能性？」

「他認為可能使用了超指向性喇叭——也就是使用高超音速聲音系統的那個假設。雖然這個想法很有趣，但根據加山剛才的供詞，排除了這種可能性。雖然使用了超音波，但聲音還是聲音，一旦用了耳塞，聲音就會變小。」

「加山剛才說，用了耳塞也沒有效。」

湯川點了點頭。

「其實我原本就認為這種可能性很小，以目前的技術，難以將高超音速聲音系統小型輕量化，也很難在不被他人察覺的情況下操作裝置。」

「好了，這下子水落石出了吧。」北原插嘴說道，「加山是因為生病才會產生幻聽，和物理或是科學完全沒有關係。」

湯川聽了，露出了納悶的表情，用指尖推了推眼鏡。

「你為什麼會得出這樣的結論？目前只是排除了一種假設而已。」

「難道還有其他方法嗎？」

湯川沒有明確回答這個問題，露出意味深長的眼神看著北原和內海薰。

「我想要確認一件事。」

「什麼事？」內海薰問。

「加山是在會議室聽到了幻聽，我想知道有哪些人出席了那天的會議。除此以外，也要盡可能查明在加山聽到幻聽時，有誰在他的周圍。還有另一件事也想要確認一下，在和早見同一個樓層工作的人中，有沒有誰在最近也聽到了幻聽。」

「還有其他人也聽到幻聽嗎？」北原問。

「如果幻聽是人為造成的，就應該還有其他被害人。當事人可能沒有告訴任何人，獨自為這件事煩惱。問題在於如何找到這樣的人。」湯川目不轉睛地注視著北原的臉，「即使是專業的刑警，恐怕也很難查明這件事吧？」

物理學家明顯在挑釁北原，雖然北原很不想中計，但更不願意被認為臨陣脫逃。

「我會想辦法。」北原回答說。

6

脇坂睦美開始在電腦前工作，立刻察覺到有人站在自己的前面。抬頭一看，原來是科長村木。

「有什麼事嗎？」睦美問。

「刑警又來了。」村木垂著兩道眉毛，「他們也想要向妳瞭解情況。」

「我嗎？」睦美把手按在自己胸前，「是為了加山先生的事嗎？」

「應該是吧。」

「但我和加山先生並不熟啊……」

「也許吧，但既然刑警特別指名要找妳，一定有什麼原因吧。他們在三號會客室等妳，可不可以請妳馬上過去？」

「知道了。」

雖然睦美感到不解，但還是關掉電腦站了起來。當她走向出口時，聽到背後傳來叫聲。

「睦美。」回頭一看，坐在旁邊的長倉一惠跑了過來。

「怎麼了？」睦美問。

一惠東張西望後問她：「警察找妳嗎？」

「是啊……」

一惠露出滿臉歉意的表情，雙手合在胸前說：

「對不起，可能是因為我亂說話的關係。」

「亂說話？」

「剛才警察也把我找去問話，當時問了我很多問題，我就說了妳的事。」睦美訝異地看著一惠問：「他們到底問了妳什麼？」

「這個……妳去見了刑警就知道了，但我不是說妳壞話，只是回答了他們問我的問題而已。」

一惠吞吞吐吐，睦美有點不耐煩。「到底說了什麼？妳倒是說清楚啊。」

「妳馬上就知道了。」

一惠再度道歉後，轉身離開了。睦美目送著她的背影，忍不住小聲嘀咕：「怎麼回事啊？」既然不願意明說，不如一開始就別說。

一男一女等在會客室，睦美之前見過他們。加山幸宏出事時，那名男刑警曾經來過公司；早見達郎自殺時，則是那名女刑警來公司調查。

「很抱歉，打擾妳工作。」那名姓北原的男刑警說道，「今天是為了加山引發的傷害事件，來這裡向各位瞭解情況，希望妳能夠提供協助。」

刑警恭敬的態度反而啟人疑竇。睦美不由得緊張起來，「我要說什麼呢？」

「我上次來這裡向各位瞭解情況後發現，嫌犯加山這一陣子的精神狀態持續不太穩定，很可能和他這次犯案有關，所以必須瞭解造成加山目前這種情況的原因到底是什麼。如果是職場環境有問題，這些因素也會影響判決。」

睦美覺得似乎能夠理解刑警想要表達的意思，於是就問：「所以呢？」

「我們希望妳能夠坦率地表達妳的意見，妳認為加山的職場環境如何？容易造成壓力嗎？」

「我不太清楚。」睦美偏著頭回答，「因為我們在工作上幾乎沒有交集，他好像負責一個企畫，我覺得應該很辛苦吧。」
「那麼，其他人的情況怎麼樣呢？」
「其他人？」
「有沒有其他人也和加山一樣，因為壓力導致累壞了身體，或是精神狀況出了問題，有沒有人曾經和妳聊起過類似的情況？」
「沒——」她原本想回答「沒有」，但突然恍然大悟，終於瞭解了長倉一惠剛才那番話的意思。
「脇坂小姐，」女刑警用平靜的語氣對她說，「聽妳的同事說，妳為耳鳴的問題很煩惱。」
果然是這樣。睦美知道自己沒有猜錯。當刑警問：「最近有沒有誰不太對勁？」時，一惠提到了自己的名字。
「怎麼樣呢？」女刑警追問道。
「不是什麼大問題，」睦美明確地回答，萬一被視為是加山的同類就慘了。「那只是暫時性的，現在幾乎沒問題了。」
北原用充滿懷疑的眼神看著她，「真的嗎？」
「真的啊，我為什麼要說謊？」睦美忍不住有點生氣。
「妳有沒有因為耳鳴的症狀去醫院檢查？」北原問。
「我去過，但醫生說沒有任何異常。」
「也就是說，妳至今仍然不知道耳鳴的原因。」
「是啊……那有什麼關係呢？反正現在已經好了。」睦美說話時聲音發抖，因為北原注視她的眼神讓她感到害怕。並不是因為他的眼神充滿了威嚴，而是他冷靜而透徹的眼神，似乎可以識破想要說謊的人內心些微的動搖。

「脇坂小姐，」北原說：「如果妳的耳鳴問題真的解決了當然很好，但如果現在仍然會耳鳴，希望妳對我們說實話。因為妳的耳鳴很可能是因為妳所不瞭解的、和妳完全無關的原因造成的。」

睦美倒吸了一口氣。因為她覺得對方說出了這段時間以來，自己煩惱的癥結點。

這時，北原突然放鬆了臉上的表情，「……雖然我這麼說，但其實我也半信半疑。」

「啊？」

「消除他人的幻聽——我很懷疑是否真的能夠做到這種事。但是，有可能可以做到，只是妳首先必須對我們說實話。脇坂小姐，可不可以請妳相信我們一次呢？」

北原的聲音就像水滲入乾澀的沙子般，滲進了睦美的內心。他們知道自己耳鳴的原因，而且有可能消除自己的耳鳴。

「怎麼樣？妳仍然斷言現在已經不再耳鳴了嗎？」

睦美用力深呼吸後，向兩名刑警確認：「真的可以消除耳鳴嗎？」

隔天早晨，睦美到公司後，走進自己的辦公室之前，先去了會客室。因為昨天的刑警要求她這麼做。當她走進會客室後，發現昨天的女刑警和一個身材高大的男人在那裡。北原不在。

高大的男子穿了一件針織衫和夾克，看起來不像刑警。他自我介紹說，他姓湯川，是帝都大學物理系的副教授。睦美有點不明就裡。這位物理學家想要幹什麼？

湯川拿出一個菸盒大小的長方形器具，小小的突起應該是開關。器具上連著電線，前端有一個像是五十圓硬幣的金屬片。

「請妳撕下金屬片背面的貼紙，貼在耳朵後方，無論左耳還是右耳都沒關係。」

睦美遵從湯川的指示，把金屬片貼在右耳後方。

「請妳用右手拿著這個。」湯川把器具交給睦美後，走向放在不遠處的筆電前，「請妳打開開關，然後隨便說點什麼。」

睦美打開了開關，說了聲：「你好。」

湯川看著電腦的螢幕，點了點頭說：「很好。」然後又走了回來。

「平時不需要打開開關，聽到耳鳴的時候，再請妳把開關打開。」

「這樣耳鳴就會消失嗎？」

「不，」湯川微微偏著頭，「目前還無法預測結果，但如果順利的話，明天之後，妳就不必再為耳鳴苦惱了。」

「到底是怎麼回事？可不可以請你告訴我？」

「必須等所有的謎底揭曉之後，才能夠向妳說明。」湯川一派輕鬆地回答。

睦美把器具藏在衣服內，以免被人發現，然後走出了會客室。走進辦公室時，發現有幾位同事已經來上班了，長倉一惠也到了。昨天睦美去見完刑警回來後，她不安地問：「情況怎麼樣？」睦美回答說：「還好啊。」雖然內心對一惠有點芥蒂，但又覺得如果換個立場，自己也會這麼做。而且，如果可以消除耳鳴，從某種意義上來說，一惠也算幫了大忙。

「早安。」睦美向一惠打招呼。「早安。」一惠也露出愉快的表情。「怎麼了？發生了什麼好事嗎？」一惠問。

「沒有啊。為什麼這麼問？」

「因為妳看起來很開心啊。」

「啊？有嗎？」睦美微微偏著頭，在自己的座位上坐了下來。她覺得一惠也許說對了，之前對耳鳴厭惡之極，今天卻有點期待耳鳴的出現，而且也很好奇，不知道到底會發生什麼事。

辦公室的早晨一如往常地拉開了序幕。熟悉的同事陸續進來，坐在各自的座位上。兩名身穿業者制服的男人在牆邊的影印機旁作業，可能在進行定期保養。

不一會兒，上班的鈴聲響了。睦美充滿緊張地開始做每天的第一項工作——打開電腦。目前仍然每天都會耳鳴，剛開始上班、午餐時間和回家路上——通常會發生在這三個時間點。雖然之前一直很擔心，總有一天會影響工作，但到目前為止並沒有任何問題。今天不知道什麼時候會發生耳鳴呢？

睦美摸了摸藏在衣服裡面的裝置。沒問題，隨時都可以打開開關。但是，打開開關之後會怎麼樣呢？那名學者到底有什麼意圖？這個裝置又到底是什麼呢？

她思考這些問題時，正準備開始工作，腦袋裡又響起了那個像飛蟲在飛的聲音。節奏雜亂無章，也沒有旋律，不愉快的聲音好像在蹂躪睦美的思考。

她打開了裝置的開關，但是聲音並沒有消失，仍然好像有飛蟲在腦袋裡飛來飛去。睦美閉上眼睛，咬緊牙關。

就在這時，聲音突然消失了。同時聽到了周圍嘈雜的聲音，還有女生的尖叫聲。

睦美張開了眼睛，巡視周圍。在她座位後方十公尺處，那個看起來像是影印機業者的人把一個男人的手臂扭到身後。

她一時不知道發生了什麼事。過了好一會兒，才發現穿著影印機業者制服的男人是刑警北原。

7

小中行秀被帶進偵訊室後，簡直就像個小動物。他的肩膀原本就不寬，如今像老太婆一樣縮在那裡，看起來更小了一圈。怯懦的雙眼骨碌碌地轉個不停，好像隨時快哭出來了。

那個裝置是我哥哥留下的——這是小中供詞的第一句話。

「你是指那個奇妙的機器嗎？」

聽到北原的發問，小中渾身顫抖地點了點頭。

「那是原型……是試驗品。我哥哥他們做出了完成度更高的作品，半年前，帶著作品去了美國，已經和美國的研究機構簽約將共同開發。」

「你知道機器的使用方法嗎？」

「知道，因為我哥哥他們曾經多次在我身上做實驗。當時我覺得是很了不起的發明，只要使用這個機器，應該就可以操控他人。」

「所以，你就趁哥哥離開之後，在公司的同事身上做實驗嗎？」

「……是啊。」

「你最早用在早見達郎先生身上吧？為什麼會選擇他？」

這時，小中露出冷漠的表情「哼」了一聲。

小中對這個問題的回答完全出乎北原的意料。他竟然回答說，「因為很好玩啊。」

「好玩？什麼意思？」

「不是很好玩嗎？外遇對象的女職員自殺了，他卻一副事不關己的態度，難道不會想要知道，讓那種傢伙聽到幽靈的聲音，會有什麼結果嗎？」

小中說，他讓早見聽的是女人的啜泣聲。

「我從錄影帶和DVD中蒐集了女人啜泣的聲音，送到早見的腦部。那真是傑作啊，平時他總是板著一張臉，神氣活現的，一聽到啜泣聲，立刻六神無主。即使坐在遠處，也可以看到他嚇得魂不附體。於是我確信，他和那名女職員的自殺有關。」

「你是在為那名女職員報仇嗎？」

小中聽到這個問題，第一次露出了笑容。

「報仇？怎麼可能？我完全不認識那個自殺的女職員。我只是痛恨早見而已，這個無能的部長無法正確評價下屬的實力。」

北原的身體微微向後仰，看著這個大放厥詞的嫌犯，「你痛恨早見嗎？」

小中露出充血的雙眼看著北原。

「痛恨他啊，當然痛恨他。由加山負責的那個企畫，原本是我提的案子。結果，早見部長不僅搶走了我的點子，還拔擢自己喜歡的下屬擔任企畫的負責人，把我當成跑腿的。這種事怎麼可以原諒呢？所以我報復他，用幻聽報復他。不過我要聲明一件事，我只有在公司內對早見部長使用了那個機器，從來沒有在公司外使用過，所以他的自殺完全不關我的事。」

「但是，目前認為他很可能是因為聽到人為的幻聽，導致精神出了問題，結果真的聽到了幻聽，最後在衝動之下自殺了。即使這樣，你仍然認為和自己無關嗎？」

「這——」小中不悅地低下了頭，「我怎麼知道？他自己做了虧心事，所以才會這樣。」

北原嘆了一口氣之後開了口。

「你也是基於相同的理由，讓加山聽到幻聽嗎？也就是說，你因為嫉妒比自己優秀的菁英，才會做這種事嗎？」

「那傢伙，」小中抬起了頭，「他只是懂得投機取巧而已，我讀的大學比他的好，業績也不比他差，無論怎麼想，我都不可能會輸給他。我只是想要糾正這種不合理的現象而已。」

「為什麼他去醫院時，你仍然不放過他，讓他聽到幻聽呢？」

小中撇著略微帶著紅色的嘴唇。

「因為我想要把他逼得走投無路，如果在就診之前還聽到幻聽，他一定無法保持平靜。在這種狀態下就診，醫生一定會認為他真的生病了。」

北原扭著脖子，看著小中那張窄臉。

「你不惜用這種手段陷害競爭對手，不會感到空虛嗎？難道沒有想過要憑自己的實力贏對方嗎？」

小中露出好像小孩子鬧彆扭的表情。

「因為我的實力無法受到正當的評價，我也無可奈何啊。」

北原抓了抓頭，發現他完全搞不清楚狀況，更覺得他和自己一樣。

「我告訴你一件事，」北原說，「加山被帶到這裡之後，從來沒有說過任何一句為自己辯解的話，他只是不斷道歉。除了覺得對不起被害人，更反省自己對公司造成了困擾。就連對聽到幻聽這件事，他也認為是自己太脆弱所致。如果我是你們公司的老闆，不必思考就知道該提拔誰。」

小中瞪大的雙眼努力想要露出憎惡之色，但他的眼神中流露出傷心。

8

照片中有一個像傳統收錄音機般的銀色長方形盒子，上面連著很粗的電纜，電纜前端是像數位相機般的機器。

「使用方法很簡單，只要把事先錄好的聲音傳輸到主體內的記憶體，然後調整音量，把照射器對準目標人物的頭部，打開開關就好。對方就會聽到事先預錄好的聲音。」湯川站著說道。

低頭看照片的草薙抬起頭問：「其他人聽不到嗎？」

湯川點了點頭說：「絕對聽不到。」

「千真萬確。」一旁的內海薰斷言，「我也參加了實驗，即使就站在旁邊，也完全聽不到。相反地，當我自己成為目標時，就聽得非常清楚，聲音好像在腦袋裡響起，難以想像在我旁邊的人竟然什麼都聽不到。」

「經過多次實驗之後發現，最遠可以傳到二十公尺處。小中應該把主體放在皮包內，放在腳下，藏好電纜，不讓其他人看到，然後把照射器對準目標人物。」

「他這麼做不會被別人發現嗎？」

「我們曾經在小中他們的辦公室進行驗證實驗，旁人真的很難察覺。」內海薰說：

「我相信你看到照片就知道了，照射器很小，乍看之下，會以為是數位相機或是手機之類的。目前這個年代，有人在自己的座位上把玩這種東西，誰都不會多看一眼。」

草薙輕輕搖了搖頭後，抬頭看著湯川。

「到底是什麼名堂？你剛才說是照射器，具體要照射什麼？」

「簡單地說，就是電磁波。在正常情況下，聲音會在空氣中形成聲波，傳入人的耳膜，但這種裝置是使用電磁波傳遞聲音。」

「電磁波……有辦法做到嗎？」

「只要將電磁波變成和聲音頻率相同的脈衝波進行照射，就會透過和頭部的相互作用，讓被照射的人聽到聲音。這稱為弗雷效應。內海剛才說，感覺像是腦袋中聽到聲音。這並不是比喻，的確是在腦部聽到聲音。以前就知道有這種現象，但這是我第一次看到實際應用的裝置，而且整個裝置竟然這麼小巧。聽說是嫌犯的哥哥製作的，難怪會被美國的研究機構挖角。」

草薙嘆著氣，放下了照片。

「這個世界上，我們不知道的事實在太多了。」

「光是知道這件事，不就是一種收穫嗎？」湯川拿起照片，放進夾克內側的口袋。

「你一眼就看出是怎麼回事了嗎？」

「聽加山說，即使用了耳塞也沒用時，我就認為電磁波的可能性最大。所以我請內海他們徹底調查了加山聽到幻聽時的狀況，加山在企畫會議的中途情緒失控，那次企畫會議的相關情況提供了很大的參考。幸好會議紀錄中也有出席者的座位表，想要在不引起他人懷疑的情況下操作機器，就必須坐在最後方的位置。紀錄顯示，只有小中行秀坐在最後一排座位上。另外，醫院的監視器有你被刺傷時的影像，仔細確認後，發現拍到了一個很像是小中的人，而且手上抱著一個大皮包。我請內海他們去調查後，發現小中那天向公司請假。於是我認為，如果有人使用電磁波製造幻聽，絕對就是他。」

「原來是這樣，你還是滿嘴的理論。」

「但是，我並沒有十足的把握，必須讓那傢伙繼續做相同的事才能夠證明。如果沒有其他人聽到幻聽，我就束手無策了。」

「去他們公司調查之後，找到了有耳鳴煩惱的女職員嗎？」草薙將視線移向內海薰，「幹得好！」

「並不是我一個人的功勞，如果沒有北原先生的協助，我應該很難辦到。」

草薙點了點頭，再度抬頭看著湯川。

「但是，還有疑問沒有解決。那個女職員的耳鳴是怎麼回事？據說她只是聽到嗡嗡叫的聲音，並不是像早見和加山那樣，聽到了人的聲音，到底是怎麼回事？歹徒失手了嗎？」

「不，不是這樣，那是歹徒故意的。」

「故意？」

湯川把放在旁邊的皮包拿了過來，從裡面拿出一個iPod，下方裝了一個小型擴音器。

「這就是脇坂睦美小姐聽到的聲音。」

湯川打開了開關，擴音器中傳來令人渾身不舒服的嗡嗡聲，背上起了雞皮疙瘩。草薙皺著眉頭。

「這是什麼？是為了整她，所以讓她聽這種聲音嗎？」

「我原本也以為是這樣，但聽了幾次之後，發現以一定的模式不斷重複。於是我分析了波形，發現是某個聲音加上了低頻率的雜音。在去除雜音，調整頻率之後，就聽到了這個。」

湯川在操作iPod後，立刻聽到了一個男人的聲音。

妳愛小中行秀、妳愛小中行秀——

「這是怎麼回事啊？」草薙忍不住叫了起來。

湯川笑著關掉了開關。

「就是你所聽到的，不斷重複『妳愛小中行秀』這句話，這應該是小中行秀的聲音。」

「為什麼要這麼做？」

「這就不清楚了，要問當事人才知道，但我可以大致推測。」

「這是怎麼回事？」

「應該試圖發揮閾下知覺效果吧，用低頻率傳送話語，對對方的潛意識產生暗示作用。」

「喔喔。」草薙用力張大了嘴。

「原來小中暗戀那個女職員，所以希望那名女職員也喜歡自己……真是卑鄙無恥的傢伙。」

「雖然很卑鄙無恥，但也很幼稚。聽脇坂小姐說，她已經為耳鳴煩惱了三個多月，卻完全沒有注意到小中。」

「你有沒有把這件事告訴北原？」

「有。」回答的是內海薰，「來這裡之前，已經把這個音源的備份送去給北原先生了。」

「是喔。」

他有沒有說什麼——草薙正想發問，他的手機響起收到電子郵件的聲音。「不好意思。」他向另外兩個人打了聲招呼後，打開了手機。沒想到才說到他，他就傳來了郵件。郵件的主旨是「收工」，內文如下。

小中承認了對脇坂睦美小姐的行為，並要求不要告訴她。整起案子終於解決了，請轉告物理老師和美女刑警，接下來的事就交給我吧。我知道你為什麼能夠平步青雲了，你果然只是運氣好而已。因為運氣好，所以才會遇到貴人，就這麼簡單。我以後也會繼續嫉妒你。

又及：祝你早日康復

北原

草薙忍不住笑了起來，讓手機回到了待機畫面。

「你好像很高興嘛。」內海薰說。

「八成是銀座的酒店小姐傳電子郵件給他，」湯川一臉冷漠的表情，「說是等一下要來醫院看他。」

「喔，你怎麼會知道？」

「被我猜中了嗎？看你的表情就知道了。內海，我們走，不要在這裡壞了他的好事。」

「是啊。草薙先生，請多保重。」

「好，等我出院，請你們喝酒。」

湯川和內海薰故意大聲地走出病房。
草薙躺了下來，回想起北原的電子郵件。我遇到貴人？
你根本不知道，要搞定那兩個人有多累啊。他在心裡嘀咕道。

※作者註：小說中出現的腦內聲音裝置在二〇一二年五月當時尚未實際使用。

第四章

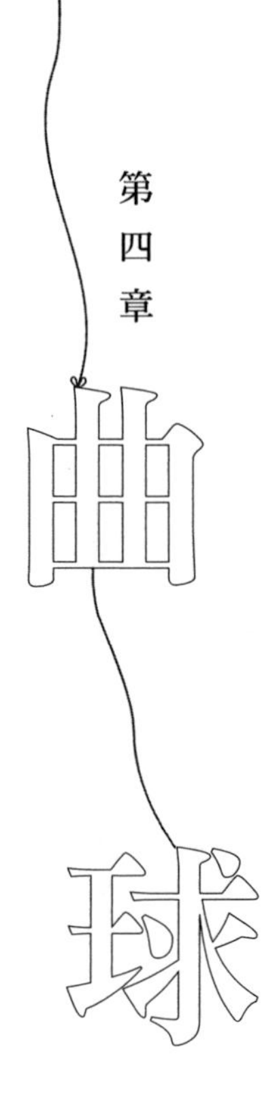

曲球

1

雨，持續不停地下。時序進入十月之後，天氣始終陰陰沉沉。這就是所謂的「秋風秋雨愁煞人」吧。男人嘀咕著。

即將到達目的地時，手機響了。男人咂著嘴，用手摸到了電話。看著前方，單手操作著方向盤，接起了電話。「喂？」

「啊，是我。」電話中傳來妻子的聲音。

「幹嘛？我在工作啊。」

前方是紅燈，男人踩了煞車。

「我知道，但有急事找你啊。仙台的姑姑打電話來，希望我還是去參加守靈夜，所以我去仙台一趟，今天晚上要住在那裡。」

男人撇著嘴角，「那晚餐怎麼辦？」

「你自己解決啊，也可以叫外賣。」

「小孩子的便當呢？」

號誌燈轉綠了，他鬆開踩著煞車的腳，踩下油門。

「不用擔心，我已經給他們錢了，他們會自己想辦法。」

「想什麼辦法？買便利商店的便當嗎？」

「也可以啊，或是買麵包。不必擔心啦，他們會自己買來吃。」妻子不耐煩地說。

車子抵達了目的地，他看到了指向停車場的箭頭。男人放慢了車速，轉動方向盤。

「妳要在仙台住幾天？」

「嗯，」妻子沉吟了一下說，「我打算明天回來，但也可能會多住一晚，因為要幫忙處理葬禮之後的事。」

「為什麼？不能想想辦法嗎？」

前方是地下停車場的入口。他之前來過好幾次，所以已經熟門熟路了。

這時，有一個想法從腦海中閃過。離開辦公室時，上司曾經提醒他一件事。到底是什麼事？

「因為奶奶以前很照顧我，不能丟著不管啊。」

「那就沒辦法了，我知道了。」

說完之後，男人把手機丟在副駕駛座上。

女人真輕鬆啊。他忍不住想道。我們腦子想著多賺一塊錢也好，今天本來是休假日，但因為同事病倒了，所以自己被臨時找去加班。雖然也可以拒絕，只不過家裡拮据的經濟狀況讓他捨不得放棄加班費。

開別人的車子還真不順手，就好像去別人家一樣，渾身都不自在。菸灰缸上貼了禁菸的貼紙，也讓他看了很不爽。

停車場的入口就在眼前。趕快送完貨，找個地方抽支菸。

他正準備把車子駛入停車場的入口——

隨著一陣衝擊，他整個身體都往前衝。安全帶勒緊了肩膀。

啊？怎麼了？怎麼回事？男人完全搞不清楚狀況。

下一剎那，白色的東西從天而降，轉眼之間，就包圍了擋風玻璃。

他想起了上司提醒他的事。是關於貨車高度的問題。這時，他的腦海中才浮現停車場入口上方寫著「高度限制」幾個字。

2

這麼大的車子，應該沒辦法停在機械式停車場。草薙打量著銀色的車體想道。那是一輛歐洲產的轎車，車長超過五公尺，車子的寬度也超過一百八十公分，所以只能停在平面的停車格，但這裡的車位很少。

「所以才要使用特權嗎？」草薙抱著手臂說道。停了轎車的停車格前寫著「非相關車輛禁止停車」幾個字。

「你這麼說，被害人也未免太可憐了。」後輩刑警內海薰在一旁責備他，「是健身房安排他們停在這裡。」

「雖然是這樣，但因為她是名人，所以才會安排她停在這裡。如果是普通老百姓，健身房就不會這麼做了。」

「其實即使是普通老百姓，只要成為這家健身房的VIP會員，應該也能夠享有相同的待遇。」

「能夠成為VIP會員的人，就不是普通老百姓了。」草薙不以為然地說這句話時，手機響了。是上司間宮打來的。

「去看現場了嗎？」

「現在和內海正在現場，剛才也向健身房的人稍微瞭解了情況。」

「是喔，你有什麼想法？」

「什麼想法……」草薙抓了抓眼尾，「現在還說不上來，但被害人並不是偶然把車子停在這裡，知道這件事的人，就有可能計畫性犯案。」

「是嗎？好，詳情等一下再談，你先回來分局，聽說被害人的先生很快就到了。」

「她的先生……」

間宮在電話的另一端粗聲粗氣地說：

「那還用問嗎？當然是東京天使隊的柳澤投手，趕快回來！」說完，他立刻掛上了電話。

草薙坐著內海薰駕駛的車子前往轄區警局，雨刷在擋風玻璃前擺動。今天從早上就開始下雨，他想到被害人的車子也是濕的。

「雖然這麼說有點輕率，但幸好天使隊沒有打進季後賽。如果打進季後賽的話，也許現在會一片混亂。」內海薰說。

職棒比賽正進入漫長球季的尾聲，從上週開始，前幾名的球隊展開了季後賽，但東京天使隊在這個球季中的排名持續落後，已經開始休假。

「選手的心情應該會受到影響，但隊友的家人在球季中死亡這種事很常發生，如果因為這種事就影響比賽，根本無法成為職棒選手。」

「但發生在自己身上，情況就不一樣了吧。如果是因為生病，或許之前就作好了心理準備，但這種突發性的……而且是遭到殺害，根本無心上場比賽吧。」

「那當然啦，但對柳澤投手應該沒有影響，因為他本來就不會上場比賽。」

「是這樣嗎？」

「他快四十歲了，臂力大不如前，今年賽季的後半段，幾乎都在二軍。我記得他之前已經接到了球團指定轉讓的通知。」

內海薰嘆了一口氣，「這種時候，他太太又遇到這種事……真不是時候啊。」

「殺人這種事，出現在任何時候都不對啊。」草薙點了點頭，覺得嘴裡很苦。

今天下午五點半左右接獲通報，一個女人頭部流血，倒在健身房的停車場。報案的是停車場的警衛。

因為警衛也同時向一一九報案，所以救護人員也趕到了現場。女人倒在駕駛座那一側的車門旁，洋裝外穿了一件薄質大衣，大衣背後有一半都被血染紅了。

當救護人員確認女人已經死亡時，轄區的警察也趕到了現場。

女人的頭部有被鈍器多次擊打的痕跡，鮮血染紅的啞鈴被丟棄在旁邊車輛的下方。現場沒有找到被害人的手提包之類的東西。

轄區警局的偵查員和機動搜查隊的成員展開了第一波偵查，同時召集了草薙等搜查一課的人加入偵查工作。屍體已經搬離，但被害人的車子仍然留在現場，鑑識小組正在進行勘驗作業。草薙他們在觀察現場的同時，向健身房的人瞭解情況，整理目前所掌握的線索。

因為沒有發現手提包，所以也沒有找到被害人的駕照，但因為車子停在特殊停車格，所以很快就查明了死者的身分。

死者名叫柳澤妙子，是這家健身房的ＶＩＰ會員。這一天她來健身房是因為預約了舒壓按摩，原本準備為她做舒壓按摩的按摩師說，這種時候，就會安排她把車子停在地下停車場的特別停車格。

健身房的資料庫有柳澤妙子的個人基本資料，所以很快就知道她是家庭會員，她的丈夫是職棒東京天使隊的柳澤忠正。

車子很快抵達了警局。柳澤忠正已經到了，也確認了屍體。目前間宮正在其他房間向他瞭解情況，草薙和內海薰也和其他偵查員一起列席。

柳澤的身材結實，但並沒有想像中高大。如果穿上西裝，或許看起來像上班族。五官看起來也充滿知性。

「完全沒有。」柳澤臉色蒼白地說。間宮剛才問他，對於這起事件，是否有什麼線索。

「今天四點半左右，她曾經傳電子郵件給我，說她要去SPA會館，和平時沒什麼兩樣。」

「關於SPA會館，請問有多少人知道你太太經常去那裡？」

「這個，」柳澤偏著頭回答，「我不知道。我應該從來沒有告訴過任何人，她可能曾經告訴她的朋友吧。」

「你太太沒有曾經向你提起，去SPA會館時有什麼不愉快的回憶，或是遇到奇怪的事嗎？」

柳澤不耐煩地搖了搖看起來很大的手。

「從來沒有發生過這種事，我沒有聽她提過。我不太清楚她平時的生活。」

草薙在一旁聽著柳澤充滿焦躁的聲音，覺得情有可原。之前曾經聽說，職棒選手所有的生活都投入棒球，否則就無法在職棒界生存。因為把家裡所有的事都交給太太，才能專心打棒球，所以根本不可能在意太太平時在家裡做什麼。

「那麼，」間宮把原本放在一旁的塑膠袋拿到桌子上，塑膠袋內有一個長方形的盒子，外面包著知名百貨公司的包裝紙，「你有沒有看過這個？」

「這是什麼？」

「放在車子的副駕駛座上，裝在百貨公司的紙袋裡。」

柳澤一臉困惑地搖了搖頭，「我不知道。」

「看起來像是要送給別人的禮物，你太太是否曾經向你提過這件事？」

「沒有，我沒聽她提過。」

「所以，也不知道裡面是什麼。」

「對，那當然。」

「那可不可以暫時先由我們保管呢？可能會用X光確認裡面到底是什麼。」

「請便。」柳澤幾乎漠不關心地冷冷回答。面對太太突然死亡，他目前的精神狀態顯然無法思考一些細節問題。

之後，間宮又問了幾個問題，但柳澤並沒有說出任何對偵查有幫助的內容。

間宮命令草薙送柳澤回家，顯然希望他和柳澤建立關係。當死者家屬很不好對付時，間宮都會要求草薙負責之後的聯絡工作。

草薙讓內海薰開車，一起送柳澤回家。草薙坐在副駕駛座上。

車子駛出警局後不久，柳澤就開始打電話。他小聲地對著電話說話，不時聽到守靈夜和葬禮之類的字眼。

「請問，」柳澤說到一半時問草薙，「請問屍體什麼時候會送回來？」

草薙想了一下回答說：「最快明天傍晚，因為法醫要驗屍。」

「……是喔。」

柳澤又說了兩、三句話後，掛上了電話。草薙聽到他重重地吐了一口氣。

雖然時序已經進入十月，但天氣很悶熱。草薙打開了空調的開關。不一會兒，柳澤對他說：「不好意思，可不可以請你把冷氣關小一點？因為我不想讓身體著涼。」

草薙大吃一驚，慌忙關掉了空調，「不好意思，我沒注意到這件事。投手不能讓肩膀著涼吧。」

「不……其實也不是多值得保護的肩膀。」柳澤自暴自棄地說道。

3

事件發生的第五天，警方順利逮捕到兇手。兇手是二十七歲的男子，他擅自將公司的商品拿去網路上拍賣一事敗露，幾天前，遭到任職的公司解雇。

這名男子瘋狂迷戀某偶像團體，事件發生的翌日，他要去聽該偶像團體的演唱會。演唱會現場將會販售特別的周邊商品，他打算瘋狂採購，卻阮囊羞澀。他絞盡腦汁，不知道該去哪裡籌錢，最後想到可以去偷停車場內車上的值錢東西。他想起以前打工當警衛的那家高級健身房的停車場，停在ＶＩＰ專用停車格的車子內很可能有值錢的東西。他打算把偷來的東西拿去當舖賣錢。

只不過他對打開車鎖沒有自信。雖然似乎很簡單，但他從來沒有試過，而且聽說最近有些車鎖如果不是用鑰匙打開，警報器就會響起。

於是他決定用打破車窗的方式。家裡剛好有兩公斤的啞鈴，於是就把啞鈴裝在紙袋裡帶著出門。

他避開監視器來到停車場，發現ＶＩＰ專用停車格內停了兩輛車子，但都不是高級車。他正在猶豫，不知道該怎麼辦時，又有一輛車駛來，而且一看就知道是高級進口車。

他站在旁邊的車子旁，看著那輛車倒車入庫。車上只有一個女人，即使站在車外，也可以看到她衣著很體面。

他突然靈光一閃。根本不需要打破車窗，只要等女人下車時上前攻擊，把她打昏就好。她身上一定有皮夾，也不需要去當舖了。

這名男子拿著啞鈴，從後方慢慢靠近。

駕駛座旁的門打開了，女人下了車，肩上背著側背包，關上了車門。

下一剎那，男子舉起啞鈴，朝著女人的後腦勺敲了下去。咚地一聲，發出了聽起來像石頭撞擊的沉悶聲音。

女人發出呻吟，倒在地上，皺起眉頭，但並沒有昏過去，試圖活動自己的手腳。

男子再度舉起啞鈴敲了下去。這次打破了女人的頭，鮮血流了出來，但那個女人仍然在動，所以他又舉起啞鈴敲了下去。女人終於不動了。

男子搶走了女人的側背包，轉身離開了。他不記得把啞鈴丟在哪裡，但反正戴了手套，所以應該沒有留下指紋。

男子回到家後，檢查了側背包裡面的東西。皮夾裡有超過十萬圓的現金。他覺得這下子可以盡情購買周邊商品了。

監視器的影像引起了偵查人員的注意。停車場內雖然設置了好幾個監視器，但幾乎都沒有拍到男子的身影，這一點反而很不自然。偵查人員研判，歹徒很可能瞭解監視器的位置，巧妙地利用了監視器的死角犯案。

幸好有一台監視器拍到了男子的身影，而且那台監視器去年才剛設置。

過去曾在這家健身房工作，在那台監視器設置之前離職的人很可疑——這樣的推論也就自然出現了。

雖然監視器拍到的影像並不清晰，但偵查人員沒有費太大的工夫就找到了那名男子。

4

把球丟出去的瞬間，不，嚴格來說，應該是球離開指尖的前一刻，他就知道不對勁。在揮動手臂時，就知道力量無法傳到球上，結果當然無法投出好球。白球勾勒出與理想中相去甚遠的軌道，飛進了宗田的棒球手套中。聲音也似乎不太妙。

宗田不發一語地把球丟了回來。他是柳澤私人僱用的訓練師，也很精通棒球理論。他擔任柳澤的私人訓練師已經超過五年，比任何人都更瞭解柳澤，即使不必說話，也知道彼此在想什麼。

「再投五球。」柳澤說。

宗田默默地點了點頭，他似乎也認為這樣比較好。沒有威力的球，投再多也無法發揮練習的效果。

室內練習場內只有柳澤和宗田兩個人，年輕選手都去高知縣參加秋季集訓了，其他選手應該已經開始調養身體。名列前茅的球隊選手正在打季後賽，但在聯盟中排名第五的球隊，已經搶先一步進入了季後。

雖然柳澤已經接到了指定轉讓通知，但球團並不無情。因為他還想繼續當現役選手，所以希望使用場地練球，球團也二話不說地答應了。

目前並沒有任何球團向柳澤招手，照這樣下去，只有引退一途，但還剩下一個機會，就是共同甄選。那是被球團釋出的選手展現實力的地方，只能期待在共同甄選時被某個球團相中。

但是，距離甄選舉行的時間不多了。第一次甄選將在下個月的月初舉行，第二次也是在下個月底，必須在一個多月的時間內，提升自己的投球狀態。

有辦法做到嗎？——他在捫心自問的同時，內心已經知道了答案。不可能。沒這麼容易。這只是自我安慰而已。

柳澤並不是速球型投手，而是靠控球、配球和變化球的威力致勝，但是，成為他拿手絕活的變化球已經失效了，因為球無法按照他想要的方式變化，他自己也不瞭解其中的原因，只能認為是體力衰退所致。

有一個人影進入了他的視野角落，那些來攀交情的熟識記者應該都離開了。到底是誰呢？他轉頭一看，發現是警視廳的刑警。他姓草薙。在事件發生之後，曾經多次來找柳澤。他之前似乎在調查妙子被熟人殺害的可能性，但柳澤認為不可能有這種事。認識妙子的人，不可能基於任何理由殺害她。

兇手已經逮捕歸案。果然不出所料，只是為了錢財犯案。柳澤極度後悔，早知道不應該加入那家健身房的VIP會員。

他投完了剩下的五顆球，沒有一次投出滿意的球。他苦笑著走向宗田。

「宗哥，我現在投的球，連你也可以打中。」

「因為你目前的身體狀況並不理想，球季的疲勞還沒有恢復，又遇到那種事，有好一陣子沒有好好練習了。」

「那種事」指的應該就是妙子的命案。

「我認為跟那沒有關係。」柳澤聳了聳肩。

他走向刑警。草薙坐在長椅上，正在看運動方面的專業雜誌。那是宗田帶來的雜誌，精通棒球理論的宗田也很愛閱讀。

草薙放下雜誌，站了起來。

「不好意思，在你練球時上門打擾，我來歸還之前暫時由我們保管的東西。」草薙說話時，遞給柳澤一個紙袋。紙袋裡是一個用包裝紙包起的長方形盒子。柳澤對這個紙盒並不陌生，因為命案發生後，曾經在警局看到過。

「關於這個，有沒有查到什麼？」柳澤問。

草薙搖了搖頭。

「我也問了你太太的朋友，但沒有人知道。有幾個人說，會不會是她想要送給先生的禮物？」

「不可能，最近並沒有什麼紀念日，而且裡面不是座鐘嗎？」

「我們用X光檢查之後，發現裡面是座鐘。」

「那就更奇怪了，她不可能送我這種東西。」

「我想也是。」

「算了，沒關係，以後自然會知道結果。」柳澤把紙袋放在長椅上。

「對了，」草薙拿起剛才看的運動雜誌，「這是你的嗎？」

柳澤也看了一眼標題，上面寫的是另一項比賽項目。難怪草薙會感到奇怪。

「不是，這是宗哥的。」

「宗哥？」

這時，宗田剛好走了過來。柳澤把他介紹給草薙。

「這本雜誌有什麼問題嗎？」宗田問。

「不，我只是有點在意。因為這不是羽毛球的專業雜誌嗎？我很納悶，為什麼打棒球的人會看這種雜誌。」

宗田笑了笑，說了聲：「借我一下。」把雜誌拿了過來，翻開其中一頁給草薙看。

「因為其中有一篇文章引起了我的興趣，我在想，不知道能不能用在棒球上？」

草薙看了那一頁，微笑著點了點頭。

「果然是這篇文章，看來我沒有猜錯，因為其他文章和棒球完全沒有關係。」

柳澤在一旁探頭張望。宗田中午給他看了這篇文章，文章的標題是〈以流體力學的觀點研究羽毛球的連續運動〉，宗田認為可能對研究變化球有幫助，但柳澤完全沒有興趣。

「這篇文章怎麼了嗎？」柳澤問。

「不瞞你說，」草薙微微挺起胸膛說：「寫這篇文章的帝都大學物理學家，是我的大學同學。」

練習結束後，柳澤搭計程車回家。事件發生後，車子一直都停在停車場。

他想起臨別時，宗田說的話。

「我們就死馬當活馬醫，去聽聽看他怎麼說，也許可以得到一些啟發。」

「別異想天開了。」柳澤一口回絕。雖然不知道那個什麼物理學家，但去向一個寫有關羽毛球文章的人請教關於棒球的事，根本是緣木求魚。

他看著窗外的景色，嘆了一口氣，心裡想著，也許差不多該引退了。他很想問問已經離開人世的妙子。

可以了啦，和我原本想的差不多——柳澤告訴她，已經接到指定轉讓通知的那天晚上，她很乾脆地說：

「你明年就三十九歲了，即使繼續硬撐下去也沒用。今年的成績是兩勝三敗，不知道哪個球團會相中你，讓你繼續打球。與其無所事事地虛耗一年，不如急流勇退，趕快走向下一步。我們結婚時不就已經這麼決定了嗎？」

這的確是事實。結婚之前，妙子提出的條件就是，一旦無法再當現役選手，就不要戀棧。

「我認為每個人有不同的生活美學，持續挑戰到身心俱疲或許也很有意義，但我對這種行為無法產生共鳴。戀棧一定會讓別人費心，也會對很多人造成困擾，當事人不可能不知道。既然當事人知道，但仍然堅持要這麼做，其實只是在耍任性。有些人會說，自己的生命中只有棒球，我覺得這種說法很奇怪。球員只有在四十歲前能夠靠棒球維生，四十歲只是人生的一半而已，我真想問問這種人，對接下來的人生到底有什麼打算？」

柳澤無言以對，也覺得妙子說得有道理，所以當初才會答應她說，好，一旦無法再當現役選手，我不會戀棧。

所以，在告訴妙子說，接到了指定轉讓通知的那天晚上，妙子也努力用開朗的聲音對他說：

「那接下來要做什麼呢？你之前一直都只打棒球，所以轉行可能要從頭學起。」

「不必著急，慢慢來沒關係。先休息一陣子，然後再來考慮。」妙子鼓勵他時，語氣中帶著興奮。

接下來的那段日子，他陷入了煩惱。真的就這樣放棄棒球了嗎？但是，之前已經和她有約在先了——

事後回想起來，那種煩惱根本不重要。反正只是運動，反正只是職業而已，一切船到橋頭自然直。

妙子的死，帶走了柳澤的一切，連他的煩惱也一起帶走了。如今，已經沒有人反對他繼續打棒球。但是，那又怎麼樣呢？

在這個球季中，他一直都在當中繼投手。雖然在前半季的比賽中，曾經讓他在贏球的情況下上場投球，但在球隊成績低迷，進入前幾名的希望落空之後，高層就開始將重點放在培養年輕投手這件事上。只有比分差距很大，勝負已定的情況下才會讓柳澤上場。觀眾席上也只有寥寥數人，沒有人認真看比賽。

即使在這種情況下，能夠順利阻止敵隊打者繼續得分時，還是感到高興。每當投出自己滿意的結果時，晚上喝的酒特別美味，但這都是因為身旁有妙子的關係。即使順利被其他球團僱用，在完成敗戰處理的夜晚，我到底該去向誰吹噓呢？

5

柳澤仰頭看著氣派的建築物，聳了聳肩。

「原來覺得自己高攀不上，就是指這種感覺，我作夢都沒有想到自己會走進帝都大學的大門。」

宗田笑了笑說：「你又不是來參加考試，沒必要緊張啊。」

「這是投不投緣的問題，我不喜歡來這種地方。」

雖然柳澤意興闌珊，但在宗田的再三堅持下，他決定來這裡聽聽這位物理學家的意見，刑警草薙似乎已經幫忙聯絡了對方。

柳澤他們來到物理系第十三研究室，名叫湯川的副教授在那裡等他們。身穿白袍，個子高大的他年紀似乎比柳澤稍長，身體結實，和柳澤想像中的學者很不一樣。

「草薙已經把大致情況告訴我了。聽說你們看了我的論文，想瞭解是否能夠應用於變化球的研究。」湯川說完，稍微推了推金框眼鏡中央的鼻架。

「很困難嗎？」宗田問。

湯川打開筆電，把螢幕朝向柳澤他們。

「我認為理論上有可能做到，在做那項研究時，我請選手打裝有特殊感應器的羽毛球，同時用數位影像記錄羽毛球的情況。用圖像解析選手的動作，分析用不同的方式擊球時，羽毛球會產生怎樣的變化。」

筆電螢幕從正中央分成兩半，左側和右側分別用電腦動畫顯示了選手的動作和羽毛球的動向。

「羽毛球也有變化球嗎？」柳澤問了這個簡單的疑問。

「有啊，應該說，每個球都是變化球。」湯川從桌子下拿出一顆羽毛球，「羽毛球是將鳥的羽毛排列成這種圓錐狀，在擊球的瞬間，因為受到了空氣的阻力，所以羽毛會縮緊。但是，當速度變慢，所承受的風力變小時，羽毛就會張開。於是，空氣阻力就會瞬間增加，導致速度急速降低。即時打直線球時，也會發生這種變化，這也是羽毛球的特徵。」

「原來是這樣。」宗田立刻表示同意。

「其實棒球也一樣，棒球並不是完美的球體，上面有縫線，百分之百的直線球並不存在，更何況還會受到重力的影響。」

「完全同意，所以我認為也能夠應用在棒球上。」

湯川再度從桌下拿出了什麼，那是一顆棒球。不，正確地說，是一個外形很像棒球的塑膠球體。

「我聽草薙說明的相關情況後，事先做了這個，以便向兩位說明，這顆球裡面裝了感應器。不好意思，因為是臨時準備的，所以很粗糙，但我相信你們能夠瞭解我的意圖。」他在說話時，把塑膠球遞到柳澤面前。

「要怎麼做？」

「你們有沒有做投接球練習的相關準備？」

「沒問題。」宗田拍了拍運動包。

「那我們去走廊。」

他們在湯川的催促下，走出了研究室。

「請你們在這裡練幾次投接球。」物理學家在操作筆電的同時對他們說。

「在這裡嗎？」柳澤打量著昏暗的走廊，「沒問題嗎？」

「學生在這裡玩棒球會挨罵，但我們是在做物理實驗，而且你們又不是外行人，沒有問題。」

「我們來試試。」宗田開始脫上衣。

「除了直球以外，也請你投幾次變化球。」湯川說，「可以適當改變球路。」

柳澤覺得事情變得越來越奇妙了，但還是輕輕活動肩膀。裝了感應器的塑膠球摸起來的感覺和真正的棒球完全不一樣，但大小和重量幾乎相同。雖然湯川說，這是臨時準備的，但應該下了不少功夫。也就是說，湯川是認真的。雖然覺得這位科學家有點奇怪，心裡還是有點高興。

做完暖身運動後，開始正式投球。宗田蹲了下來，柳澤首先對準他的手套投了一顆直球。走廊上響起尖銳的聲音。

漸漸有人聚集在走廊上，因為湯川在一旁，所以沒有人上前阻止他們。

柳澤投完直球之後，又投了幾顆變化球。他會投七種不同的球路，但能夠在比賽中實際使用的最多只有四種。

在柳澤投完第十顆球時，湯川說了聲：「ＯＫ！」

回到研究室後，湯川把筆電的螢幕放在他們面前說：「請你們看一下。」

螢幕上畫了一顆棒球，正在緩慢旋轉，軸線稍微偏離了水平線。

「這是柳澤先生投的第一顆球。」湯川說，「一秒的旋轉次數是三十二．三次，旋轉軸偏離水平線八．七度。第二顆球的旋轉軸接近垂直，偏離了垂直線九．二度，一秒的旋轉次數是十三．五次。這是變化球。」

「這是滑球，」柳澤說：「太驚訝了，我只是投了幾顆球，就可以瞭解這麼詳細的資訊嗎？」

「如果只是這些資訊，使用高速攝影機就可以觀測到。使用感應器的好處，在於還能夠同時瞭解球投出去時的加速度，以及球所承受的力量方向。再比對用圖像分析你投球姿勢後獲得的資料，就可以瞭解投球姿勢和球的動向之間的相互關係。」

「所以說，」宗田探出身體，「只要和狀況良好時的姿勢進行比較，就可以明確了解到底哪裡出了問題嗎？」

「應該有辦法做到。」

「這——」柳澤忍不住笑了起來，「事情哪可能這麼簡單？以前狀況良好時的錄影帶，我都已經看到膩了，也知道哪裡有問題，但即使改正缺點之後，情況仍然不見好轉，所以才這麼傷腦筋啊。」

湯川露出白色的牙齒笑了笑，微微點了點頭。

「我只是介紹理論和方法而已，願不願意嘗試是你的自由。我相信職業球員的感覺是常人無法理解的，但如果這種重要的感覺本身出了問題，借助科學這種客觀的手法試一下，也不失為一種方法。」

柳澤沒有說話。感覺本身出了問題——這真是他目前面臨的狀況。

6

練習場內傳來清脆的聲音，接著又聽到了男人的說話聲。應該是宗田。

草薙打開門，走了進去。柳澤正在練習投球，宗田在接球，但今天還有另一個人在旁協助。湯川坐在旁邊的桌前操作電腦，仔細一看，還架設了幾台攝影機正在攝影。

湯川發現了他，向他輕輕點了點頭。草薙也用眼神回應。

不一會兒，投球練習結束了。柳澤向草薙點頭打招呼後，對宗田說了聲：「我先去換衣服。」然後離開了練習場。

「因為是我介紹的，所以想來瞭解一下目前的狀況。」草薙在說話時，遞給宗田一個紙袋，「這是帶給你們的點心。」紙袋裡裝的是銅鑼燒。

「謝謝。老實說，自從有了湯川老師的協助，每天都有驚喜。我沒想到柳澤的姿勢和以前差這麼多，稍微改正之後，已經大有進步。真是受益匪淺，我第一次使用了關節的角速度之類的名詞。」宗田的話聽起來不像是奉承。

「是喔，那我總算沒有白介紹你們認識——你真是太厲害了。」後半句是對湯川說的話。

但是，湯川露出不悅的表情偏著頭。

「我對棒球一竅不通，只是和柳澤投手以前狀況好的時候進行比較，把兩者的差異用數值表現出來而已，就像在確認機器人的動作，但是，人不是機器人，很多地方無法按照數值所要求的去執行。」

「怎麼了？你好像有點沮喪啊。」

「不，這是因為，」宗田插嘴說道，「柳澤投球的姿勢本身已經大為改善，只是沒有反應在投的球上，他目前還無法回復全盛時期的威力，尤其是他拿手的滑球，怎麼也投不好。雖然湯川老師發現是因為動作有微妙的差異，但目前正在煩惱該如何矯正。」

「聽起來好像很難啊。」

「我認為是精神因素引起的，畢竟他太太發生了那種事。」

「喔喔。」草薙恍然大悟地點了點頭。「他還沒有從那起事件的打擊中走出來。」

「這也是原因之一，但我相信他心裡還有疙瘩。因為他太太生前反對他繼續當現役選手。」

「啊？是這樣嗎？」

「他太太似乎認為，不要眷戀過去，希望他能夠向前看。雖然我不認為努力想要留下來當現役選手就是消極，但他太太是那樣的人，所以他也答應他太太要引退。」

「如今他太太去世了，情況發生了變化。」

「沒錯，因為沒有人反對，所以他改變方針，努力留下來當現役選手。我認為他也試圖藉由投入棒球，忘記那起事件。但我相信他內心還在動搖，不知道是不是應該繼續打棒球，覺得這樣好像背叛了已經去了天堂的太太。」

宗田看到柳澤走了回來，把食指放在嘴唇上，小聲地說：「剛才那些話，不要告訴他。」

湯川似乎已經收拾完畢，兩個人一起離開了練習場。他們走進一家居酒屋吃晚餐。

「職業運動選手真辛苦啊，還不到四十歲，就不得不考慮進退問題了。」草薙喝著生啤酒，輕輕搖了搖頭。

「那起命案的偵辦工作都已經完成了嗎？」

「事件本身已經搞定了，移送檢方後，就沒我們的事了。」他把毛豆送進嘴裡。

「事件本身？什麼意思？還有什麼事沒搞定嗎？」

「不是什麼重要的事，在查明兇手之前，以為有可能是重大證據，但最後和案情完全沒有關係。」草薙先聲明了這句話，然後把柳澤妙子遭到殺害時，放在車上那個紙袋的事告訴了湯川。

「的確很奇怪，如果她打算把那個時鐘送人，當然會和對方相約見面。你們沒有找到那個人嗎？」

「我們問了很多人，但最後還是沒有找到。同時也問了手機通話紀錄中顯示的所有人，也都一無所獲。」

「只有那個神秘的禮物讓你放不下嗎？」

「不，其實還有另一件事，」草薙壓低了嗓門，「偵查員在被害人的住家附近打聽之後，發現了一條令人有點在意的線索。」
「什麼線索？」
「據說被害人從上個月開始經常開車外出，而且經常打扮得漂漂亮亮，不像是去附近買菜。每次通常兩個小時左右就回家了。」
湯川拿著生啤酒的杯子，皺起了眉頭。
「真是不能小看鄰居的眼睛啊，不知道什麼時候會被什麼人看到。你有沒有向柳澤投手確認這件事？」
「我曾經問他，是否了解他太太白天的行動。不出所料，他完全不知道，似乎以為他太太整天都在家。」
「你有沒有告訴他，他太太出門的事？」
「怎麼可能？」草薙撇著嘴角，「告訴他也無濟於事，更何況一旦知道這種事，難免會胡思亂想。」
「嗯，」湯川陷入了沉思，「你是說，有可能是外遇？」
「家庭主婦在白天打扮得漂漂亮亮出門，而且瞞著先生，任何人聽到這種事，都會感到奇怪。難道你不認為少管閒事比較好嗎？」
「嗯，我也有同感。」
「雖然還有不解之謎，但我向來認為，和事件無關的事，就不必再提了。接下來只希望柳澤先生能夠早日重新站起來，所以，要多多拜託你了。」
但是，物理學家用指尖推了推眼鏡，用冷冷的口吻說：「我唯一能做的事，就是用科學的方法分析柳澤投手的投球，無法顧及他的精神狀態。」

7

離開球場後，柳澤快步走向停車場，但中途遇到了熟識的記者。之前柳澤接到指定轉讓通知時，這名記者曾經寫過一篇報導，認為柳澤目前引退為時太早。柳澤不能對他置之不理，所以放慢了腳步。

那名記者問他對甄選的感覺。

「以我目前的實力，就只能這樣啊。」柳澤低頭走路時回答。

「我認為你投得很順啊，大家都說你直球的速度好像比球季中好多了。」

「但還是被擊中。」

「那是打者太強了，他也使出了渾身解數，但三振另一名打者時的球都很有威力。」

「那是因為打者太弱了。」

「你真謙虛啊，說幾句有點信心的話，也方便我寫報導啊。」

「即將遭到廢棄的破車，能說出什麼有信心的話？」柳澤舉起左手，示意記者不要再跟過來了。

來到停車場，他打開了後車廂，把行李丟了進去。當他用力關上後車廂的門時，發現了車身的鏽斑。怎麼會這樣？他忍不住感到驚訝。這輛車買了八年，但一直都很愛惜，每次去洗車也都會打蠟。

仔細一看，有好幾個地方都生鏽了。雖然鏽斑都沒有很明顯，但心裡還是很不舒服。

他咂著嘴，坐上了車。看來即將遭到廢棄的並不是只有車主而已，他發動了引擎，引擎順暢地運轉起來。

今天是第一次甄選，接到指定轉讓通知的各球團選手都參加了甄選，展現目前的實力。雖然如果被球團相中，就可以再度被錄用，但可能性微乎其微。

柳澤今天和三名選手對戰。都是採取實戰的形式，設定一壘有跑者，在不時投牽制球的情況下，用固定姿勢投球。

他順利三振了第一名打者，第二名打者也沒有打到球。但第三名打者上場後，第一球就被擊中了。他原本以為對方在第一球時不會揮棒，所以投了一顆好球，沒想到事與願違。

他認為自己的球並不弱。雖然記者剛才說，是打者很強，但柳澤知道並不是這麼一回事。只是自己目前投的球沒有太大的威力，所以打者也不會感到害怕。

也許妙子說得對——他隔著擋風玻璃，仰望著天空。天氣好得令人懊惱。

車子駛離了停車場，他沿著球場旁邊的路慢慢行駛。甄選還在進行，不知道有幾名選手可以敗部復活。他試著想像某個球團打電話給自己，但覺得根本是在作白日夢。

一個男人走在球場周圍的人行道上。是他很熟悉的背影，於是放慢了車速，確認了那個人的側臉。果然沒有錯，他急忙踩了煞車。

車子的方向盤在左側，他急忙按下電動車窗叫了一聲：「湯川老師。」

湯川低著頭繼續走著，可能在想事情。「湯川老師。」他又叫了一聲。

物理學家似乎終於聽到了，他停下腳步四處張望，最後發現了柳澤。「嗨，真巧啊。」湯川露出潔白的牙齒笑了起來。

柳澤請湯川坐在副駕駛座上，沿途尋找著咖啡店。看到一家家庭餐廳，他們決定去那裡。

「沒想到你特地來觀賽，真是太驚訝了，謝謝你。」柳澤伸手拿咖啡杯之前，低頭向湯川道謝。

「因為我剛好來這附近，」湯川很明顯在說謊，「這是我第一次看甄選，很值得一看，感覺和平時看的棒球是不同的運動。」

「的確是不同的運動，雖然同樣是和三名打者對戰，但在比賽中投球，和這種在預先設定的狀況下投球，感覺完全不一樣。但是，我也沒有什麼好抱怨的，因為畢竟是別人在測試我的實力。物理考試不是也一樣嗎？即使考題不好，抱怨也沒有用。」

「的確是這樣。」湯川笑了起來，「你對自己今天的投球還滿意嗎？」

「我認為發揮了目前的實力。」

「那真是太好了。」

「我已經盡力了，所以……」柳澤放下咖啡杯，直視著湯川，「我在想，是不是該到此為止了。」

湯川也直視著他，挺直了身體，「你決定要引退了嗎？」

柳澤點了點頭。

「我在投球時想，自己到底在幹嘛？繼續在這裡戀棧，到底想要幹什麼？從踏入棒球界那一刻，就開始為引退倒數計時了，我離終點已經不遠了，我是不是不願意承認這件事，在做無謂的抵抗而已？」

「你所說的抵抗，在我眼中是出色的努力。我向來認為，努力不會白費，即使無法在棒球上呈現成果，日後一定能夠有所收穫。」

「謝謝。既然我已經決定要離開棒球界，就不能再繼續給你添麻煩。」柳澤把雙手放在腿上，再度深深鞠躬，「非常感謝，原本想要用回歸棒球界回報你的恩情，看來是沒希望了，我會用其他方式表達內心的感謝。」

「道謝就不必了……你真的打算放棄了嗎？我看了今天的甄選，認為應該會有球團來找你。」

柳澤無力地苦笑著，搖了搖手。

「我最瞭解自己的狀況，職業球團不可能想要只能投出那種球的投手。雖然很遺憾，但那就是現實。」

「是嗎？既然你已經下了決心，那我也就不多說了。」

「你這麼大力協助我，我卻還是沒有成功，真的很抱歉。」

「不，祝你在新的事業大展鴻圖。」

柳澤想要付咖啡錢，但帳單被湯川搶走了。

「讓我請客吧，但可不可以請你送我去車站？」

「我可以送你回家。」

「不，送我去車站就好了。」

他們離開餐廳，走向車子。湯川準備打開車門時，詫異地皺了皺眉頭。

「怎麼了？」

「沒什麼，只是覺得烤漆剝落的狀況有點奇怪。」

柳澤也走到副駕駛座那一側。的確像湯川所說的那樣，窗框下方的烤漆剝落，有一大片鏽斑。

「這裡也有，這裡也一樣。」湯川用指尖摸著引擎蓋的表面，「我以前從來沒有看過這種情況，雖然這麼說很失禮，但簡直就像得了皮膚病。這輛車有什麼問題嗎？」

「我也是剛剛才發現，搞不清楚是怎麼回事。上次去加油站洗車時，還沒有這種狀況。」

「這段期間，有沒有開這輛車去過哪裡？」

「沒有。老實說，我很久沒有開這輛車了。自從上次洗車之後，我應該就沒開過，之後就發生了那起事件。」

「案發當天，你太太開車出門，對嗎？」

「沒錯，在健身房的停車場遭到攻擊。」那是他不願回想的過去。

湯川的眼神變得銳利起來，目不轉睛地打量著車身。

「怎麼了嗎？雖然生鏽的方式很奇怪，但不影響開車。反正我正準備換車，所以也剛好。」

物理學家似乎回過了神。

「是嗎？我有點在意。因為以前從來沒有看過金屬像這樣腐蝕。」

「科學家果然會注意很多問題啊。」柳澤說完，坐進了駕駛座。

8

「草薙先生，找到了，是不是這個？」內海薰看著電腦螢幕說道。

草薙在一旁探頭看著螢幕，「飯店的停車場嗎……？」

「那一天只有這起意外發生。」

「嗯。」草薙不置可否地點了點頭，抱著雙臂。

昨天晚上，湯川問了他一個奇怪的問題。在柳澤妙子遭到殺害的那一天，東京都內有沒有哪裡發生藥劑散落的意外。

「應該是強鹼性的藥劑，很可能是滅火劑之類的。」湯川一口氣說道。

草薙問他到底是怎麼回事，湯川說了柳澤車子的事，他認為表面烤漆的損傷很不自然。

「那不是單純的劣化，我認為應該是某種特殊的環境導致的。柳澤投手說他不清楚狀況，很可能是他太太開車的時候，曾經遇到某些狀況。」

湯川認為，很可能與柳澤妙子匪夷所思的行動有關係。

這起命案的偵查工作已經結束，但草薙也很在意柳澤妙子生前的行為，所以請內海薰進行調查。

在飯店發生的是一起車禍。因為司機沒有注意到高度限制，一輛大型貨車撞到了地下停車場入口。平時由其他人開那輛貨車，當天的司機忘了這輛貨車和自己平時開的那輛高度不同。

建築物本身並沒有受到太大的損傷，但觸動了自動滅火裝置。自動滅火裝置朝著入口附近噴射了大量滅火劑。警衛發現後，立刻關掉了開關，但滅火劑已經持續噴了三分鐘左右。

草薙打電話給湯川，向他說明了這起車禍的情況。

「就是這起！」湯川說：「應該錯不了，我很想去飯店了解滅火劑的成分，但不知道他們會不會告訴外人……」

草薙嘆了一口氣。

「好，那我陪你去。當初是我介紹柳澤先生給你認識的。」

他們約定三十分鐘後在飯店的大廳見面，然後掛上了電話。

「如果是因為當時的滅火劑導致車身損傷，就代表柳澤妙子太太那天去了那家飯店。」內海薰似乎在一旁聽到了他們的談話，對草薙說，「是在去健身房之前，而且向她先生隱瞞了這件事。」

「家庭主婦在大白天去飯店嗎？外遇的可能性越來越大了。」草薙皺著鼻子站了起來。

當他來到飯店時，湯川已經到了。兩個人一起去了地下停車場，警衛室就在自動繳費機旁。

一名看起來年過六十的白髮警衛接待了草薙他們。車禍發生當天，剛好是他值班。

「我嚇了一大跳，第一次遇到這種事，放眼望去，全都是白色泡沫。」警衛瞪大了眼睛說。

「有沒有對其他車輛造成影響？」草薙問。

「滅火劑只噴灑在入口附近，所以並沒有對停在停車場的車輛造成影響，只是那時候剛好有幾輛車經過，那幾輛車的情況，我就不敢保證了。雖然監視器拍到了，但因為滅火劑的關係，看不清車牌，所以也無法和車主聯絡。」

「我們可以看一下當時的影像嗎？」

「可以啊。」

警衛熟練地操作著錄影機，液晶畫面上出現了停車場的入口，一輛大型貨車正在倒車。可能發現已經撞到了停車場的出入口，出入口的上方已經噴出了白色泡沫。有幾輛車鑽了過去，可能以為只是泡沫，並不會有太大的影響。

「啊！」湯川叫了起來，「是不是剛才那輛車？」

把影像倒轉後，看到一輛銀灰色的車子開了過去，雖然無法確認車牌，但很像是柳澤的車子。

「應該沒錯。」草薙說。

「請問你知道滅火劑的種類嗎？」湯川問警衛。

「我不太清楚詳細的情況……」警衛拿出了簡介。

「果然是水成膜泡沫滅火劑。」湯川看了簡介後說道，「如果烤漆很完整，就不會有影響，但如果表面有小傷痕，很可能從那裡開始腐蝕，如果馬上去洗車，應該就沒問題了。」

「那天下雨，即使車身沾到泡沫，也會被雨水沖掉，所以可能沒有太在意吧。」

湯川搖了搖頭說：「雨水無法沖掉。」

「撞到出入口的那輛大貨車是貨運公司的，」警衛說，「貨運公司方面提出，將會確認那些噴到滅火劑的車輛狀態，然後進行賠償，可不可以請那位車主和我們聯絡？」

「好的，我會轉告他。」草薙說完後，向警衛道謝，然後和湯川一起離開了警衛室。

「柳澤投手的太太顯然在命案的當天曾經來過這家飯店。」湯川一邊走，一邊說道，「問題在於她去了飯店的哪裡。」

「要不要去問一下櫃檯？」

「問了也白費力氣。如果是來這裡幽會，有夫之婦不可能去櫃檯，一定是男方先去櫃檯辦理入住手續，然後她直接去房間。」

「那倒是。」

「但來飯店並不一定是去開房間，他太太不是帶了禮物嗎？很可能是和誰約在飯店見面，準備把禮物交給對方，但最後對方沒有出現，所以就把禮物帶回家了。你認為如何？」

「有道理，很有可能是這樣。」

他們在電梯廳確認了飯店內的設施，發現咖啡店在一樓。

他們走進咖啡店，在點咖啡的時候，向女服務生出示了柳澤妙子的照片。

「啊，這位小姐……」

「妳見過嗎？」

「她曾經來過幾次，我記得她經常點花草茶。」

「我猜對了。」湯川說。

「她一個人嗎？」

「不，每次都還有一位先生。」

草薙和湯川互看了一眼後，將視線移回服務生身上。

「是怎樣的人？」

「那位先生有點年紀，個子很高。」

「最近一次是什麼時候？」

「我不記得了，」服務生偏著頭，「這一陣子都沒看到她，最後一次距離現在應該有三個星期了。」

她的記憶完全正確。命案發生在二十天前。

「當時那位先生也在嗎？」

「我記得是這樣——啊，對了，」服務生似乎想起了什麼，「那次她點了蛋糕，是草莓蛋糕，當時她還問我有沒有蠟燭。」

「蠟燭嗎？」

「結果，和她在一起的那位先生就笑著說，不需要蠟燭啦。」

「那位先生……」

「所以我猜想應該是那位先生的生日……請問，我可以離開了嗎？」

「啊，可以了，謝謝妳。」

服務生離開後，湯川問：「你覺得如何？」

「應該就像她猜的那樣，那天是那位先生的生日，於是她點了蛋糕，想要插上蠟燭為他慶生，但那位先生似乎婉拒了。」

「既然這樣，要怎麼解釋那個禮物呢？為什麼沒有交給對方？還是說，那份禮物和那位先生的生日無關嗎？」

「也可能原本打算送給對方，但發生了無法把禮物送出去的情況，」湯川說到這裡，瞪大了眼睛，「你之前說，那裡面是時鐘，對嗎？我懂了，原來還有這種可能……」

「什麼可能？怎麼回事？」

湯川直視著草薙說：

「草薙大刑警，這次輪到我拜託你一件事，我希望你找一個人。」

9

約定見面的那家餐館離鬧區有一小段距離，這家小型中餐館位在小路上。柳澤推開餐館的大門，立刻看到了草薙，湯川也在旁邊。他們原本坐在桌旁，看到他之後，起身迎接他。

「不好意思，臨時約你來這裡。」草薙向他道歉。

「那倒是沒關係，你說有重要的事要告訴我，到底是什麼事？」

「你先請坐，我們可以一邊吃，一邊慢慢聊。聽說這家餐館的海鮮料理很值得推薦。」

柳澤入座後，他們兩個人也坐了下來。女服務生來問他們要喝什麼飲料，他們點了啤酒。

「車身之後的情況如何？」湯川問他。

「還是老樣子，雖然我很少開車，但每次看到，就覺得好像更嚴重了。真不知道是怎麼回事。」

「關於這件事，我知道原因了。」

「啊？是嗎？」

「果然曾經遇到特殊的狀況。」

湯川開始說明，但說明的內容完全出乎柳澤的想像。他說住的公寓也有地下停車場，他想像著如果有貨車撞到停車場的入口，不知道會不會發生相同的情況。

「大家都知道，在海邊使用的車輛，通常壽命比較短。因為海水的鹽分會腐蝕金屬。你的車子沾到了強鹼性的滅火劑，破壞性和海水完全無法相提並論，所以烤漆也會一天一天剝落。」

「飯店方面希望你可以和他們聯絡。」草薙把寫了電話號碼的便條紙放在桌上，「肇事的那家公司將會負起賠償責任。」

「是嗎？但妙子為什麼會去那種地方……？」

料理接二連三送了上來，雖然都很好吃，但柳澤很在意妙子匪夷所思的行為，根本無心細細品嚐。

柳澤怔怔地思考問題時，湯川問他：「那個禮物，你帶來了嗎？」

「有，我帶來了。」柳澤從放在一旁的紙袋裡拿出禮物。就是案發當天，妙子放在車上的禮物。

「你有沒有看裡面是什麼東西？」

「不，我沒有打開。」

「是嗎？那借我看一下。」湯川接過禮物後，露出嚴肅的眼神打量著。那是學者特有的表情。

「那個……」柳澤開了口。

「果然是這樣。」湯川用力點了點頭，指著禮物說：「貼紙有重新貼過的痕跡。代表曾經打開過，之後又重新包了起來。」

「這麼一來，所有的事都有了合理的解釋。」草薙說。

柳澤輪流看著他們兩個人，「請問是怎麼一回事？我完全聽不懂你們在說什麼。」

「你太太和一位先生經常在飯店的咖啡店見面。在命案發生的當天，也曾經見面。」

「一位先生？」柳澤的腦海中浮現了不愉快的想像。

「柳澤先生，」草薙坐直了身體開口說道：「你在今年夏天的時候，是不是曾經告訴你太太，你可能會遭到指定轉讓？」

「你怎麼知道……？」

「是那位先生聽你太太說的，你太太為了你的事，曾經多次請教他的意見。」

草薙拐彎抹角的說話方式，讓柳澤有點不耐煩。

「那個人是誰？請你趕快告訴我。」

草薙看向柳澤的後方，微微點了點頭。

「啊？」柳澤轉過頭，看到一個身材壯碩，穿著白色廚師服的男人站在那裡，年紀大約五十歲左右。

「我就是和你太太見面的人。我姓楊，是從台灣來的，也是這家餐館的老闆。」

「台灣……」柳澤倒吸了一口氣。妙子和台灣人見面，為了自己的事向他請教……

「我的太太是日本人，和你太太是英語會話班的同學。我太太和你太太聊起我的事之後，她說想要和我談談，所以我們就約在那家飯店的咖啡店見了幾次面。」

「楊先生他，」草薙說：「他弟弟目前是台灣職棒球隊的隊員，所以知道很多詳細的情況，比方說，如果想在台灣打棒球，需要做哪些準備工作。」

「在台灣打棒球……妙子在打聽這些事？」

「即使接到了指定轉讓通知，也沒有其他球團招手，你也一定想要繼續打棒球——你太太曾經這麼對我說。」楊先生用平靜的語氣說道，「你既然想要繼續打棒球，應該也作好了要去國外的心理準備，所以她想要趁早著手準備，以免事到臨頭時慌了手腳。」

「沒想到她……她一直說，希望我引退。」

「這是你太太激勵你的方式。你太太說，如果她表現出願意追隨你去天涯海角的態度，你一定會安於現狀，所以要讓你有不顧她的反對，也要繼續挑戰的決心。」

楊先生的話深深震撼了柳澤。他完全沒有想到，原來妙子如此為他著想。

「你太太很溫柔體貼，那天也為我慶生，還特地準備了禮物。」

柳澤看向長方形的盒子，「原來這是要送給你的禮物。」

「對，但是，我並沒有收下。」

「為什麼？」

「因為在台灣，」湯川說：「不能送鐘給別人。」

楊先生點了點頭說：

「送時鐘給別人，就是送鐘，因為送鐘和送終的發音相同，所以送禮時，不能送時鐘。」

「原來是這樣啊，我第一次聽說。」

「我在飯店的咖啡店打開禮物，發現裡面是時鐘時有點難過。我猶豫了一下，不知道該怎麼辦，但最後還是覺得應該讓你太太瞭解台灣的習俗，所以就告訴了她。她慌忙向我道歉，然後請我吃了蛋糕。」

柳澤低下了頭，因為他的眼淚快流出來了。他很驚訝，原來妙子默默為自己做了這麼多準備工作。

挑戰台灣棒球——他的確把這件事視為最後的選項，而且也一直在煩惱，不知該如何向妙子提這件事，沒想到她早就洞悉了一切。

「得知你太太去世時，我非常難過。」楊先生說，「我覺得是因為我沒有收下時鐘，所以把霉運帶給你太太了。」

柳澤搖了搖頭。

「謝謝你告訴我這些事，讓我瞭解了我太太的真實想法。」

「你太太，」楊先生紅著眼眶繼續說道，「她說很想再看你投出威力十足的滑球。」

10

草薙來到看台，發現湯川坐在三壘旁最角落的座位。他揮著手走了過去。

「為什麼坐在這種角落的座位？不是還有很多空位嗎？」草薙巡視著內野區的座位問道。雖然看台上並不至於空空蕩蕩，但還有很多空位。這是非球季的第二次甄選，除了跑運動線的記者以外，只有狂熱的棒球迷才會來觀看。

「這個角度最能夠清楚確認柳澤投手的姿勢，不過你不滿意，可以去坐其他座位啊。」

「我沒有說我不滿意啊，柳澤投手什麼時候上場？」

「應該就是下一個。」

「是嗎？差一點沒趕上。」草薙在湯川身旁坐了下來。

聽說柳澤和楊先生見面的隔天，再度開始訓練，而且請湯川再次提供協助。他們和宗田三個人一起，為了今天的甄選盡了最大的努力。

「話說回來，我不知道你這麼瞭解台灣的習慣。」草薙說。

「台灣有很多優秀的物理學家，他們最大的優點，就是向來不輕視文化和習俗，即使這些文化和習俗並不科學。時鐘的事，也是他們告訴我的。」

「原來是這樣。」

聽湯川說，當他在思考柳澤妙子可能因為某種原因無法把禮物送出去時，想到了禮物是時鐘這件事。如果送禮物的對象是台灣人，很可能不願收下時鐘。

於是，草薙再度清查了柳澤妙子的交友關係，沒想到答案就隱藏在眼前。那就是手機。

雖然在命案發生後，根據柳澤妙子手機上的通話紀錄，撥打給每一個人，但並沒有打給店家。比方說餐廳。命案發生的兩天前，柳澤妙子曾經打電話給一家中餐館。

楊先生雖然有手機，但平時很少帶在身上。所以想要聯絡他時，打電話到餐館，就可以馬上找到他。柳澤妙子也知道這件事，所以和他相約見面時，都會打電話去餐館。

柳澤出現在球場上，看台上響起了掌聲。他曾經在職棒界活躍多年，所以似乎頗受歡迎。

柳澤練習投了幾顆球之後，就正式開始了。這是投手和打者之間的嚴肅對決。

「湯川，實際情況怎麼樣？」草薙問：「柳澤投手有機會復活，繼續當投手嗎？」

「我這種外行人不可能知道答案。」湯川很爽快地說：「但是，有一件事可以斷言。」

「什麼事？」

「用科學的方法可以分析怎麼投，球會如何變化，但是，要怎麼投，取決於投手，沒有物理學介入的餘地。許多實驗都已經證明，精神因素會對人類身體的活動造成很大的影響。」

「所以，一切都取決於當事人嗎？」

「投手就是這麼一回事。自從和楊先生見面之後，柳澤投手有了明顯的改變。不僅重新要求我提供協助，他投入練習的態度也和之前大不相同。根據科學的數據分析，他目前的投球絲毫不比全盛期遜色。」

「這不是意味著他能夠重回球場——」

噓。湯川把食指放在嘴唇上。因為柳澤已經在投手丘上做出了投球的姿勢。

柳澤用流暢的動作投出白球。就連草薙也清楚地看到，球在打者面前突然轉向。打者揮棒落空。

第五章

1

御廚籐子坐在桌前看書時，聽到了敲門聲。那是她喜歡的推理作家的新作品，在上市之前，就已經在網路上預購了。今天白天終於收到了這本書。雖然她習慣在睡前看書，但精裝本太重了，拿在手上手會很痠，所以她通常不在床上看。

「來了。」她在回答的同時看向座鐘。晚上十一點多了。

她夾好書籤，闔上小說，走向門口。打開房門一看，春菜穿著睡衣，外面套著睡袍站在門口，可以聞到化妝水淡淡的味道。她的氣色不太好。

「對不起，這麼晚來吵妳。」她先道歉說，「我有事想要拜託妳。」

「什麼事？」

春菜猶豫了一下，開口說：「我想請你打電話給若菜。」

「啊？」籐子有點訝異，「為什麼？有什麼急事嗎？」

「不知道算不算是急事……因為我很忐忑。」

「忐忑？」

「對不起。」春菜小聲地道歉，「我很不安，沒辦法靜下來……拜託妳幫我打電話。」

籐子有點混亂。春菜已經有多少年沒有說過類似的話了？小時候經常發生這種事，但若菜說的次數可能比春菜更多。

「會不會是心理作用？妳這一陣子太勞累了。」

春菜是童話作家，已經寫了超過三十本著作。

「不是，」她搖了搖頭，「我可以感覺到，很強烈的感覺。我猜想若菜一定出事了。」

她的聲音充滿了悲壯，篠子無法一笑置之地對她說：「怎麼可能有這種事？」根據至今為止的經驗，她無法否認她們之間有神秘的維繫。

「既然這樣，」篠子說，「妳為什麼不自己打電話？」

春菜難過地低下頭，「我沒辦法，因為太害怕了……」

篠子吐了一口氣，點了點頭。

「好，那我來打電話看看。」

「謝謝，對不起。」

篠子回到桌前，拿起放在看到一半的小說旁的手機。雖然時間不早了，但若菜應該還沒睡。她從通訊錄中找到了若菜的電話號碼，撥打了電話。

2

磯谷知宏正準備舉起一隻手，再點一杯加了蘇打水的威士忌時，手機的來電鈴聲響起。一看螢幕，是御廚篠子打來的。他有一種不祥的預感。時間是晚上十一點十五分。

「喂？」他接起了電話。

「我是御廚，不好意思，這麼晚打電話給你。」御廚篠子用中年女人特有的低沉聲音道歉。

「沒關係，等我一下，我去比較安靜的地方接電話。」磯谷拿著手機站了起來。他正在常去的酒吧喝酒。他走出酒吧，來到電梯廳時，再度把手機放在耳邊，「讓妳久等了，請問有什麼事嗎？」

「不瞞你說……嗯，有點難以說明。」

「什麼事？」

「春菜剛才叫我馬上和若菜聯絡。」

「春菜嗎？為什麼？」

「她說……她感到很忐忑。」

「忐忑？」磯谷忍不住皺起眉頭。

「她說，若菜可能出事了，我問她是不是心理作用，但她堅持要我打電話。於是我就打電話給若菜，電話鈴聲響了很久，但沒有人接。」

磯谷感覺到心跳加速，體溫也上升了。

「所以，雖然知道可能會造成你的困擾，但還是打電話給你。」

「怎麼會是困擾呢……？這的確很讓人擔心，若菜在幹什麼呢？是不是剛好在洗澡？」

「知宏，你不在家，對嗎？」籐子問。

「對，我和員工正在喝酒，但現在沒心情喝酒了。好，我馬上就回家，一有消息就和妳聯絡。」

「是嗎？不好意思，那就拜託你了。希望一切平安無事。」籐子客氣地說完後，掛上了電話。

磯谷看著手機，然後撥打了妻子若菜的電話。電話很快就通了，但只聽到電話鈴聲響個不停。

磯谷走回酒吧內，他的三名下屬正在喝葡萄酒，他把山下叫了過來。山下是最資深的員工，但也只有二十五、六歲而已。

「我現在要馬上回家。」

山下聽到磯谷的話，瞪大了眼睛問：「發生什麼事了嗎？」

「不知道。我老婆的親戚聯絡不到她，剛才打電話給我。我也撥打了她的電話，但電話沒人接。」

「是喔，那的確讓人擔心啊。」

「所以，我先回去了，接下來的事就麻煩你了。」

「那當然沒問題，但我和你一起去吧，否則會很擔心。如果沒事，我還可以回來繼續喝。」

磯谷也覺得有人陪自己一起回去比較好。

「是嗎？那不好意思，你陪我回家吧。」

他們向其他人交代了一下後，離開了酒吧。

「是喔？是你太太的妹妹發現的嗎？我記得你太太是雙胞胎，這不就是所謂的心電感應嗎？」磯谷把從御廚篠子那裡得知的情況告訴山下後，山下在計程車上興奮起來。

「不知道，也可能只是心理作用。」

「但是我以前也曾經聽說過，雙胞胎之間好像經常有這種情況。我國中的同學也是雙胞胎，當其中一個人身體不舒服時，另一個人一定會生病。考試的時候也都寫錯相同的考題。」

「嗯，我也經常聽說這種事，若菜也說，她們姊妹之間也常這樣。」

「所以我認為真的有心電感應，因為雙胞胎很奇妙。」山下說完這句後，慌忙掩飾說：「不，我希望今天晚上的事只是心理作用。」

磯谷和若菜住在澀谷區松濤，從山手大道轉進去就到了。周圍是一片很有時尚感的房子，山下坐在計程車內看著窗外嘆著氣說：「好高級啊。」

他們在家門口下了計程車，那是一棟貼了磁磚的白色房子，車庫內停了一輛紅色的BMW。那是若菜的車子，代表她已經回家了。但從屋外察看，發現屋內沒有開燈。

磯谷走進大門，沿著階梯走向玄關。山下也跟在他的身後。

磯谷拿出鑰匙，但看到門和門框之間有一道縫隙，沒有把鑰匙插進鑰匙孔，就轉動了門把。門沒有鎖。

室內一片漆黑。磯谷伸手摸向牆上的開關。但在伸手開燈的同時，聞到了氣味。那是熟悉的味道，是若菜的香水味。

他打開了開關，玄關大廳立刻亮了起來。

就在這時，站在磯谷背後的山下「哇！」地叫了起來。他叫得很大聲，磯谷差點跳起來。

他也幾乎驚叫起來。

若菜像人偶般倒在走進玄關後的走廊上，她的頭部流出大量鮮血。

3

東京車站八重洲中央驗票口正上方的時鐘顯示目前的時間是下午五點多。人潮絡繹不絕地經過自動驗票口，大部分都是上班族。

「是不是那兩個人？」

聽到內海薰這麼說，草薙看向驗票口，剛好看到兩個女人走來。其中一人大約五十歲左右，另一個看起來二十五、六歲。年輕的女人戴了一頂灰色的帽子，那是他們在電話中約定的記號。而且一看到她的臉，草薙就知道絕對沒有錯。果然是雙胞胎，長得真像。

當她們走出驗票口時，草薙迎上前去。

「請問是御廚春菜小姐吧？」

年輕女人聽了草薙的問話，眨了幾次眼睛，小聲地回答：「我就是。」

「我是警視廳的草薙，兩位遠道而來，辛苦了。」

兩個女人微微欠身。

「若菜……我姊姊目前人在哪裡？」春菜問。

「在醫院的加護病房。」

「可以見到她嗎？」

「不，」草薙搖了搖頭，「目前應該還無法面會，因為還沒有脫離險境。」

「還沒有恢復意識嗎？」

「對。」

春菜垂下了雙眼。她雖然沒有化妝，但睫毛很長。

「但是，」她開了口，「我們還是想去醫院，至少瞭解一下目前是什麼狀況。」

「好的，我們已經準備了車子，我帶妳們去。」

「謝謝。」

在等待內海薰把車子開到車站前時，另一個女人自我介紹說，她是春菜姊妹的姑姑御廚籐子。目前和春菜兩個人住在長野縣的老家。
「我們目前住的房子是我父親以前蓋的，我也是在那裡出生、長大的。哥哥結婚時，我曾經一度搬離那裡。但二十年前，我的兄嫂因為飛機失事離開了，我又搬回那裡，照顧她們兩個孩子。」
「飛機失事……真是太可憐了。」
草薙看向春菜，她長長的睫毛抖動了幾下。
「所以，由妳代替她們的父母照顧她們。」
「其實也沒有那麼了不起，幸好我父親和兄嫂留下不少財產，親戚也都很幫忙，所以幾乎沒有吃什麼苦頭。」御廚籐子用淡然的語氣說道。
「是嗎？恕我冒昧請教，妳結婚了嗎？」
「我從來沒有結過婚，可能沒緣分吧。」她抿著嘴唇笑了笑。
內海薰駕駛的車子出現了，草薙請她們坐在後車座，一起前往醫院。草薙在車上向她們簡單介紹了事件的概況。
事件發生在昨天晚上十一點左右。一一〇接獲報案，澀谷區松濤的一棟獨棟房子內，女主人頭部流血，倒在地上。報案的是女人的丈夫。附近派出所的警員立刻趕到現場，確認了狀況。女人很可能是遭到闖空門的小偷攻擊，而且犯案時間並沒有經過太久，於是立刻發布了緊急動員。草薙他們在今天早上接到了出動命令。因為是強盜殺人未遂事件，轄區分局成立了搜查總部。
被害人是名叫磯谷若菜的二十九歲女性，現場沒有反抗的跡象，身上的衣服也很整齊。她在青山經營一家古董店，很可能是從店裡回家，準備從玄關走進屋內時遭到了攻擊。身上有兩處重傷，分別在後腦勺和額頭旁。

「所以，目前還不知道誰是兇手嗎？」春菜問。

「對，我們目前正全力展開搜索。」

「知宏……我姊夫有沒有說什麼？」

「今天在醫院見到了他，但他說完全沒有頭緒。」

草薙和內海薰一起在醫院的候診室見到了磯谷知宏。他似乎一整晚都沒睡，滿臉憔悴。磯谷說，他太太應該沒有和任何人結怨，最近也沒有聽說她周遭有什麼變化。

「警方認為是強盜所為嗎？」御廚籐子問。

「目前還無法斷定，但這種可能性的確很高。」草薙小心謹慎地回答。

雖然室內沒有遭到翻動的跡象，但若菜皮包裡的皮夾不見了。據磯谷說，裡面應該有超過十萬圓的現金。

目前已經查明歹徒闖入的途徑。因為位在從馬路看不到位置的玻璃窗戶被打破了。磯谷得知後，咬著嘴唇懊惱地說：「早知道應該更早去申請保全公司的居家保全服務。」

從現場的狀況來看，很像是單純為了錢財犯案。但目前不知道是小偷在闖空門時，磯谷若菜剛好回家，還是歹徒躲在屋內，等待屋主回家後動手攻擊。

快到醫院了，兩個女人都陷入沉默。草薙很在意她們的心情，尤其是御廚春菜。親人突然遭遇不幸，一定會感到驚訝，但她的情況不太一樣。至少對她來說，這起事件並不算是「青天霹靂」。

雖然從磯谷知宏口中無法得知任何有助於破案的線索，但草薙很在意一件事。那就是磯谷發現妻子受傷倒在家裡的過程。

他說是因為小姨子的心電感應才會發現。

雖然已經抵達了醫院，但的確無法面會，主治醫生要向她們說明目前的狀況，御廚春菜和籐子跟著護理師去了其他房間。草薙和內海薰一起在候診室等待。

「妳覺得怎麼樣？」草薙問後輩女刑警。

「在瞭解詳細情況之前，沒辦法說什麼。」內海薰的回答很乾脆。

「但她真的散發出特殊的氛圍，有一種神秘感。」

「草薙先生，你所說的神秘感，只是指她很漂亮吧。」

「嗯，我並不否認。」

內海薰故意重重地嘆了一口氣，似乎不想和他聊這種無聊的話題。

磯谷知宏說，昨天晚上，接到了御廚籐子的電話後，就急忙趕回家裡。籐子在電話中說，春菜察覺到姊姊有危險，所以試圖聯絡若菜，但若菜沒有接電話，所以很擔心，問他是否能夠回家瞭解情況。

雖然磯谷覺得應該是心理作用，但還是和下屬山下一起回了家。因為他無法對籐子說的話一笑置之。因為他之前曾經多次見識到妻子和妹妹之間有著奇妙的維繫。

結果果然如他的預感，不，應該說，果然如春菜的感應。

「我覺得很奇妙，雙胞胎之間果然有所謂的心電感應吧。」磯谷知宏的眼神很嚴肅。

草薙難以釋懷。至今為止偵辦的案子中，見識過許多奇妙的事，也經常遇到不得不承認的靈異現象、超常現象和超能力存在的情況，但是，這些現象都能夠有合理的解釋，這次的情況也一樣嗎？

那麼，到底該如何解釋呢？

他和內海薰討論之後，得到了相同的結論。必須和當事人，也就是雙胞胎的妹妹見面。和御廚春菜聯絡後，她說她們正打算來東京，於是就和她們相約在東京車站見面。

春菜她們回來了，臉上的表情似乎有點僵硬，草薙猜想醫生告訴她們的情況不太樂觀。

「讓你們久等了。」御廚篠子鞠躬說道。

「情況怎麼樣？」草薙問。

篠子神情凝重地搖了搖頭。

「醫生說，目前很難預料，或許可以救活，但也可能永遠無法回復意識……」

醫生也只能這麼回答。

「是嗎？我們也希望她早日康復。」

「謝謝。」篠子說道，春菜在一旁鞠了一躬。

「有幾件事想要請教一下，不知道現在方便嗎？我們不會占用太多時間。」

篠子和春菜互看了一眼，點了點頭，篠子說：「沒問題。」

醫院內有咖啡店，他們一起走進咖啡店後，草薙開始發問。據她們說，這一年都沒有和若菜見面。因為古董店的生意很好，若菜太忙了，所以無法見面，但每個月會有好幾次互通電話或傳電子郵件。

「請問妳們最後一次和若菜太太聯絡是什麼時候？」

春菜偏著頭回答說：「兩個星期前，她傳電子郵件給我。這次進貨的商品中，有我喜歡的小盒子，她在電子郵件中附上了商品的照片。於是我就打電話給她，說我很想要，請她用宅配寄給我。」

「當時妳有沒有覺得妳姊姊哪裡不對勁？」

「沒有，她還是那麼活潑開朗，和平時一樣。」

原來磯谷若菜活潑開朗。草薙有點意外。因為看著御廚春菜，完全無法想像。雖然雙胞胎不會連性格也完全相同，而且姊姊還在生死關頭徘徊，她也很難開朗起來。

「聽說這次是妳察覺到姊姊有危險。」草薙切入了正題，「之前也經常發生類似的情況嗎？」

御廚春菜面不改色地回答說：

「對，經常發生。讀大學的時候，姊姊去滑雪，有一天晚上，我有一種不祥的預感，打電話給她後，得知她受傷被送去了醫院。還有一次，我生病躺在床上，正在夏威夷旅行的姊姊打電話給我，她說，她突然有一種不祥的預感。除此以外，還發生過很多次類似的情況。」

草薙將視線移向御廚籐子問：「是這樣嗎？」

「的確經常這樣，」籐子回答：「我已經習以為常，見怪不怪了。」

「所以，這次聽到春菜小姐這麼說時，也沒有產生質疑，就立刻聯絡了若菜太太嗎？」

「沒錯。」

「最近的情況怎麼樣？有沒有像這次一樣，察覺到若菜太太身陷危機呢？」草薙輪流看著春菜和籐子的臉問道。

「最近這一陣子好像沒有——對不對？」春菜徵求姑姑的同意。

「對，據我所知，好像沒有。」

「這一陣子都很平靜，直到昨天晚上。那時候我突然感到很忐忑……」御廚春菜把右手放在自己的胸前後，直視著草薙的眼睛，「然後，腦海中突然浮現出一個男人的臉，那張臉很可怕，我猜想應該是他攻擊了姊姊。」

4

「不好意思，我拒絕，你去找別人吧。」湯川用平淡的語氣拒絕，但他的這種反應在草薙的意料之中。

「你不要這麼說，先聽我說一下情況嘛。你叫我去找別人，但除了你以外，我找不到任何人可以請教這種離奇的事。」草薙把雙腳放在旁邊的椅子上，用沒有拿電話的那隻手抓著頭。

「你錯了，不是除了我以外沒有別人，而是別把我列入其中。拜託你，這種事別來找我。」

「別這麼說嘛，你不覺得這件事很有趣嗎？是心電感應喔。我上網查了一下，科學家對於到底是否存在心電感應這件事還沒有結論，如果可以搞清楚這件事，就是本世紀的重大發現。」

「哼。」電話中傳來湯川用鼻孔噴氣的聲音。

「那我告訴你，科學家對幽靈是否存在這件事也還沒有結論，還有尼斯湖的恐龍也一樣。不，這麼說的話，聖誕老人也一樣。」

「那我問你，如果有人拍到幽靈的照片，你會怎麼做？你不想看看嗎？如果真的有人見到了聖誕老人呢？你不想聽聽看到底是什麼狀況嗎？如果你不想，又是為什麼？難道不是因為你認定這種東西不存在嗎？這是科學家應有的態度嗎？你不是經常說，真正的科學家無論面對任何事，都應該保持中立的立場嗎？」

湯川聽了草薙的質問，沉默片刻後說：「太驚訝了，沒想到你會這麼反駁，而且說話竟然這麼有邏輯，你去哪裡磨練了辯論技巧？」

「當然是偵訊室，現在的嫌犯，個個都能言善道。」

電話中傳來湯川重重的嘆息聲。

「有證人嗎？不要只是當事人的一面之詞。」

「有好幾個證人，所以才能夠在第一時間發現被害人。如果再晚一點發現，恐怕就沒救了。」

湯川沉默不語。草薙覺得有希望了。

「當事人目前在東京，只要你同意，可以馬上帶去見你。」

「唉，」湯川發出心灰意冷的聲音，「我實在很討厭自己的個性，無論如何都無法戰勝好奇心和探究心，我為什麼交到你這種朋友？」

「這是命運注定的。」

「我告訴你，」湯川說：「我向來不相信命運，那比聖誕老人更不可能。」

「我才不管，所以可以帶她去見你，對嗎？今天怎麼樣？」

「我可以安排時間。」

「ＯＫ，詳細情況我讓內海和你聯絡。」草薙說完，掛上電話後，立刻抬頭看著站在旁邊的內海薰說：「搞定了。」

「他果然提到了幽靈和聖誕老人。」

「幸好妳事先為我惡補了一下，這是我第一次說贏他。話說回來，妳竟然能夠猜到他會說什麼。」

「因為我認識他已經很久了嘛。」

「我認識他超過二十年了，仍然完全搞不懂他。算了，妳趕快帶兩位御廚小姐去帝都大學，她們目前人在哪裡？」

「目前請她們在飯店待命。」

「那妳馬上去接她們，萬一湯川改變心意就麻煩了。」

「好的。」

目送內海薰離去後，草薙站了起來。間宮坐在寬敞的會議室前排，正皺著眉頭看資料。

「我讓兩位御廚小姐先去找湯川。」

間宮抬起頭，吐出了下唇。

「是嗎？希望伽利略老師可以想出一套合情合理的說詞。我必須向上面彙報事件的概要，但不知道要從哪裡說起，總不能寫心電感應這種事吧。而且麻煩的是，已經有報社的記者打聽到消息了。一定是轄區警局的刑警透露了風聲，真是的，不管哪裡都有大嘴巴。搞不好電視台也很快會來要求採訪。」

「那件事要怎麼處理？就是罪犯肖像的事。」

「那件事喔，」間宮摸著額頭，「我去找了肖像畫小組討論了一下，他們說，只要有需要，隨時願意協助……」

草薙提議，不妨把御廚春菜腦海中浮現的男人的臉畫下來。

「果然有問題嗎？」

「嗯。」間宮發出低吟，「如果被媒體知道我們用這種方式畫罪犯肖像，一定會鬧得沸沸揚揚。」

草薙無法否認。警視廳搜查一課利用心電感應辦案？——他的腦海中浮現這樣的標題。

「事件還真麻煩，如果被害人趕快清醒，事情就簡單多了。」間宮嘆著氣說。

傍晚，內海薰回到了搜查總部。

「情況怎麼樣？」草薙問她。

「湯川老師一開始意興闌珊，雖然問了春菜小姐幾個問題，但我也可以察覺，他認為只是偶然的巧合而已。」

「聽妳這麼說，代表湯川之後改變了態度嗎？」

「對。」內海薰用力點頭，「聽到春菜小姐說的一句話之後，老師的態度明顯不一樣了。」

「哪一句話？」

「連在一起。」內海薰翻開記事本，「春菜小姐是這麼說的，她和姊姊的心，至今仍然連在一起。雖然姊姊看起來意識不清，但大腦仍然在活動，發出各種訊息，她很懊惱無法解讀這些訊息的意思，只知道姊姊目前很痛苦——」

「……真的假的？」

「湯川老師聽了之後，產生了興趣，說想要帶御廚小姐去其他地方做檢查。」

「怎樣的檢查？」

「我在另一個房間等，所以並沒有親眼看到，聽湯川老師說，好像要使用可以偵測到微弱電磁波的儀器，當然，原本的用途和心電感應無關。」

「檢查的情況怎麼樣？」

「好像出現了和普通人不同的結果，最後，湯川老師說，希望她成為第十三研究室的研究對象。」

「啊？」草薙瞪大了眼睛，「湯川說要研究心電感應嗎？」

「好像是，他還問了御廚小姐她們之後的行程，還說很希望明天就開始研究，希望御廚小姐提供協助。」

「真是意外的發展啊。」

「我也嚇了一大跳。」

「所以說，就連湯川也無法對這次的現象做出合理的說明，他也不得不承認有心電感應嗎？」

「也許吧，還希望我也提供協助。」

「他要妳做什麼？」

「湯川老師希望我把這起事件相關人員的照片帶去給他，讓御廚小姐看那些照片，確認她大腦的反應。」

「喂，喂，開什麼玩笑啊。」草薙抓著頭，「這種事如果被媒體知道，一定會大肆炒作，內海，這件事千萬不能告訴別人，自己人也一樣。」

「我知道，但照片的事怎麼辦？」

「我會考慮。」

草薙立刻向間宮報告了這件事。

「和當初說的不一樣啊。」圓臉的上司面露慍色，「難道要我在報告上也寫心電感應嗎？」

「再給他一點時間，我會去向他瞭解情況。」

「你去問清楚。不瞞你說，剛才有熟識的報社記者打電話來問，聽說這次的事件和超能力有關，問我是否有這麼一回事。」

「你怎麼回答他？」

「我當然裝糊塗啊，雖然他不太相信的樣子。」

「最近沒什麼大案子，跑社會線的記者都苦於沒題材可寫。」

「真是麻煩，關鍵的偵查卻毫無進展……」間宮垂著嘴角。

5

看了貼在門上的去向告示牌，發現湯川似乎去了其他大樓。那傢伙到底在幹什麼。草薙感到訝異的同時，拿出了手機。他事先和湯川聯絡過，說好今天要來這裡找湯川。

他撥打了湯川的電話，電話很快就接通了。「喂？」電話中傳來冷漠的聲音。

「我是草薙，你在幹嘛？」

「喔……忘了跟你說，御廚小姐的相關研究在其他地方進行。不好意思，你趕快來這裡。」

「那倒是沒問題，你那裡是在哪裡？」

「醫學系的生理學研究室。」

「生理學？」

草薙正想問他地點在哪裡，電話已經掛斷了。

草薙走出大樓，根據校園內的導覽指示移動。他曾經去帝都大學的醫院多次，卻是第一次走進醫學院的研究大樓。嶄新的建築物很漂亮，草薙想起這棟大樓幾年前曾經改建過。

他在研究室的入口報上姓名後，學生帶他來到研究室後方。像潛水艇入口般的沉重大門敞開著，草薙走了進去，忍不住目瞪口呆。因為天花板垂著一個難以想像和生理學有什麼關係的巨大裝置。那個裝置外型像火箭，前端部分斜斜地朝著下方，御廚春菜的頭部就在裝置的下方。她穿著綠色的衣服，躺在床上。

湯川和一個穿著白襯衫的男人站在一旁。湯川發現了草薙，為他們相互介紹。那個男人是醫學系的教授，也是這個研究室的負責人。

「由我來向他說明，教授，你可以先去休息一下。」

看起來很有氣質的教授聽到湯川這麼說，說了聲：「那我就不客氣了。」走出了研究室。

草薙再度抬頭打量那個裝置。「這是什麼？真是龐大啊。」

「這叫腦磁計，當電流經過大腦中的神經元時，會產生極弱的磁場，這個裝置可以測出這種磁場。」

「磁場？人類的腦袋會發出這種東西嗎？」

「生物的所有部分都會發出磁力，心臟和肌肉也會。相較之下，大腦發出的磁力非常弱，只有地磁力的一億分之一而已。必須使用超傳導材質的線圈才能夠偵測出來，而且必須同時用液態氦持續冷卻，所以裝置整體就變得這麼龐大了。」

「是喔，可以用這個裝置調查心電感應嗎？」

「這是研究的一個環節，必須做很多實驗，才能夠瞭解詳情——辛苦了，妳可以起來了。」

聽到湯川這麼說，御廚春菜緩緩坐了起來。看到草薙，向他點頭打了招呼。

「聽說你終於承認有心電感應，老實說，我很驚訝。」

湯川聽到草薙這麼說，皺起了眉頭。

「我並沒有承認，只是認為值得研究而已。」

「兩者都差不多啦。」

「完全不一樣。」

「但這次的情況，很難有其他合理的解釋。」

「每個人對合理的定義都不一樣，我只是對御廚小姐的大腦發出的訊號產生了興趣，想要瞭解那到底是什麼。」

「訊號？」草薙看著御廚春菜的臉。她尷尬地低下了頭。

「正如我剛才所說，大腦會產生磁場。她的大腦產生的磁場有規則性，我們正在調查那到底是什麼。」

草薙說不出話。御廚春菜的大腦發出了這種東西嗎？他思考著該如何向間宮說明。

「你有沒有帶照片來？我曾經交代，需要事件所有相關人員的照片。」湯川問。

「不，我今天沒有帶來，我打算先向你瞭解一下情況。」

湯川不滿地皺起眉頭。

「你們不是希望趕快破案嗎？為什麼做事這麼沒效率？」

「我無法隨便把偵查資料帶出來，更何況涉及個人隱私。」
「但是，從某種意義上來說，她算是目擊者。讓目擊者看相關人員的照片，不是你們經常使用的手法嗎？」
「她算是……目擊者嗎？」
「如果這種表達方式不恰當，也可以換一種方式來說。總之，我認為必須在她記憶淡忘之前採取必要措施。」
草薙用指尖抓了抓眉尾，再度看向御廚春菜。
「關於這件事，我有一個提議。可以請妳協助我們畫罪犯肖像嗎？」
春菜眨了眨眼睛，「肖像……嗎？」
「我希望把妳透過心電感應……也就是妳姊姊遭到攻擊時，妳腦海中浮現的男人的臉畫出來，我已經獲得了上司的許可。」
湯川在一旁不以為然地哼了一聲。
「畫這種罪犯肖像有什麼用？難道打算公開，說這是根據心電感應畫出來的罪犯肖像嗎？絕對會引起軒然大波。」
「不會公開。只是作為偵查員辦案時的參考資料，就說是有人在命案現場看到的可疑男人。」
「原來連同事也要欺騙。」
「那也沒辦法，因為只有少數人知道御廚小姐心電感應的事——能不能請妳幫這個忙呢？」
御廚春菜露出困惑的表情偏著頭，「我想……應該沒辦法。」

「沒辦法？為什麼？」

「因為並沒有進入那個地方。」

「那個地方是指？」

「我來解釋，」湯川插嘴說：「記憶有各種不同的種類。比方說，上了年紀之後，經常會突然想不起那個人的名字，但即使是這種人，也不會忘記桌子和椅子之類物品的名稱。因為記憶內容儲存在不同的地方。她的情況也是這樣，在事件發生時，腦海中的確浮現了男人的臉，卻無法自由取出這個記憶。」

「那不就等於忘記了嗎？」

「並不是這樣，即使想不起某個人的臉，但看到照片，就可以判斷是不是那個人。你應該也常發生這種情況吧？」

「那倒是……」

「所以我才要求，把所有相關人員的照片帶來。」

草薙重重地嘆了一口氣。

「雖然你這麼說，到底多大的範圍算是相關人員？」

「範圍越大越好，盡可能蒐集大量照片，讓春菜小姐確認，這是唯一的解決方法。」

草薙打量著湯川的臉，「你真的相信心電感應嗎？」

「我沒有這種先入為主的觀念，我只是想要查明她腦海中浮現的影像到底是什麼。如果是兇手，那就再進入下一步。」

草薙皺起鼻子。

「目前認為，這起事件並非熟人所為，即使看了相關人員的照片，應該也沒太大的意義。」

「沒有意義……嗎？這個世界上，沒有任何一件事沒有意義。我料到你會說這種話，所以還有備案。」

「備案？」

草薙發問時，背後傳來動靜。回頭一看，剛才帶他進來的學生站在那裡。

「又來了一位客人。」

「來得正好，請帶他進來。」湯川說完，看著草薙說：「我的備案似乎到了。」

草薙訝異地看向入口，跟著學生走進來的是磯谷知宏。

「啊，刑警先生……」磯谷似乎也很驚訝。

「你怎麼會來這裡？」草薙問。

「當然是我請他來的，」湯川回答說：「我拜託你的東西準備好了嗎？」湯川問磯谷。

「總算張羅到了，」磯谷從手上的皮包裡拿出隨身碟，「我們認識的所有人應該都在裡面了。」

「喂，湯川，這該不會是……」草薙看了看物理學家，又看了看隨身碟。

「我請磯谷先生蒐集了所有和他們夫婦有交集的人的照片，雖然你們認定不是熟人犯案，但熟人犯案的可能性並不是完全不存在。」

「你打算讓春菜小姐看這些照片嗎？」

「沒錯——啊，教授，你來得正好。」

剛才那位教授又走進了研究室。湯川向他簡單說明了磯谷帶來的照片的事。

「那要不要馬上就開始？當然，要先徵求御廚小姐的意願。」

湯川聽了教授的話，問春菜：「現在可以嗎？」

「我沒有問題，請馬上開始。」

「好，」湯川轉頭看著草薙，「情況就是這樣，我們現在要做測試，不好意思，可以請你去外面嗎？——磯谷先生，也麻煩你移步。」

意外的發展讓草薙有點不知所措，但還是走出了研究室。他完全搞不清楚狀況。

外面有長椅，他和磯谷一起坐在長椅上。磯谷好奇地注視著室內。

「你是什麼時候知道要進行這些研究？」草薙問。

「兩天前，聽春菜和籐子姑姑說的，之後她們帶我來這裡，見到了湯川老師。」

「你一定很驚訝吧？」

「太驚訝了。」磯谷用力點著頭，「雖然我之前就知道若菜和春菜之間有某種不同於他人的特殊心靈維繫，但沒想到會這麼厲害。而且也許有辦法藉此查到兇手，我當然沒理由不幫忙。」說完，他露出試探的眼神看著草薙。

「警方那裡的情況如何？有沒有什麼進展？」

真是哪壺不開提哪壺。

「目前正在整理目擊線索。」他只能這麼回答。

「似乎不太樂觀。」磯谷滿臉愁容，「正因為這樣，我很期待這個研究室的成果。」

草薙正在思考該如何回答，湯川和教授走了出來。他們關上了厚實的門，上了鎖。

「結束了嗎？」草薙問湯川。

「怎麼可能？測試才剛開始。」

他們走向牆邊的桌子，那裡放著液晶螢幕和各種操作盤。

「現在請御廚小姐一張一張看磯谷先生蒐集到的照片，如果有觸動她記憶的照片，腦磁力就會發生變化——教授，請開始吧。」

教授點了點頭，敲打著鍵盤。液晶螢幕上出現了一個男人的臉。是一個年輕男人。

「這是我們店裡的店員。」磯谷說：「他叫山下。」

另一個螢幕上出現了複雜的波形，似乎就是腦磁力。

草薙正在厚實的門前，隔著圓形的窗戶，向門內張望。剛才那個巨大裝置的前端抵著躺在床上的御廚春菜頭上，她的面前有一個螢幕，上面應該顯示了不同人物的照片。

如果是靠這種方法追查到兇手，到底該怎麼寫偵查報告——草薙思考著這個問題。

照片總共有數百張，測試需要一個小時左右。湯川和教授默默進行作業，直到最後，他們臉上都沒有露出欣喜的表情。草薙也知道，那些照片並沒有喚醒御廚春菜的記憶。

「兇手似乎不在我帶來的那些照片中。」磯谷說。

「姑且不論是不是兇手，至少不是浮現在春菜小姐腦海中的那個人。」湯川回答，「你費心蒐集了這麼多照片，真是太遺憾了。」

「別這麼說。」磯谷無力地搖了搖頭。

湯川將視線移到草薙身上，「今天測試的結果你也看到了，一有消息，我會馬上和你聯絡。」

「知道了。」草薙回答。

走出大學校門口後，草薙向磯谷道別，正準備走去車站時，手機響了。是湯川打來的。

「怎麼是你呀？怎麼了？忘了什麼東西嗎？」

「不是，你馬上回來，我有東西要交給你。」

6

磯谷知宏來到店裡，看到山下正在街頭運動用的腳踏車ＢＭＸ的賣場接待一對看起來像是父子的客人。父親不到四十歲，兒子看起來像小學生。

另外還有兩名店員，一個人在收銀台前低頭把玩著什麼，八成是在滑手機。另一個人站在滑板賣場，一看到磯谷，立刻站直了身體。「早安。」只有打招呼時特別有精神。

「情況怎麼樣？」

「嗯，差不多就是這樣。」耳朵上戴了兩個耳環的店員抓了抓頭，巡視著店內。雖然目前是特賣期間，但除了那對父子以外，並沒有其他客人。

「原來在網路上打廣告也完全沒效，簡直就是把錢丟進水溝裡。」

「好像是喔，哈哈哈。」戴耳環的店員笑了起來，磯谷瞪他一眼，他慌忙用手掩著嘴。

磯谷在兩年前開了這家街頭運動專賣店「酷Ｘ」，販售滑板、直排輪鞋、溜冰鞋和ＢＭＸ，以及從事這些運動項目時的周邊商品、鞋子和衣服。剛開店時生意很好，除了喜歡街頭運動的年輕人以外，喜歡嘻哈舞蹈和音樂的年輕人也經常來店裡。

但是，一段時間之後，客人越來越少。磯谷不瞭解明確的原因，曾經重新裝潢，改變商品的陳列方式，卻完全沒有任何效果。

最後，磯谷認為是因為人口減少的關係。小孩子和年輕人的人數減少，熱愛運動的人當然就更少了，再加上遊戲和智慧型手機造成的影響。小孩子和年輕人都只在虛擬世界中玩遊戲，根本不想走出戶外活動身體，享受運動的樂趣。

但是，若菜表達了不同的意見。她認為是經營方式有問題。
「其他店的生意都不錯，我去打聽了一下，那些店家都很努力。店員都很樂於研究，有不少人的技巧不輸給職業選手。『酷X』的店員程度只是比興趣愛好稍微好一點而已，行家怎麼可能會上門？」
磯谷聽到若菜說這番話時憤慨不已，忍不住反駁說，不要以為自己的古董店生意還不錯就看不起我。她就閉嘴了。
山下走了過來，一臉不滿的表情。
「剛才的客人不行嗎？」磯谷問，「看起來像是爸爸要為兒子買腳踏車。」
山下在臉前搖著手。
「才不是呢！那個兒子已經有BMX了，經常去極限運動場，聽說在比賽中也有不錯的成績。他們來這裡只是想要吹噓而已，只逛不買，我敷衍了幾句，把他們趕走了。」
磯谷咂著嘴，「難得舉行特賣，竟然只有這種客人上門嗎？」
「現在到處都不景氣嘛。」山下事不關己地說。
這時，磯谷的手機響了。螢幕上顯示了一個陌生的號碼。磯谷有點警戒地接起了電話，原來是警視廳的草薙打來的。
「不好意思，打擾你工作了。我有兩、三件事想要請教你，可不可以約個地方見面？」
「沒問題，請問是什麼事？」
「我們見面再談，約在哪裡比較好呢？你方便的地方就好。」草薙說話很客氣，反而讓磯谷有一種不祥的預感。
他們約在自助式咖啡店見面。磯谷走進咖啡店，草薙已經坐在後方的座位上向他點頭打招呼。磯谷買了大杯的咖啡後，走向那張桌子。

「不好意思，突然約你出來。」草薙微微起身鞠了一躬。

「沒關係。」磯谷簡短回答後，在對面坐了下來。

「上次辛苦你了，剛才我接到帝都大學的聯絡，今天要使用你提供的照片再度進行測試。」

「喔？是這樣嗎？」

磯谷回想起在帝都大學進行實驗的情況，他很意外一流大學的學者竟然會認真研究心電感應。若菜姊妹的心電感應這麼強烈嗎？

「話說回來，你蒐集的照片還真多啊，是怎麼蒐集到的？」

「用各種方法，有些從以前的照片中擷取下來，有些是重新拍的……」

「重新拍的？怎麼決定要拍哪些人？」

「並沒有特別的標準，就是去平時我和若菜經常出入的地方，把所有人都拍下來。」

「但有些人不那麼容易遇到吧？」

「遇到這種情況，就打電話給對方要求見面。」

「對方竟然同意讓你拍攝。」

「我說要製作廣告，需要大量照片。雖然有人懷疑，但我還是拜託他們讓我拍。」

「原來是這樣，真是大費周章啊。」

「為了若菜，做這點事沒什麼。請問你要問我的是什麼事？」

草薙聽了，把手伸進上衣內側後問：「你應該知道六本木一家名叫『鴨仔蛋』的店吧？那家店有撞球檯，聽說你經常去那裡。」

磯谷感到心驚肉跳，但努力克制，不讓慌張表現在臉上。
「那家店怎麼了嗎？」
「你拍了那家店的相關人員照片。」草薙的手仍然放在上衣內側。
「是啊，我拍了。那個隨身碟裡應該有所有店員的照片。」
「的確有店員的照片，還有幾個常客的照片，但好像並不是全部。」
磯谷想要吞口水，但口乾舌燥。
「……什麼意思？」
「你應該認識後藤剛司這個人，他是『鴨仔蛋』的常客，聽說和你也很熟。」草薙從上衣內側拿出照片，這是一張光頭男人的正面照，「就是這個人。」
「喔，沒有啦，雖然認識，但也沒有很熟……」
「是這樣嗎？那就奇怪了，聽店員說，你們經常比賽。」
磯谷用手掩著嘴。因為他突然想吐，全身冒著冷汗。
「磯谷先生，」草薙淡淡地叫著他的名字，「為什麼呢？你們這麼熟，為什麼沒有拍他的照片呢？那個隨身碟中並沒有他的照片。」
「因為沒機會遇到他……」
「但是，你不知道他的電話嗎？你剛才說，如果遇不到，就會主動打電話給對方要求見面。」
磯谷低著頭，沉默不語。因為他想不到辯解的理由。
「我們發現一件有趣的事，」草薙說：「這個男人不是理光頭嗎？而且把鬍子刮得好像雞蛋一樣乾乾淨淨，但聽說不久之前，他留著一頭金髮，而且滿臉鬍子。沒想到最近把鬍子和頭髮都剃光了，你認為這是什麼原因呢？」

磯谷覺得自己的視野變得狹窄。這就是所謂的絕望吧？他竟然客觀地思考起這個問題。

都怪那傢伙。他想起後藤滿是鬍子的臉。都怪他沒有置若菜於死地，才會發生這種事——

「不久之前，他因為違反了輕犯罪法遭到逮捕，警方搜索了他家，你知道發現了什麼嗎？找到一件沾有血跡的皮夾克。在分析血跡之後，發現是磯谷若菜女士，也就是你太太的血液。目前以殺人未遂的嫌疑逮捕了他，並進行了偵訊，他堅稱是受人之託。」

磯谷感到兩側有人同時走了過來。抬頭一看，兩個男人站在他左右兩側，一看就知道是刑警。

「接下來的內容似乎去警局談比較好。」草薙一臉爽朗的表情說道。

7

「真的很抱歉。」御廚春菜在刑警辦公室的接待區深深鞠躬道歉。

「可不可以請妳從頭說起？不，那個——」草薙皺著眉頭，搖了搖手上的原子筆，「雖然我連哪裡算是開始都不知道。」

「好。」春菜點了點頭，「那是兩個月前的事，我因為工作的關係去了東京，順便去找姊姊。」

「請等一下，上次問妳的時候，妳不是說，這一年都沒有見面嗎？」

「很抱歉，我說了謊。」她再度恭敬地低下了頭。

草薙吐了一口氣，「當時發生了什麼事嗎？」

「對，」春菜靜靜地說：「遭到了攻擊。」

草薙瞪大了眼睛，「誰遭到了攻擊？」

「我。」

她一臉真摯的表情說了以下的內容。

那天，磯谷若菜在家裡。因為她經營的那家店進行內部裝潢，所以沒有營業。春菜和她聯絡後，她請春菜立刻去她家。於是，春菜就去買了蛋糕，前往位在松濤的姊姊家。若菜興奮地迎接了久違的妹妹。她的丈夫知宏出差，那天剛好不在家。若菜請春菜住在她家，春菜也就答應了。

事件發生在傍晚六點左右。當時，春菜在若菜的要求下，幫她為庭院的花木澆水。磯谷家有一個後院，從馬路的位置看不到後院，雖然後面也有房子，但因為圍牆很高，所以不必擔心被鄰居看到。

她正用灑水壺為每一盆盆栽澆水時，突然有什麼東西蓋住了她的頭，眼前一片漆黑。她當時感到的驚訝更甚於恐懼。因為她以為家裡只有自己和姊姊兩個人，所以認定是若菜在惡作劇。

「若菜，妳別鬧了。」她笑著說。

下一剎那，她立刻被推倒了。春菜坐在地上，完全不知道發生了什麼事。

她拿走了蓋在頭上的東西。那是一個黑色塑膠袋。春菜左顧右盼，但後院內並沒有任何人，眼角似乎掃到有一個黑影迅速消失在圍牆外。

春菜摸著自己的手臂，這時她才意識到，有人用力抓過自己的手臂。

剛才是怎麼回事——？

她走回家中，走去廚房一看，若菜正在下廚。她看著妹妹問：「怎麼了嗎？」

「沒事。」春菜回答。她無法順利說明剛才的狀況，而且也不希望姊姊擔心，更何況她自己也搞不清楚發生了什麼事。

姊妹兩人吃著晚餐，開心地聊著往事，內心的疙瘩也漸漸消除了。也許只是被風吹起的塑膠袋剛好蓋在自己的頭上，自己驚慌失措跌倒了，以為是被人推倒在地——她這麼告訴自己。事實上，也沒有造成任何傷害。

但是，當她在浴室脫下衣服照鏡子時，忍不住倒吸了一口氣。因為雙臂都留下了明顯的瘀青。如果只是跌倒，手背上不可能有瘀青，剛才覺得被人用力抓住手臂果然不是錯覺。

果然是遭到攻擊了嗎？果真如此的話，歹徒為什麼突然逃走了？

想到這裡，她恍然大悟。

歹徒也許想要攻擊若菜，但因為聽到春菜說「若菜，妳別鬧了」，知道自己找錯了對象，所以慌忙逃走了——這麼一想，就合情合理了。

如果是這樣，歹徒的目的顯然並不是行兇，也不是為了錢財。

歹徒用黑色塑膠袋蓋住若菜的頭，之後想要做什麼呢？綁架嗎？不，偷偷溜進這裡的庭院很簡單，但要把一個人扛出去，就沒那麼容易了。傍晚的那個時間會被別人看到。

歹徒的目的一定是試圖奪走若菜的生命，但是，到底是誰想置若菜於死地呢？

春菜在思考這個問題時，發現了幾件事。照理說，若菜這天要出門工作，並不會在家裡，這意味著歹徒知道她的店今天不營業。而且歹徒趁她在庭園的時候下手，很可能知道她在休假日的傍晚，都會在庭院內澆水。春菜只想到一個人符合這個條件。

那就是磯谷知宏。

其實春菜原本就對那個人沒有好印象，並不是有什麼具體的理由，而是所謂的直覺。若菜第一次介紹他們認識時，春菜就忍不住在內心嘆息，唉，又是這種類型的人。

春菜和若菜在很多方面的喜好很相像，聽說雙胞胎經常會發生這樣的情況。食物、衣服、首飾——即使不看對方，也能夠猜出對方會挑選什麼。因為對方喜歡的東西和自己一樣。

但是，她們喜歡的男人卻是完全不同的類型。雖然姊妹兩人都喜歡「溫柔體貼的人」，但是對「溫柔體貼」的定義不一樣。春菜喜歡沉默寡言、腳踏實地的人，若菜卻中意能言善道、愛出風頭的人。這件事本身並沒有什麼問題，但春菜覺得若菜的每個男朋友看起來都很輕浮。事實上，若菜交的每個男朋友的確都在金錢等各方面依賴若菜。春菜曾經為了這件事提醒若菜，若菜說：「我知道，但是每次看到這種類型的人，我就覺得不能對他們棄之不顧。」

春菜覺得磯谷知宏也是相同類型的人，所以聽說他們要結婚時就有了不祥的預感，她很擔心若菜是否能夠真的得到幸福。春菜和若菜從父母手上繼承了大筆遺產，她覺得磯谷知宏是為了錢才和若菜結婚。

他們結婚已經三年，老實說，春菜並不知道他們的生活情況。因為若菜很少提起。若菜知道妹妹對自己的丈夫印象不好，所以那天晚上聊天時也幾乎沒有提到知宏。

他們夫妻之間是不是產生了嫌隙？這件事會不會和剛才發生的事有關？

春菜對自己的推理感到心慌意亂，她無法告訴別人，尤其是無法告訴若菜這些推理。妳先生可能想要殺了妳——說這句話時到底該露出怎樣的表情？更何況知宏有不在場證明。聽說他那天去沖繩出差了。

最後，春菜回家之前，沒有對若菜說任何話。雖然若菜發現妹妹不太對勁，有點擔心她，但春菜回答說：「我只是有點累了。」

那天之後，春菜開始煩惱，越來越擔心若菜會發生意外。有時候實在忍不住或是心血來潮時，就會打電話或是用電子郵件確認若菜是否平安無事，但又擔心會引起若菜的懷疑，所以也無法經常聯絡。

有人發現了她的異常。那就是和她同住的姑姑。

「我發現春菜不太對勁，但作夢也沒有想到，是因為在東京發生了這種事。」御廚籐子輕輕搖了搖頭，接著說了下去。

「聽春菜說，妳代替她打電話給若菜太太。」

聽到草薙的問題，籐子點了點頭，「第一次是在這個月五日的晚上。」

「五日？妳記得真清楚。」

「因為那天是我很期待的一本書的出版日，我在白天收到了書，在睡前看書時，春菜來我房間，說她有不祥的預感，希望我打電話給若菜。雖然我叫她自己打，但她說太害怕了，不敢打電話。」

「於是妳就打了電話嗎？」

「我打了，但若菜很好，完全沒有任何異常。」

「之後春菜小姐也曾經多次請妳打電話嗎？」

「對，她幾乎每天都叫我打電話，於是比起若菜，我反而開始擔心春菜，懷疑她是否有輕度憂鬱傾向。所以有時候我沒有打給若菜，但告訴春菜，我已經打過電話了。」

「但是，那天晚上不一樣，在事件發生的那天晚上。」

篠子慢慢點了點頭。

「春菜像平時一樣，要求我馬上打電話給若菜。因為當時我們兩個人都在客廳，騙不了她，無奈之下，只好打電話給若菜，沒想到只有電話鈴聲不停地響，我也忍不住擔心起來，於是打電話給知宏……之後的事，就像上次說的那樣。」

「但是妳說了謊，妳說那天晚上是春菜第一次要求妳打電話給若菜。」

「很抱歉。」御廚篠子低下了頭。「事件發生之後，我逼問春菜，為什麼知道若菜有危險，而且為什麼不告訴我，她才終於對我說出了真相，聽了她告訴我的事，我大驚失色。」

「她認為磯谷知宏——也就是若菜太太的先生很可能就是兇手，對嗎？」

「我不敢相信，只不過聽了春菜說的情況之後，認為的確很合理。但是，知宏有不在場證明，若菜遭到攻擊時，他在其他地方。」

「妳說得對。」

「我們很猶豫，不知道該不該向警方說出對知宏的懷疑。如果若菜沒有希望，我們應該會毫不猶豫地告訴警方。但是想到她日後可能會恢復意識，就遲遲無法下決心，因為我們認為如果知宏不是兇手，若菜應該一輩子都不會原諒我們懷疑知宏。煩惱很久之後，我們決定先不告訴警察，繼續觀察看看。」

草薙皺著眉頭說：「真希望妳們當時可以告訴我們。」

「很抱歉，並不是只要破案就好。她們姊妹還必須面對日後的人生，不希望她們之間產生任何嫌隙。」

「那妳們又為什麼要說有心電感應這樣的謊言呢？」

「那是春菜的主意，即使知宏是兇手，他也有不在場證明，一定有共犯代替他下手。春菜認為，只要她說靠心電感應看到了那個人的臉，知宏一定會採取某些行動，甚至會對她下手。」

「妳也同意她的這個主意嗎？」

「我覺得很危險，但春菜心意堅定，即使冒著生命危險，也想要查明真相，我也無法勸她改變主意。」

「結果害我們白忙一場。」

「真的不知道該怎麼道歉……我無法為自己辯解，但是，真的很感謝你介紹那位先生給我們認識。」

「那位先生是指？」

「當然是湯川老師，」篠子笑了起來，「你帶我們去帝都大學的物理系研究室時，我們心裡真的很緊張，我勸春菜，還是趁早收手。但她說，既然聲稱有心電感應，就不能逃避……無論做任何測試，只要她堅稱可以感受到姊姊的想法就好。無論再怎麼優秀的科學家，應該也無法否定這個世界上有心電感應。」

草薙摸了摸脖頸後方，「真有膽量啊。」

「但是，那位先生——湯川老師棋高一著，因為他馬上識破了我們的謊言。」

「馬上？」草薙追問道：「第一次見面的時候嗎？」

「對，不光是這樣，他還告訴了我們更好的方法。」

8

草薙來到第十三研究室，湯川坐在房間中央的工作檯前，正用一把大剪刀剪著竹編的籃子。他不可能沒發現草薙走進研究室，卻沒有回頭。

「你在幹什麼？」草薙問。

湯川果然沒有感到驚訝，用沒有感情的聲音說：「我正在製作方便向學生說明的模型。」

「這個像竹籃的東西是模型嗎？」

「不是像竹籃，就是竹籃。新開發的磁性體結晶構造和這個一模一樣，所以我用來製作模型。」

草薙抱著雙臂，在旁邊的椅子上坐了下來。「看來你又回去做原來的物理研究了。」

「說什麼笑話，我可不記得自己曾經不務正業。」

「確認心電感應是否存在的實驗，難道不算是不務正業嗎？不，那應該算是演戲吧。」

湯川單側臉頰露出笑容，走向流理台。他在水壺裡裝了水，放在瓦斯爐上。他似乎像往常一樣，打算請草薙喝即溶咖啡。草薙雖然不太想喝，但還是接受了。

「你似乎有點誤會，那我說明一下，」湯川說，「生物發出的磁力和電磁波還有很多不解之謎，我之前就曾經想要研究一下，這次剛好有這樣的機會，於是就請醫學系的教授提供協助，取得了相關的數據。也許你忘記了，我可從來沒有說過心電感應這幾個字。」

草薙把椅子一轉，仰頭瞪著湯川。

「以為用這種歪理就能夠矇混過關嗎？竟然欺騙警察。」

「我可沒有欺騙你們，是你們自己產生誤會。只不過——」湯川放下兩個馬克杯，聳了聳肩，「我的確有事隱瞞你們，這點我承認，但這並沒有違法。」

「我就是要問你這件事，為什麼瞞著我？」

「御廚小姐她們沒有告訴你嗎？」

「聽說了大致的情況，但也有必要向你瞭解詳情，確認她們說的話是否有矛盾的地方。」

水壺裡的水燒開了，湯川用湯匙舀了即溶咖啡粉放進馬克杯，然後倒了熱水，草薙也聞到了咖啡的香味。

「我第一次見到春菜小姐時，她對我說，她和她姊姊的心，至今仍然連在一起。雖然她姊姊看起來意識不清，但大腦仍然在活動，發出各種訊息，她很懊惱無法解讀這些訊息的意思，只知道姊姊目前很痛苦——」湯川把兩個馬克杯拿了過來，其中一個放在草薙的面前。

「好像是，我聽內海提過。我當時聽了，嚇了一大跳。」

「聽到她說那番話時，我立刻覺得她在說謊。」

「為什麼？從科學的角度來看，不可能有這種情況嗎？」

「這不是科學的問題，而是心理問題。只知道姊姊目前很痛苦——你倒是想一想，這種時候，還會有心情理會物理學家的好奇心嗎？通常不是會立刻趕到醫院，整天都陪在姊姊身旁嗎？不管科學家能夠證明心電感應真的存在，還是否定有心電感應這回事，對她來說，根本無關緊要。」

草薙拿著馬克杯，微微張著嘴，「的確有道理。」

「所以我產生了疑問，她為什麼要說這種謊？於是我猜想，可能有某些原因，讓春菜小姐不得不說她和姊姊之間能夠靠心電感應連在一起。」
「於是你直接問了當事人嗎？」
「沒錯，因為我覺得不像是惡作劇。」
「就是你說要做簡單的實驗，把她們兩個人帶去其他房間的時候吧。聽內海說，你要測定大腦發出的電磁波。」
湯川喝了一口咖啡，呵呵呵地笑了起來。
「根本沒有這種裝置，我原本就對心電感應抱著懷疑的態度，所以並沒有做什麼準備工作。而且我帶她們去的是資料室，並不是實驗室。」
「我聽春菜小姐她們說了，你說要帶她去做檢查，結果那個房間裡什麼都沒有，她們嚇了一大跳，原來是你為了避開內海說的謊。」
「因為我覺得如果有警察在一旁，她們可能不太方便說實話。帶她們去另一個房間之後，我對春菜小姐她們說，如果她們有所隱瞞，請她們老實告訴我，我不會告訴警方，也絕對不會告訴任何人，如果有我幫得上忙的地方，一定會提供協助。如果她們希望別人認為真的有心電感應，我會視情況幫忙。」
「你說到這種程度嗎？」
「老實說，我自己很想知道，春菜小姐為什麼能夠察覺到她姊姊身陷危機，我認為其中一定有玄機。」
「結果，她們就……」
「嗯，」湯川點了點頭，「春菜小姐和她的姑姑互看了一眼之後，不約而同地開了口。她們應該已經告訴你，當時對我說了什麼吧？」

「是啊。」

湯川放鬆了臉上的表情。

「戲法很簡單，春菜小姐幾乎每天晚上都很擔心若菜的安全，也就是說，根本不存在心電感應，但是我很佩服她們利用心電感應採取的下一個步驟——靠心電感應接收到攻擊若菜太太的兇手的長相——如果兇手果然是被害人的丈夫，我很好奇他會有什麼反應。」

「所以你決定提供協助嗎？」草薙瞪著朋友的臉問：「而且還瞞著我。」

「既然我已經向她們保證不會告訴任何人，當然也不能告訴你。但是，聽了她們說的情況之後，我猜想照這樣下去，事態可能不會有任何進展，所以我才會向她們提議，既然要做，就要做得徹底，我也會提供協助。」

「結果就去那個生物系研究室演了那齣大戲嗎？有必要搞得那麼大嗎？」

「如果不做到那個程度，磯谷知宏不會把春菜小姐的話當真，也不會把她透過心電感應從她姊姊那裡接收到的記憶當一回事。」

草薙的嘴角露出笑容，「那……有可能。」

「關鍵在於要讓兇手相信好像真的有心電感應這回事，在這個前提下，才能設下陷阱。這也是我沒有告訴你的原因之一，因為警方不可能默許有人落入圈套。」

「如果你和我談這件事，我的確會很傷腦筋。」

那天實驗結束後，湯川打電話把草薙叫了回去，然後把磯谷帶來的隨身碟交給他，並對他說：

「磯谷只是一般民眾，恐怕很難蒐集到周遭所有人的照片，所以，可不可以請你去確認一下，隨身碟裡有沒有漏了什麼人？」

「為什麼要這麼做？」草薙問。

湯川說：「如果漏了某個人，到底為什麼會漏掉？是磯谷先生的失誤，還是刻意所為？我想搞清楚這件事。」

湯川在說話時，特別強調了「刻意」這兩個字。

草薙聽到之後，立刻靈光一閃。湯川在懷疑磯谷知宏。春菜她們一定告訴了湯川什麼事。

草薙向間宮請示之後，翌日開始，立刻派幾名偵查員清查了磯谷知宏的交友關係。調查這件事並不困難，不需要打草驚蛇，只要對照隨身碟裡的照片就好，他們要找的是磯谷沒有拍照片的人。

最後查到了後藤剛司。不久之前，他還是一個酒店小姐養的小白臉。聽說他和那個女人分手了，目前很缺錢。

最近他剃光了頭髮和鬍子這件事，成為警方鎖定他的關鍵。警方懷疑他從磯谷口中得知了相關情況，認為自己的長相留在春菜，也就是若菜的記憶中。

在找到沾到血跡的皮夾克這項證物之後，後藤立刻坦承不諱。他把凶器的鎯頭丟進了河裡，主謀果然就是磯谷知宏。

「只要若菜一死，磯谷就可以拿到超過三億圓的遺產，他答應從中支付一千萬圓的酬勞，後藤就答應殺人。這些人把人命當成什麼了？」草薙拿著馬克杯，忿忿地說。

「她老公的目的是為了錢嗎？」湯川問。

「簡單來說，就是這樣。磯谷的店目前靠若菜太太的援助，才能勉強維持，但她對丈夫的無能感到失望，最近不時提到離婚。磯谷以前曾經外遇過，即使鬧上法庭，他也很難有勝算。」

「所以不如趁離婚之前殺了她……嗎？頭腦真是太簡單了，不過也正因為他是這種人，這次才會掉進陷阱。若菜的身體怎麼樣了？」

「關於這件事，倒是有好消息。她的身體正在慢慢恢復，應該很快就會清醒吧？」

「真是太好了，你去了醫院嗎？」

「不，我來這裡的途中，接到了春菜小姐的電話，是她告訴我的。」

春菜興奮的聲音仍然留在草薙的耳邊。她在電話中說：

「今天早上我醒來時，腦袋很清晰，昨天之前都一直霧茫茫的，但今天完全消失了，好像被風吹走了。我相信這是反映了若菜的大腦狀態，她一定會清醒過來。」

湯川聽了這番話，拿下了眼鏡，勉強撇了撇嘴角。

「這是建立在樂觀觀測基礎上的自我暗示，用腦磁計測量後，發現春菜小姐和正常人沒什麼兩樣，我也把這個結果告訴她了。」

「這代表根本沒有心電感應嗎？」

「無法觀測到類似的東西，完全沒有。」

就在這時，草薙的手機接到了一封電子郵件。是春菜傳來的。草薙看了內容，忍不住瞪大了眼睛。

若菜剛才醒了，記憶也沒問題，太好了。

湯川看到草薙目瞪口呆的樣子，問他：「怎麼了？發生了什麼事件嗎？」

不知道這個裝模作樣的物理學家要怎麼面對這個事實——

草薙興奮地把手機螢幕轉向湯川。

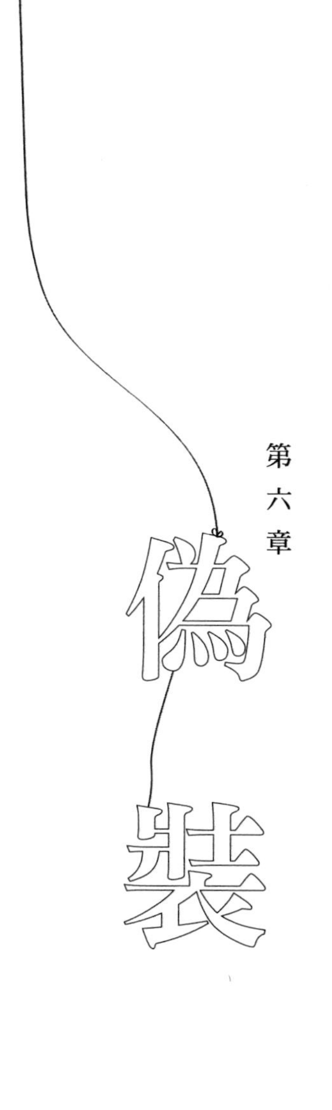

第六章 偽裝

1

「衛星導航系統是劃時代的發明，唯一的缺點就是太老實了。」坐在副駕駛座上的湯川不滿地說，「從剛才開始，就只有這條看不到盡頭的山路，前面的路應該也差不多，在到達下一個岔路口之前，可以先關掉畫面。」

「如果螢幕上什麼都沒有，不是很空虛嗎？」草薙握著方向盤說道，從剛才開始就一直行駛在這條山路上，「你不要抱怨這些無聊的事，趕快查一下這條路還要開多久。」

湯川伸出手，指尖在液晶螢幕上滑動。草薙看到螢幕上的地圖移動了。

「好消息，再開兩公里左右，就可以到達目的地附近了。」

「唉，還有兩公里嗎？」

目前剛過下午一點半，和預定的時間差不多。從東京出發已經有三個多小時了，就在高速公路上的休息區休息了一次而已。一路上都是草薙開車，雖然湯川自己不承認，但他八成是空有駕照，卻從來不開車的人，所以並沒有提出要換他開車。

「不過天色看起來很不妙啊，」草薙抬頭看了天空一眼，「聽說山裡的天氣變化無常……」

湯川拿出手機操作起來。

「降雨機率是百分之九十，根據天氣預報，很快就要下雨了，而且是大雨。」

「真的嗎？那可真傷腦筋啊，我沒帶傘。」

「只要把車子停在飯店大門口就沒問題了。」

「萬一停車場很遠怎麼辦？只有我一個人淋雨嗎？」

「總比兩個人都淋雨好，把你的上衣和行李交給我，至少可以減少損失。」
草薙嘆著氣，如果對他說的話生氣，就會有生不完的氣。
不一會兒，零星的水滴打在擋風玻璃上。
草薙握著方向盤，感到不太對勁。因為車身左右搖晃不已。他把車子駛向路旁，緩緩停了下來。
「怎麼了？」湯川問。
「方向盤有點失控，我下車看一下。」
他走下駕駛座，繞著車子檢查之後，果然發現左側後輪爆胎了。剛才在高速公路的休息區時還沒有異狀，可能之後在哪裡輾到了金屬片。
他告訴湯川車子爆胎了，湯川說：「那就沒辦法了，我來幫忙。」然後走出副駕駛座。
草薙從後車廂內拿出千斤頂、工具、手套和備用輪胎，把千斤頂放在爆胎的輪胎旁，慢慢把車子頂了起來。可惜運氣不好，雨下大了。
湯川站在馬路中央附近，似乎在查看後方是否有車駛來。
一輛紅色的車子靠近，是奧迪A1。湯川就像是工地的交通指揮員手舞足蹈地指揮交通。但是，紅色車子並沒有一駛而過，在湯川所站的位置前方不遠處停了下來。
司機可能在對湯川說話，湯川走向車子，不知道說了什麼。不一會兒，紅色的車子離開，駛過草薙的車子旁。
湯川走回草薙身邊，他的手上不知道什麼時候多了一把塑膠傘。
「這把傘哪來的？」
「剛才的女人給我的。」

「女人？開車的是女人嗎？」
「年輕女人，而且長得很漂亮。她說在換輪胎的人，也就是你淋得渾身濕透，太可憐了。這個世界上還有好人，世界真美好。」湯川站在草薙身旁，高舉起雨傘。
「真是太好了。」草薙繼續換輪胎。
換好輪胎後，他們繼續上路。雨越下越大，經過幾個隧道後，右前方出現一棟白色的建築物。建築物正前方的寬敞停車場內，已經停滿了七成，年輕的町長要在這裡舉辦婚禮，當然會有不少賓客參加。山中的渡假飯店一定很感謝他在這裡舉行婚禮。
「就是剛才那輛車。」湯川指著停車場角落說道，剛才那輛紅色的車子停在那裡，
「不知道那個女人是不是也受邀來參加婚禮。」
「如果看到她，記得告訴我，我要向她道謝。」
「你聽說她是美女，就念念不忘。」
「是啊，我不否認。」
他們在飯店的大廳見到了熟悉的面孔。那兩個人和湯川一樣，是草薙大學羽球社的同學。
「你們兩個人都聽牌了喔，」姓古賀的男人指著草薙和湯川，「目前只剩下你們倆個人是單身，你們都沒忘記吧，當初說好最後一個單身的人，要請所有人吃烤肉吃到飽。」
這是第一個同學結婚時大家約定的事。一眨眼，已經十年了。
「當然不會忘記這件事，」湯川指著古賀像西瓜一樣圓滾滾的肚子，「但我覺得完成這個約定，似乎會害到你。」
古賀皺起眉頭，用手遮住了肚子。

「只要你們記得這個約定就好，在那天之前，我會千方百計減肥成功的。」

「他一定覺得不會有這一天，所以才敢這麼說。」另一個同學說，所有人都笑了起來。

包括草薙在內，總共有十個羽球社的同學。新郎應該寄了喜帖給所有的人，今天無法到場的人，一定都有情非得已的要事。草薙竟然奇蹟似地順利請到了假。

去櫃檯辦理完入住手續後，草薙和湯川進了雙人房，換上西裝後，去了婚禮會場所在的樓層。

他們在休息室和以前羽毛球社的同學聊天時，谷內祐介打著招呼走了進來。「嗨，嗨，大家都來了。」他的臉比學生時代大了一倍，身材變胖了一圈。雖然不知道他身為町長的能力如何，但整個人很有分量。

「不好意思，要你們來這麼遠的地方，幸好這裡的菜很好吃，也有溫泉，可以自由使用各種設施。既然來了這裡，就好好享受一下。」谷內語氣開朗地說。

他在大學畢業後立刻回到老家，進入了縣政府工作。在負責振興當地的工作後，兩年前離開了縣政府，投入這個町的町長選舉。谷內的父親是前任町長，結果在沒有競爭對手的情況下順利當選。

草薙接到谷內將在老家的度假飯店舉行婚禮的通知時，感受到他的用心。他一定希望大家趁這個機會好好瞭解這裡。

谷內向休息室內的所有人打完招呼後離開了。馬上就要舉行婚禮了，他還這麼辛苦。

草薙打量著其他參加婚禮的人，大部分都是比谷內年長的男人。雖然這裡是一個小城鎮，但一旦成為地方首長，就會有很多交際應酬。草薙猜想應付這些事應該很辛苦。

「開紅色奧迪的女人是不是在新娘的休息室？」草薙小聲地問湯川。

「也許吧，先不管這件事，」湯川看著窗外說，「沒想到天氣預報還真準。」

草薙也看著窗外，傾盆大雨打在玻璃窗上。

2

桂木多英在傍晚六點多離開房間，搭電梯來到二樓，沿著走廊往前走，前面有一家門口掛著義大利國旗的餐廳。雖然這家餐廳的餐點不好吃，但在這家飯店內，已經算是好吃的餐廳了。

一踏進餐廳，服務生就走了過來。她說一個人來用餐，服務生把她帶到窗邊的座位。雖然是傍晚時間，但餐廳內沒什麼人。剛才辦理入住手續時，得知町長今天在這裡舉辦婚禮，所以停車場內停滿了車子。目前宴會場內應該很熱鬧。

雖然完全沒有食慾，但還是要吃點東西。她點了沙拉和義大利麵，也很想喝葡萄酒，最後還是忍住了。

她含了一口杯子裡的水看向窗外。雨似乎越下越大，她有點擔心，不知道別墅那裡的情況怎麼樣。想到要走在泥濘的路上，心情就忍不住有點憂鬱。

她拿出手機，重撥了母親亞紀子的電話，但只聽到電話鈴聲，沒有人接電話。她又打了別墅的電話，結果也一樣。

她猶豫著要不要打武久的手機，料理送了上來。雖然胃似乎仍然不想工作，但她還是拿起了叉子。

她慢慢吃著義大利麵，腦袋裡想著其他事。

不知道鳥飼修二會怎麼做？武久找他來這裡，他會乖乖來這種地方嗎？正常人應該會拒絕吧，但島飼厚臉皮的程度常人難以想像，也許會大搖大擺地出現。

但是，如果島飼去了別墅，現在應該會打電話給多英。時間這麼晚了仍然沒有接到他的電話，代表他根本沒去。

多英食不知味地吃完了晚餐，服務生走來，問她要不要甜點。她搖搖頭，結帳後走出了餐廳。

已經快七點了。她快步走向大門，正準備走出飯店，「小姐。」背後有人叫住了她，一個身穿黑衣服的中年男子跑了過來。

「請問您要出門嗎？」

「是啊。」

「請問要去鎮上嗎？」

「不是，我要去別墅區。」

「喔。」男人微微張著嘴，「原來是這樣啊，那就沒問題了。路上請小心。」他恭敬地鞠了一躬。

到底是怎麼回事？多英想著這個問題，邁開了步伐。一走出大門，立刻感到洩氣。外面仍然下著傾盆大雨。

她撐著漂亮的雨傘走向奧迪。雖然鞋子裡面都濕了，但現在無暇顧及這種事。一上車，立刻發動了引擎，調快了雨刷的速度。

沿著黑暗的道路行駛，沿途沒有遇到任何車輛。除非有重要的事，否則遇到這種天氣，任何人都不會想外出。

熟悉的房子出現在前方，一輛VOLVO的休旅車停在面對道路的停車區。那是武久的車子，旁邊的車位空著。多英巡視周圍，沒有看到其他車子。鳥飼修二果然沒來。

多英把奧迪倒車停進VOLVO旁的車位，撐著雨傘下了車。地面果然很泥濘，車子輪胎上也沾滿了泥巴。為什麼不在停車區也鋪柏油？她忍不住對屋主武久感到生氣。

走進大門，走到玄關的門前。她沒有鑰匙，但一拉門把，門就打開了。

脫鞋處有一雙男人的皮鞋和女人的樂福鞋，除此以外，只有一雙武久在這棟別墅穿的拖鞋。

多英脫下鞋子，從拖鞋架上拿下一雙拖鞋穿在腳上，沿著走廊向前走。門內是客廳，客廳內悄然無聲。

她打開了客廳門，室內一片漆黑，她摸索著打開來牆上的開關。客廳的燈亮了。

一個人坐在窗邊的安樂椅上。那是武久。

多英吞著口水。武久胸部以下滿是鮮血。

這不是夢，而是現實——她在腦袋裡這麼想著，蹲了下來。左手捂住了嘴，視線游移著。

亞紀子倒在面向庭院的玻璃門前。她的裙子翻了起來，臉已經變成了灰色。

她用顫抖的手從皮包裡拿出手機，按下一、一、〇按鍵的大拇指也顫抖不已。

3

草薙他們在七點多離開了婚宴會場。

「早知道婚宴是這種情況，我們可以等到續攤時再參加。」古賀一臉洩氣地說，

「主賓是副縣長，縣議會的議員帶領大家乾杯，警察分局的局長也上台致詞，簡直就是本地有頭有臉的人的聚會嘛。」

「別這麼說啦，谷內是町長，有他的為難之處，」草薙說：「所以才特地為我們安排了續攤啊。」

「啊喲，草薙，和以前相比，你變得圓融多了嘛。湯川，這是怎麼回事？」

湯川輕輕聳了聳肩膀，「沒辦法啊，草薙也是公務員嘛。」

「原來是這樣，有道理，原來是不得違抗長官的決定啊。」

「說什麼屁話，你們這些人根本不瞭解公務員的辛酸。」草薙伸出拳頭。

續攤在飯店頂樓的酒吧舉行，他們決定在開始之前，先去樓下的休息區打發時間。來到一樓，發現有很多人聚集在大門附近。仔細一看，全都是剛才參加谷內婚禮的人，警察分局的局長也在其中。這些人應該不會參加續攤，但他們的樣子有點奇怪，每個人都顯得有點不知所措。

令人驚訝的是，谷內從電梯廳那裡走了過來。他仍然穿著晚宴服，但滿臉嚴肅地跑向那群人，和警察局長等人談論事情，和剛才婚宴時的表情完全不同。

「好像出了什麼事。」站在草薙身旁的湯川說道。

「嗯，我去打聽一下。」

草薙走向谷內。他們剛好談完，於是草薙小聲地問谷內，發生了什麼事。

谷內撇著嘴，聳了聳肩。

「因為下大雨的關係，發生了土石流，有一部分下山的道路無法通行。」

「那條路被堵住了嗎？」草薙想起來這裡的路。

「就是這麼一回事，幸好沒有發生任何意外，只是大部分人都沒辦法回家了。」

「町長，」一個矮小的男人跑了過來，「根據現場的狀況研判，明天中午之前應該就可以恢復通車了。」

「要這麼久嗎？」

「如果雨不停，真的很傷腦筋，即使把土石清理乾淨，也需要等待一段時間確認安全……」

谷內咬著下唇，抓了抓頭，「真傷腦筋啊。」

「我聽說了，對不起，給你們添麻煩了，那就拜託了。」

圓臉的警察分局局長走了過來，「町長，有沒有聽說相關情況了？」

「不好意思。」谷內又說了一次，突然想起一件事，轉頭看向草薙。

「目前已經開始實施交通管制，這個時間應該不至於引起太大的混亂。」

警察局長點了點頭說：

「對了，局長，我向你介紹一下。我之前不是曾經向你提過，我有一個同學在警視廳工作嗎？就是他。」

谷內突然用這種方式介紹自己，草薙有點不知所措，慌忙拿出名片說：「我是草薙。」

「啊呀，幸會幸會。」局長也拿出名片，「我曾經聽町長提過你的事，聽說你偵破了好幾起離奇的事件。」

「不要輕信傳聞，我只是運氣好而已。」

一看名片，發現這位警察局長姓熊倉。他看起來很溫厚。

就在這時，熊倉的禮服內傳來了手機的來電鈴聲。「不好意思。」熊倉打了聲招呼之後，接起了電話。

「是我……對，怎麼了？道路的事又有什麼——」熊倉說到這裡，瞪大了一雙小眼睛，臉上也露出緊張的表情，他接下來說的話，讓周圍的空氣陷入了緊張。

「什麼？發生了殺人事件？」

續攤比預定時間稍晚才開始，但主角仍然少了一位。許多年輕人圍著新娘，開心地相互拍照，那些讓人不自在的議員和官員成為婚禮的主角，對那些年輕人來說，也許新郎不在，更能夠盡情祝福新娘。新娘比谷內小十三歲，古賀氣憤地說，難以原諒這種事。

一個男人向草薙他們走來，就是剛才向谷內報告土石流狀況的人。他縮起矮小的身體，在草薙的耳邊小聲地說：「不好意思，可不可以勞駕一下？」

「我嗎？」

「對，町長說，有事情要找您，局長也在等您。」

「警察局長也……」

草薙有一種不祥的預感，但也難以拒絕。坐在旁邊的湯川不可能沒有聽到他們的對話，但他把頭轉到一旁，喝著雞尾酒。

草薙向男人點了點頭，站了起來。

男人邊走邊自我介紹說，他姓小高，在町公所擔任總務課長。

「請問是什麼事？」草薙問。

「我不方便說……町長會親口告訴您。」小高吞吞吐吐。

小高帶著草薙來到飯店二樓的一個房間。這裡可能也兼作會議室使用，好幾張沙發圍在一張大桌子旁。谷內和熊倉坐在那裡，谷內已經換上了西裝，但警察局長仍然穿著禮服。
「不好意思，在你玩樂的時候找你過來。」谷內示意他坐在對面的沙發上。
「那倒是沒關係，到底發生了什麼事？把新娘一個人丟在那裡沒關係嗎？」草薙坐下時說。
「現在根本管不了那些事。」谷內轉頭看著熊倉。
「我相信你也聽到了剛才的電話，發生了殺人事件。分局接獲了報案，報案人說，她的父母被人殺害了。」
「地點在哪裡？」
「就在這附近。」熊倉一臉嚴肅的表情回答，「沿著這家飯店前面的路一直往上開，就是別墅區。事件就發生在其中一棟別墅中，報案的是屋主的女兒，今天晚上去別墅後，發現先到別墅的父母已經被人殺害。」
「那個真麻煩啊，但是──」草薙輪流看著熊倉和谷內的臉，「為什麼要找我呢？」
熊倉皺著眉頭說：
「這起事件當然和警視廳的人完全沒有關係，這是縣警負責的事件，但是，如你所知，目前通往山下的路無法同行，不僅縣警總部無法派人過來，甚至無法派我們分局的人去現場。即使想要用直升機，這種天氣也不行。」
「所以，目前只有報案人獨自等在現場嗎？」
「不，別墅區旁有一個派出所，已經請那裡的警官去保護現場。」
「是這樣啊……」草薙逐漸瞭解了情況。
「道路最快要等到明天早上才能恢復通車，但是不能在道路恢復通車之前什麼都不做。這種類型的事件，如果無法及時展開第一波搜查，就會大大影響破案。」
「那當然，但是路不通，也沒辦法啊。」
「雖然從分局前往現場有困難，但可以從這裡去現場。」
「啊？」
「局長打算親自去現場。」谷內說。
「局長要……」
熊倉挺起胸膛說：「我雖然是局長，但也是警官。」
「原來是這樣。」
草薙點了點頭，這種情況並不稀奇。發生命案等重大事件時，以辦案程序來說，分局局長趕去現場很正常。
「但是，」熊倉尷尬地皺著眉頭：「說起來有點慚愧，我一直以來，都負責交通方面，幾乎沒有刑事案的現場經驗。雖然瞭解最低限度的基本事宜，但萬一做錯了什麼，造成無法挽回的結果就慘了。」
「所以，」谷內探出身體說：「局長來找我商量，能不能請你幫忙。」
「我嗎？」草薙的身體微微向後仰，看著熊倉問：「你要我陪你去現場嗎？」
「沒錯，就是想請你幫這個忙。」熊倉把手放在腿上，「局長就在現場附近，卻完全沒有任何作為，似乎有點……」
草薙也知道這樣的情況不太妙，但他不想來到這種地方，還要去命案現場。
他正在思考拒絕的藉口，谷內似乎察覺了他的想法，深深地鞠躬說：
「我也拜託你，請你答應吧。不要讓我沒面子。」

4

雨稍微變小了，但雨刷的速度並沒有變慢。負責開車的小高小心謹慎地握著方向盤。離開飯店後，大約十分鐘左右就抵達了別墅區的入口。駛進入口後，就是一排西式建築，每棟房子之間有一定距離的間隔。很快就看到有一輛警車停在前方，旁邊就有一棟房子。小高說，應該就是那裡。

他把車子停在警車後方，草薙打開雨傘下了車。熊倉也跟著下了車，但小高仍然留在車上。

草薙和熊倉穿著向飯店借的工作服，也戴著帽子，避免頭髮掉落在現場。當然也準備了手套。

別墅是一棟木造的房子，光線很昏暗，被一片鬱鬱蒼蒼的樹木包圍，無法看清房子的全貌，但土地應該有一百坪左右。在來這裡的路上，得知屋主姓桂木。

屋旁是停車區，一輛VOLVO和紅色奧迪並排停在那裡。草薙目不轉睛地注視著那輛奧迪，熊倉問他怎麼了。

「不，沒事。」草薙搖搖頭。

一名身穿雨衣的警官站在大門旁，一看到熊倉，立刻滿臉緊張地敬禮。這個三十歲左右的年輕人看起來樸實木訥。

「報案人呢？」熊倉問。

「在裡面。」

「她的情況怎麼樣？」

「是。她看起來很受打擊的樣子。」

「你有沒有向她瞭解情況？」

「啊，不，詳細情況還沒有……」

「你有沒有看過現場？」

「有。啊，但是我只看了一眼而已。」

熊倉看向草薙，似乎在用眼神問他，接下來該怎麼辦。

「局長，你最好也先去看一下現場。」草薙說：「但盡可能不要碰任何東西。」

熊倉一臉順從的表情點了點頭。即使面對年紀比他小，警階也比他低的人，他也不會擺出耀武揚威的態度，一定是靠聲望成為分局的局長。

從大門通往玄關的門廊鋪著踏腳石，他們沿著踏腳石慢慢走向玄關，小心翼翼地避免踩在泥土上。因為泥土上可能殘留了兇手的腳印，照理說，在完成鑑識工作之前，即使是局長，也不能靠近現場。

他們來到玄關，用戴著手套的手敲了敲門。

「請進。」門內傳來一個女人無力的聲音。草薙打開門，大吃一驚。

那個女人抱著膝蓋，獨自坐在門廳。她穿著牛仔褲和紅色襯衫，外面套了一件灰色的開襟衫。

女人抬起頭，緩緩站了起來。年紀看起來不到三十歲，身材高䠷苗條，頭髮也很長，一對輕微的鳳眼。湯川說得沒錯，真的是一位美女。

女人自我介紹說，她叫桂木多英。

熊倉也自我介紹說，雖然穿成這樣，但我是分局局長。這句話聽起來很好笑，但草薙不能笑出來。

熊倉簡單地介紹了草薙，桂木多英默默點著頭。她應該完全不在意警方的情況。

「現場在哪裡？」熊倉問。

「在後面。」她指著背後的走廊說：「在後面的客廳。」

草薙和熊倉脫下鞋子，套上了事先準備的塑膠袋，為了避免塑膠袋滑落，還用橡皮圈綁住了腳踝的部分，盡可能避免留下自己的痕跡。

他們把桂木多英留在原地，沿著走廊走了進去。客廳的門緊閉著。

草薙緩緩打開門，立刻聞到一股異臭，那像是汙物和血液混在一起的臭味。

當他小心翼翼地一踏進客廳，立刻忍不住倒吸了一口氣。跟在他身後的熊倉，也發出了「喔喔」的叫聲。

最先映入眼簾的是放在窗邊的一張安樂椅，一個矮小的男人坐在上面，穿著西裝褲和Polo衫，外面套了一件背心。胸口破了一個大洞，胸口下方被發黑的血染紅了。

將視線移向右側時，看到一道面向庭院的玻璃門，其中一扇玻璃門敞開著，一個女人仰躺在前方的地板上。乍看之下，女人身上並沒有明顯的外傷。

草薙從口袋裡拿出數位相機。他帶了自己的相機來參加谷內的婚禮，做夢也沒有想到竟然會用在這種事上。

他站在原地拍攝了幾張室內的照片後，很小心地走向安樂椅，努力不碰觸到周圍的東西。但是走了大約一公尺左右，就停下了腳步。因為他發現地上濺到了零星的血跡，而且留下了有人踩在血跡上走動的痕跡。

他站在那個位置觀察了死者胸口的傷痕，那裡好像被挖了一個大洞，血肉和內臟模糊。草薙可以猜到為什麼會造成這樣的傷口。因為他以前曾經見過類似的屍體。

男性死者的年齡大約在六十歲到八十歲之間，有很多皺紋的灰色臉龐讓人聯想到烏龜。

他拍了幾張照片後，走向女性的屍體。

他也立刻發現了這具屍體的死因。因為脖子上留下了勒痕，但並不是用繩子，而是留下了清楚的指痕，而且指痕沾到了淡淡的血跡。

「草薙先生，那個……」熊倉用手電筒照亮向庭院。

黑色的槍在被雨淋濕的地面上發出微微的光。

「果然是散彈槍……」草薙小聲嘀咕道。

「久仰竹脇桂老師的大名，是這樣啊，原來那是竹脇桂老師啊，太驚訝了。」熊倉語氣沉重地說。

桂木多英無力地搖了搖頭。

「請你不要用那個名字叫他，那是爸爸在外面用的名字，我聽起來就像是陌生人。」

「喔……我想也是，恕我失禮了。那之後就用他的本名桂木武久先生來稱呼他。另外，令堂名叫亞紀子……」

「沒錯。」桂木多英點了點頭。

回到飯店後，他們立刻借用了剛才的會議室瞭解相關案情。草薙也一起參加。雖然草薙原本想推辭，但谷內再度拜託，他也就不好意思拒絕。

死在安樂椅上的是筆名為竹脇桂的作詞家，草薙一下子想不起來那是誰，但聽了幾首代表作之後，忍不住有點驚訝。他的作詞以演歌為主，但都是非常暢銷的歌曲，也曾經有歌手在紅白歌唱大賽上唱他的歌。他有一、兩棟別墅也很正常。

「我爸媽應該在今天早上就到了別墅，他們每年這個時期，都會來別墅住一個月左右。」

「妳沒有和他們同行嗎？」熊倉問。

「我平時就沒有和他們住在一起，但這次因為有點擔心，所以就來這裡看看。」

「擔心？為什麼擔心呢？」

桂木多英露出猶豫的表情後，舔了舔嘴唇。

「昨天晚上，我接到媽媽的電話。聽媽媽說，爸爸約了一個人來別墅見面。那個人就是鳥飼修二，以前是爸爸的徒弟，目前是音樂製作人。」

「為什麼約他來別墅見面？」熊倉問。

「因為要向他抗議。」

「抗議？」

桂木多英吐了一口氣。

「鳥飼先生最近推出了幾名新人歌手，唱的都是鳥飼先生親自作詞的歌曲，但其中有一首歌的歌詞和爸爸以前寫的、打算以後給其他人唱的歌詞很相像。」

「喔喔喔，原來是剽竊。」

桂木多英點了點頭。

「但是，鳥飼先生提出了完全相反的意見。他說那是他以前學徒時代寫的、請我爸爸過目的作品。雖然爸爸為他修改了幾個地方，但大部分都是他的創作。」

「嗯，」熊倉發出低吟，「到底誰說的才是真的？」

桂木多英搖了搖頭。

「不知道，爸爸創作多年，寫下了為數龐大的作品，也有很多未發表的作品。但也正因為這樣，有時候會搞不清楚那一首是自己的作品，也可能會和徒弟的作品搞混了。」

「所以說，無法排除鳥飼先生的說詞才是正確的可能性。」

「對，我爸爸聽了他的說詞後勃然大怒，於是約了鳥飼先生來別墅見面。我從媽媽口中得知這件事後很擔心，因為一旦和鳥飼先生弄僵了，只會有害無益。正因為鳥飼先生目前是很活躍的音樂製作人，爸爸才能接到作詞的工作。我認為一旦雙方不歡而散，可能會動搖爸爸身為作詞家的地位，我希望這件事能夠和平落幕──我是因為這麼想，所以才會來這裡。」

「妳有辦法讓這件事和平落幕嗎？」

「這就不知道了，但我認為只有我能夠居中協調。因為我爸爸很聽我的話。」

「原來是這樣，大致情況我們已經瞭解了，可不可以請妳詳細談談發現他們屍體時的狀況？」

桂木多英點了點頭，喝了一口杯子裡的水，用力深呼吸幾次後開了口。她在下午兩點左右抵達這家飯店，辦理入住手續之後，就去了房間。雖然多次撥打父母的手機和別墅的電話，但都沒有接通。她以為父母沒有帶手機就外出了，所以決定在房間內休息。直到快六點時，電話仍然打不通，她不由得擔心起來。她去二樓的義大利餐廳吃完飯，不到七點從飯店出發，七點二十分左右抵達了別墅。別墅的門沒有鎖，她換了拖鞋後，走向裡面的客廳。客廳沒有開燈，她打開了牆上的開關，立刻發現了異常。她走到父母身邊，即使不是專家，也知道兩人已經死亡。於是她沒有撥打一一九，而是撥打了一一○。之後，她害怕繼續留在客廳，就在玄關等警察上門──以上就是桂木多英的供詞。

熊倉問桂木多英，桂木夫婦除了和鳥飼有糾紛以外，是否還有其他可能會遭到殺害的原因。她偏著頭說：

「我父母不會和他人結怨，但別墅以前曾經遭竊，一些繪畫和古董被偷了，但並不是太值錢的東西。那是三年前的事，當時曾經向警局報案。」

「有沒有抓到小偷？」

桂木多英搖了搖頭，「沒抓到。」

一個小時左右的訊問結束後，桂木多英回了自己的房間。

5

「真是的，只要和你在一起就沒好事，真是沒想到，筆電會被用在這種事上。」湯川很不甘願地打開筆電，把讀卡機插了進去。裡面插著草薙數位相機的ＳＤ卡。

「我也不想和這種案子扯上關係啊，還不是為了谷內的面子。你倒是為他想想，在值得紀念的婚禮當天，道路因為土石流封閉，而且附近還發生了命案。雖然很想和新娘入洞房，但他現在還在和相關人員協調。」

「谷內倒是很值得同情……」湯川站在電腦前，「好了，準備完成了。」

電腦螢幕上出現了視窗，有很多張小照片。那是草薙拍攝的命案現場。

他打算把這張ＳＤ卡提供給縣警的鑑識課，但想要先看一下內容。

「真沒想到，那個開奧迪的女生是被害人的女兒，你有沒有為雨傘的事向她道謝？」湯川問。

「當時的氣氛根本不適合說這種話，而且她好像也沒認出我。」

「聽到曾經幫助我們的女人遇到這種悲劇實在很難過，希望可以早日破案。」

「我也有同感，但我猜想那個姓鳥飼的男人很可疑。在別墅內察看之後，發現不像是竊賊行兇殺人。可能雙方在口角時，武久先生怒不可遏地拿出獵槍想要威脅，結果反而被奪走了槍，遭到槍殺——我想應該就是這樣。」

「槍是被害人的嗎？」

「好像是，聽被害人的女兒說，武久先生幾年前迷上了飛碟射擊，但最近已經很少玩了。客廳的牆上有展示那把獵槍的木櫃，櫃子的門敞開著。」

「子彈也放在那裡嗎？」

「不，子彈並沒有放在那裡。地下倉庫有一個金庫，平時都放在那裡保管。我們去查看的時候，發現金庫的門關著，而且上了鎖，所以打不開。應該是武久先生事先去拿了一發子彈。」

湯川用指尖輕輕推了推眼鏡。

「這個推理很合理，但如果只是威脅對方，根本不需要裝子彈。」

「那怎麼行？平時放在那裡當作擺設時不需要裝子彈，但如果想要威脅對方，就必須當著對方的面裝子彈。」

湯川想了想之後，點了點頭，「的確有道理。」

「總之，先要確認鳥飼的不在場證明。他住在西麻布，我們看到屍體時，已經是死後七、八個小時了，如果他是兇手，白天就不可能有不在場證明。」

「是這樣啊。」湯川點了點頭，拿起了雜誌。

「你不來看照片嗎？」草薙走到電腦前問，「你之前曾經多次協助我辦案，但應該從來沒有見過命案現場吧？要不要看一下，以備不時之需？」

湯川偏著頭，垂著嘴角說：

「不必了，我不認為可以獲得任何對人生有用的知識。」

「是嗎？那我就不勉強了。」

草薙操作著鍵盤，從第一張照片開始逐一確認。有好幾次是站在客廳門口拍的照片，目的是為了記錄家具和擺設的位置關係。

屍體的照片終於出現了。桂木武久坐在安樂椅上閉著眼睛，胸口下方被大量的血染黑了，有好幾張從不同角度拍攝屍體情況的照片。

接著是他的妻子桂木亞紀子的屍體。她的頭對著庭院的方向，仰躺在那裡。長裙的裙襬掀了起來，但無法看到內褲。

就在這時，背後傳來一聲：「停下來！」回頭一看，手拿雜誌的湯川抬著頭，看著電腦螢幕。

「搞什麼嘛，所以你還是在看啊。」

「只是剛好看到而已，因為發現了有點在意的事，所以就多看了一下。」

「在意的事？」

「你可不可以回到剛才的照片，就是遭到槍殺的男人的照片。你好像拍了好幾張。」

「既然你想看，就自己來看啊，這是你的電腦。」

「好吧。」湯川說完，起身走到草薙的身旁，把手指放在觸控板上，動作熟練地在螢幕上顯示了好幾張照片。全都是桂木武久坐在安樂椅上死去的樣子。

「流了很多血啊，」湯川小聲嘀咕，「是當場死亡嗎？」

「應該是。」草薙說，「近距離打中了心臟，甚至來不及叫出聲音吧。」

「是喔。」湯川露出陷入沉思的表情。

「怎麼了？有哪裡不對勁嗎？」

「不，現在還沒辦法下定論。」

湯川打開書桌的抽屜，拿出飯店的便條紙和原子筆，看著電腦螢幕，不知道寫了什麼，然後又回到沙發上。

「怎麼了？你不要故弄玄虛，有話就直說嘛。」

但是湯川沒有回答，用原子筆在便條紙上寫了起來。草薙伸長脖子看他在寫什麼，忍不住大吃一驚。因為湯川正在寫算式。

草薙不敢問他，再度坐在電腦前。他決定無視這個怪胎物理學家，繼續自己的作業。

當他確認完桂木亞紀子的屍體照片時，湯川問他：「你說散彈槍丟在庭院裡，對嗎？」

「是啊，照片就在這裡。」

草薙讓那張照片出現在螢幕上。散彈槍丟在長滿草皮的庭院，距離玻璃門大約兩公尺左右。在拍完那張照片後，他和熊倉討論了一下，把槍拿回屋內。因為如果繼續丟在戶外被雨淋，很可能會沖走重要的痕跡。槍身上有濺到的血跡。

「你說他太太的脖子上有勒痕？是絞殺嗎？」

「不，是扼殺。可能她目擊了武久先生遭到槍殺那一幕，所以兇手不得不也一起殺了她。她脖子上沾到的血，應該是武久先生的，因為血也濺到了槍上。」

但是湯川一臉難以釋懷的表情。

「怎麼了？你到底哪裡不滿意？」

「我並不是不滿意，只是聽了你剛才的敘述，覺得散彈槍沒有留在客廳很奇怪，因為兇手不可能拿著槍掐死他太太。」

「所以是在殺害他太太之前嗎？也可能是行兇之後，丟到庭院裡。」

「為什麼？」

「那我就不知道了，要去問兇手。」

草薙繼續確認照片。除了別墅內，他也拍了房子周圍的情況，還有停車區的照片。VOLVO和奧迪並排停在那裡，草薙發現VOLVO的車牌沾到了泥巴，看不清楚，忍不住咂著嘴。早知道應該再靠近一點拍攝。

「的確就是那輛奧迪。」湯川站在草薙身後說。他果然在看照片，「那輛車目前在哪裡？」

「還停在那裡啊，因為不能隨便移動。這輛車子怎麼了嗎？」

「不，沒事。」

這時，房間的電話響了。草薙接起了電話。「喂？」

「喂？是草薙嗎？是我，谷內。」

「喔，有什麼新狀況嗎？」

「之後並沒有太大的變化，但今天真的很不好意思，謝謝你接受了我的不情之請，熊倉局長也說你幫了大忙。」

「太好了，局長目前在幹什麼？」

「應該還在剛才的會議室到處打電話。因為同時發生了土石流和命案，我猜想他今晚應該沒辦法睡覺了。」

局長看起來做事很認真，一定靜不下來。草薙不由得同情他。

「對了，我正和古賀他們在一樓休息區閒聊，為剛才沒辦法好好續攤道歉，你們要不要一起來？」

「好，我也會告訴湯川。」

草薙掛上電話後，把電話的內容告訴了湯川。

「很不錯啊，我們還沒拍紀念照呢。」湯川操作著電腦，把ＳＤ卡抽出來遞給草薙，「但我要先查點東西，你先下去吧。」

「你要查什麼？」

「不是什麼重要的事，一有消息，我就會告訴你。」

「你老是喜歡賣關子。算了，我先去局長那裡看看。」草薙說完，接過了ＳＤ卡。

走出房間後，他搭電梯來到二樓，走向會議室。會議室的門敞開著，他探頭向內張望，發現的確如谷內所說，熊倉在打電話。

「那就請你們明天一大早出動特殊車輛……好，萬事拜託了。我們這裡也會做好相關準備，那就麻煩你們了。」他掛上電話，用力吐了一口氣。

草薙用拳頭敲了敲敞開的門，熊倉看到他，露出疲憊的笑容。

「嗨，你好。」

「我想把這個交給你。」草薙走進會議室，把ＳＤ卡遞給他。「我剛才確認了內容，該拍的應該都拍到了。」

「謝謝你，你真的幫了很大的忙。」熊倉好像在拿貴重物品般，小心翼翼地接了過去。

「之後有什麼進展嗎？」

「不，雖然稱不上進展，但縣警總部會比原本預計中更早派人來支援，而且會出動能夠在泥濘道路上行駛的特殊車輛。」

「是這樣啊，真是太好了。」

「另外，關於那個姓鳥飼的人的動向，我們已經請求警視廳的協助。從目前的狀況研判，這個人的嫌疑最重大，應該很快就能夠確認他的不在場證明等相關情況。這次真的多虧你幫了這麼多忙，讓你費心了。」

草薙搖了搖頭。

「你不必放在心上，但請你小心不要累壞身體。今天晚上還是先休息吧。」

「謝謝你，我會去休息。」

草薙向謙卑的警察局長道別後，走進了電梯。湯川剛好也在電梯內。

「你查完資料了嗎？有沒有收穫？」草薙問。

「算是差強人意吧。」

湯川聽了之後，回答了這句意味深長的話。

他們來到一樓的休息區，發現谷內他們坐在休息區後方。新娘也在一起，谷內看到了草薙他們，向他們揮著手。

除了他們這群人以外，休息區內只有零零星星的幾個客人，但是，草薙看到坐在離谷內他們不遠處座位上的女人，停下了腳步。她是桂木多英。他們剛好眼神交會，她向草薙微微欠身，草薙也向她點了點頭。

「看過那麼淒慘的景象，她應該不敢一個人留在房間吧。」草薙對湯川咬耳朵說道。

他們走向谷內那一桌，其他人為他們騰出了座位。

「我已經聽說了，你在這裡也大顯身手啊。」古賀半開玩笑地說。

「別鬧了，什麼都沒做。」

「不，局長也佩服地說，警視廳的刑警果然了不起。那不是客套話，我也與有榮焉。」谷內向新婚妻子誇耀說。比他小十三歲的新娘雙眼發亮地說：「你好厲害啊。」

「妳老公才真的厲害。」草薙客套地說。

他們喝著香檳和葡萄酒，和老朋友聊著天。中途湯川用手肘捅了捅草薙的腰。

「奧迪小姐從剛才就一直看這裡，是不是有什麼話要對你說？」

「奧迪小姐？」

草薙看向湯川下巴指著的方向，發現桂木多英果然看著自己。

「我過去一下。」他向谷內打了聲招呼後站了起來，走向桂木多英的座位後問：「妳有事要找我嗎？」

她輕輕點了點頭問：「可以打擾一下嗎？」

「好，當然沒問題。」草薙在她對面坐了下來，「是關於事件吧？」

「對。」她回答說，「我有事想要請教你。」

「請問是什麼事？」

「說來很慚愧，我因為太慌張了，沒有仔細看現場的情況。雖然知道我父母死了，但老實說，我不太清楚到底發生了什麼事。所以我想請教一下，到底是什麼狀況。」桂木多英微微低著頭，語帶遲疑地說道。

「喔……這也難怪，因為現場的狀態，或者說遺體的狀態，正常人真的難以直視。」

「兇手是以什麼方式殺害了我的父母？我知道我爸爸是被獵槍打死的。」

「應該是從極近的距離，向坐在椅子上的武久先生開槍，之後又徒手掐了夫人的脖子。詳細情況必須等鑑識人員勘驗現場後才知道。」

桂木多英不知道是否感到不寒而慄，她交叉雙手，搓著自己的手臂。

「誰做了這麼可怕的事？……是強盜所為嗎？」

草薙偏著頭說：

「並不能完全排除這種可能性，但應該不太可能。強盜會使用自己的凶器，不可能因為那裡剛好有獵槍，就用來行兇。我認為應該是熟人犯案。」

「熟人……所以是那個人，是鳥飼先生嗎？」

草薙苦笑著搖了搖頭。

「接下來的事，就交給縣警處理。我是警視廳的人，外人不能隨便說一些不負責任的話。」

「啊……也對。」

她伸手準備拿杯子時，草薙的眼角掃到湯川走了過來。

「白天的時候很謝謝妳，幫了我們很大的忙。」湯川站在那裡向桂木多英道謝。

「不客氣，」她小聲地回答，「原來你們就是白天的那兩位先生。」

湯川遞上了名片，不知道是否看到物理學副教授的頭銜嚇了一跳，她眨了眨眼睛。

「我從他那裡得知了命案的事，真是太令人難過了，我衷心希望命案能夠早日破案。」

「謝謝你。」

草薙聽著他們的對話，不由得緊張起來。因為湯川向來不會特地走到不熟的人面前表達哀悼。

「我可以打擾一下嗎？」湯川問。

「請坐。」桂木多英回答。

「不瞞妳說，我是令尊的歌迷，不，也許應該說是喜歡令尊作詞的歌曲。」湯川在草薙身旁坐下時說。

「是這樣啊……」

桂木多英露出困惑的表情，但草薙比她更驚訝。他以前從來沒有聽過湯川喜歡演歌這件事，當然，他並沒有把內心的驚訝寫在臉上。湯川一定有他的用意。

「令尊的作品都以家庭的愛為主題，有些表達了弄璋弄瓦的喜悅，有些描寫了父親送女兒出嫁的心境，或是感謝年邁的父母，都是很溫暖人心的作品。」

「謝謝你這麼認為，我爸爸在天之靈也會感到欣慰。」

「聽說令尊在生活中也很重視家庭關係，也會定期和工作夥伴舉行家庭聚會，都會邀請全家人一起參加。」

「你知道得真清楚。」

「我在網路上看到的，曾經受邀參加聚會的人寫在部落格上，那個人還說，竹脇桂老師的家庭幸福美滿，真令人羨慕。」

原來他剛才在查這些事。草薙聽著湯川說話時想道。

「不知道這次的事件，會對令尊的作品價值產生怎樣的影響。也許音樂界在失去他之後，會再度肯定他具有出色的才華。」

但是，她無力地搖了搖頭說：「不可能有這種事。」

「如果是生病死亡或是意外身亡還有可能，但被人殺害的感覺太差了。那些歌手以後可能也不想再唱他的歌。」

「是嗎？」

「是這樣嗎？那妳在各方面可能會很辛苦。恕我冒昧請教一下，令尊和令堂有沒有買壽險？」

「這我就不太清楚了，但應該沒有，因為他們兩個人都討厭這種事。不過沒關係，我能照顧好我自己。」

草薙聽到湯川問這麼無禮的問題，忍不住嚇了一跳，但湯川鎮定自若。

「是嗎？那請妳不要太勉強自己，一定有人願意向妳伸出援手。」

桂木多英臉上的表情稍微放鬆了，「希望如此。」

「請問妳從事哪方面的工作？該不會也是作詞家？」

「不，我從事設計工作。」

「是嗎？但也同樣是創意工作，妳應該繼承了令尊的才華。」

桂木多英露出了複雜的表情默然不語。草薙搞不懂湯川的目的。

「妳今天晚上要住在這裡嗎？聽說妳白天的時候就辦理了入住手續。」

「是啊，有什麼問題嗎？」

「不，我只是好奇，既然妳父母的別墅在這裡，妳為什麼不住在那裡呢？」

草薙看著湯川的側臉，聽他這麼一問，覺得的確有道理。

桂木多英輕輕吸了一口氣。

「因為我無法預料會出現怎樣的結果。」

「結果？」

「就是和鳥飼先生談判的結果，我猜想氣氛也許會很尷尬，我爸爸心情很差……所以我想還是住飯店比較好。」

湯川輕輕點了點頭。

「原來是這樣啊，但聽說妳很早就辦理了入住手續，在去別墅之前，都在幹什麼？」

桂木多英瞪大了細長的眼睛，臉上的表情很僵硬。

「因為我想在去別墅之前先打電話給他們，但電話一直打不通，所以我就在房間裡休息。這樣有什麼問題嗎？不可以嗎？」

「不，當然不是這樣……」

桂木多英拿起放在旁邊的皮包站了起來。

「不好意思，我有點累了，先告辭了。草薙先生，謝謝你告訴我這些重要的事。」

「不，妳太客氣了，請好好休息。」

「晚安。」她說完這句話，走向出口。草薙目送著她的背影，忍不住質問湯川：

「你這是什麼意思啊？任何人聽了那些話都會生氣，更何況她是被害人的家屬，你到底在想什麼？該不會說她是兇手吧。」

湯川默然不語地回瞪著他。那是科學家特有的冷漠眼神。

「喂，你該不會真的——」

「我有一個提議。」湯川說，「為了感謝她借雨傘的提議。」

6

多英躺在床上閉上了眼睛，但只能勉強持續數十秒而已。武久渾身是血和亞紀子被人掐死的身影浮現在眼前，讓她無法安眠。

她打開床頭櫃的燈坐了起來。雖然並不覺得口渴，但她想喝點東西。

這時，飯店的電話響了。她嚇了一跳，看向床頭櫃的數位時鐘。已經凌晨一點多了。她吞著口水，接起了電話。難道發生了什麼緊急的事嗎？

「喂？」她對著電話說。

「不好意思，妳已經睡了嗎？」電話中傳來低沉而清晰的聲音，「我是湯川。」

「啊……沒有，我還沒睡。」

「是嗎？那願不願意聽我說幾句話？」

「說幾句話？」

「對，如果可以，我不想用電話，希望可以當面告訴妳。不好意思，可以麻煩你去一樓的大廳嗎？」

多英無法立刻回答。湯川說話的語氣雖然很平靜，卻有一種不尋常的感覺。這麼晚打電話來這件事就已經不合常理了，但她又有點猶豫，不知道該不該回答：「現在時間太晚了，還是明天再說吧。」他到底想說什麼？多英回想起剛才在休息區的對話，那個男人一定發現了什麼。

「怎麼樣？」湯川追問道。多英用力深呼吸。

「好，我會去大廳，但可能要請你稍微等一下。」

「妳慢慢來，我等妳。」

多英聽到電話掛斷的聲音，也放下了聽筒。

她在換衣服時思考著。湯川到底發現了什麼？但如果是命案相關的事，應該是草薙打電話給自己，而不是湯川。

她無意再化妝，但畫了眉毛後，戴上眼鏡，走出了房間。

她搭電梯來到一樓，深夜的飯店內寂靜無聲。她戰戰兢兢地走向大廳，發現櫃檯也沒有人影。

面向中庭的窗戶旁站了一個高大的男人。是湯川。他看到多英，恭敬地鞠了一躬。

「不好意思，我來晚了。」她走過去時說道。

「千萬別這麼說，是我提出了無理的要求。」湯川露齒而笑，「要不要喝什麼？自動販賣機就在那裡。」

「不，不用了。」

「是嗎？那就先坐下吧。」

湯川在旁邊的沙發上坐了下來，多英也在隔著茶几的對面坐了下來。他旁邊放了一台筆電。

「雨好像停了。」湯川看著窗外說，「雨停之後，也比較方便作業。聽說中午之前，道路就會恢復通車，到時候就會展開大規模的偵查工作。」

多英點了點頭，「聽你這麼說，我就放心了。」

湯川目不轉睛地看著她問：「真的是這樣嗎？」

「啊？」

「妳真的希望馬上展開偵查工作嗎？」

多英忍不住皺著眉頭，「你這句話是什麼意思？」

湯川坐直了身體。

「日本的科學辦案技術發展迅速，即使有人在命案現場動一些手腳，警方也很快就會識破。對曾經在現場偽造加工的人來說，偵查當然是越晚開始越好，因為屍體的狀況隨時都在變化。」

多英收起下巴，瞪著這位物理學家。

「你到底想說什麼？如果有什麼話，就請你說清楚，我到底做了什麼？」

湯川迎著她的視線，並沒有移開雙眼。

「我說了很多次，就是偽造。」說完，他把筆電拿了過來。

7

草薙拉開罐裝啤酒的拉環，白色泡沫濺到了左手上。他舔了舔左手後，喝著啤酒。窗外一片漆黑，玻璃上映照著他的身影。

湯川離開房間已經有十分鐘，應該已經和桂木多英開始談話了。

下不為例——草薙回想起剛才和湯川之間的對話，在嘴裡小聲嘟囔。

「我一開始是看到被害人坐在安樂椅上那張照片時，感到不太對勁。」湯川打開電腦，在螢幕上顯示了命案現場的照片後說道。他似乎擅自複製了ＳＤ卡上的資料。草薙很想抗議，但決定先聽他怎麼說。

「我記得，你當時的樣子就很奇怪，雖然你不願意告訴我，你覺得哪裡有問題。」
「因為你是刑警，我不能說沒把握的話。我不希望自己輕率的發言造成任何人的困擾。」
「這一點我已經知道了，趕快告訴我你覺得哪裡有問題。」
湯川操作著電腦，螢幕上出現了他剛才提到的那張照片，照片從前方的角度拍攝了坐在安樂椅上的被害人。
「我對槍械不太瞭解，在極近距離用散彈槍開槍時，被害人會承受多大的衝擊？」
草薙對這個問題感到意外，他抱著雙臂回答說：
「應該會造成很大的衝擊吧，雖然我不太清楚實際會承受多大的衝擊，但聽說即使是手槍，如果在極近距離開槍，也會承受整個人被彈出去的巨大衝擊。」
「嗯，」湯川點了點頭，指著電腦說：
「被害人坐在安樂椅上，安樂椅的構造會導致椅子前後搖晃。在這種狀態下，被散彈槍擊中，會造成怎樣的結果？我相信你應該也知道吧。」
草薙注視著照片。
「椅子會向後傾斜。」
「沒錯，而且會用力向後傾斜。」
「我知道了。」草薙說完，打了一個響指。
「用力向後傾斜之後，會倒在地上。所以你認為安樂椅沒有倒地這件事有問題。」
但是湯川搖了搖頭。
「不，高級的安樂椅做得很好，無論再怎麼傾斜也不會倒下。」
「這樣啊，那不就沒問題了嗎？」

湯川笑了笑問：

「椅子用力向後傾斜之後會怎麼樣？」

「會怎麼樣？當然就會再向前……啊！」

「你好像終於瞭解我想要表達的意思了，」湯川指著照片說：「向後傾斜之後，會因為反作用力用力向前倒，這也是安樂椅的優點之一。即使老年人，也可以利用這股反作用力順利站起來。但如果坐在上面的並不是活人，而是被一槍斃命的屍體呢？」

「一直向前傾倒的時候，屍體會被甩出去……」

「就是這樣。」湯川從上衣口袋裡拿出便條紙放在桌子上，上面用潦草的字跡寫著算式，「我根據照片推測了椅子的形狀、重量，以及被害人的身高和體重，大致計算了一下。結果發現，無論在任何情況下，屍體都不可能仍然坐在安樂椅上。正如你剛才說的，屍體會被甩出去。」

「那為什麼現在會這樣？是兇手幹的嗎？」

「有這個可能，但可能性很低。你倒是站在兇手的立場上想像一下，槍擊被害人後，被害人的身體連同椅子用力向後仰，然後一下子倒向自己的方向，通常不是會立刻閃開嗎？」

草薙在腦海中想像著這些情景，點了點頭。

「的確是這樣，那現在的狀況到底是怎麼回事呢？」

「從現場的狀況來看，被害人在其他地方遭到槍擊，然後被搬到安樂椅上的可能性極低。」

「這點我可以保證，因為出血量很驚人，如果移動屍體，一眼就看出來了。」

「所以被害人是坐在安樂椅上的狀態下遭到槍擊，而且身體仍然留在椅子上。只有一個答案能夠解決這個矛盾，那就是遭到槍擊後，安樂椅幾乎沒有搖晃。」

「比方說，用什麼東西卡住椅子後方嗎？」

湯川的手指在觸控板上移動，連續顯示了幾張照片。

「從你拍的照片來看，並沒有發現任何東西妨礙椅子的搖晃。」

「嗯，我在現場觀察時，也沒有看到這種東西。」

「被害人絕對是坐在椅子上遭到槍擊，但在身體承受中彈的衝擊後，椅子也沒有搖晃。為什麼會這樣？因為在中彈的同時，還承受了來自反方向的作用力。具體來說，就是將身體往前拉的拉力。」

「往前？是兇手拉的嗎？」

「兇手有什麼理由要這麼做？而且兇手的兩隻手都拿著槍。」

「那到底是怎麼回事？你別故弄玄虛，趕快告訴我。」

湯川想了一下後開了口。

「草薙，你的射擊技術怎麼樣？應該有練過射擊吧？」

「射擊？我的技術不太好，但要定期接受訓練。」

「既然這樣，你應該知道開槍時反作用力的大小。」

「當然知道，還曾經差點導致肩膀受傷了呢。」草薙說完，皺著眉頭，「和這件事有什麼關係？」

「在開槍的瞬間，會因為反作用力的關係，槍身會承受向後的巨大力量，但如果中槍的人抓住那把槍，會有怎樣的結果呢？」

「啊？」草薙瞪大了眼睛。

「被害人中槍後，身體會被推向後方，但槍枝會彈向相反的方向。如果抓住那把槍，雙方的力量就會抵消，被害人的身體就會留在原處。」

「抓住那把槍，你的意思是……」

「我說話就不繞圈子了，」湯川一臉嚴肅地繼續說道：「是被害人自己開的槍，我猜想應該是用腳趾扣下了扳機。也就是說，那是自殺。」

草薙用力吸了一口氣，愣在那裡片刻，才重重地吐出一口氣。

「怎麼可能？不會吧？」

「為什麼？除此以外，還有什麼方法可以解釋為什麼屍體仍然坐在安樂椅上呢？如果你有別的解釋，說出來聽聽。」

草薙皺著鼻子說：

「我怎麼可能有辦法解釋？好吧，那就假設是自殺，那他太太呢？你該不會說他太太也是自殺吧？」

「我並沒有這麼說，要掐死自己很困難，應該說根本不可能。但是，既然武久先生是自殺，就必須懷疑他太太的死。或者可以這麼說，他們夫妻的死是由某個人的意志造成的，這樣的解釋就很合理。」

草薙也瞭解湯川試圖表達的意思。

「你是說，武久先生殺了他太太嗎？」

「這應該是最合理的推理。武久先生掐死他太太後，舉槍自盡。也就是說，這次的事件是殉情，但他太太似乎有反抗的跡象，所以可能是被迫殉情。」

「等一下，既然這樣，又該怎麼解釋槍被丟到庭院這件事？」

湯川若無其事地點了點頭說：

「我不是一開始就說，這一點很不自然嗎？因為這是攪亂偵查的偽造加工，當然不可能自然。」

「你的意思是，有人改變了槍的位置……？」

「這是唯一的可能，問題在於到底是誰幹的。」

只有一個人有可能做到。

「桂木多英？她為什麼要這麼做？」

「問題就在這裡，你認為她是為了什麼目的？」

「把殉情事件偽造成強盜殺人事件的好處嗎？」草薙思考起來，很快就想到了一個可能性，「我知道了，難怪你問了那個關於話題性的問題。」

「猜對了。我原本以為成為這種重大事件的被害人，之前作詞的歌曲有可能會再度受到肯定。」

「她回答說，完全不可能有這種事，反而會破壞形象。」

「聽她這麼一說，我也認為很合理。所以我想到了第二個可能性——」

「壽險嗎？」

「沒錯。我之前曾經聽說，即時投保了壽險，如果是自殺，保險公司就不會理賠。」

「就是所謂的被保險人故意殺人免責條款，不管是雙方同意之下的殉情，還是被迫殉情，保險公司都不會理賠。但是，多英小姐說，武久先生和亞紀子太太都沒有投保壽險。」

「我相信她應該沒有說謊，因為這種事只要一查就知道了。既然這樣，把殉情偽造成謀殺的目的是什麼呢？」

「一旦變成殺人事件，警方就會問一大堆問題，也會有很多麻煩事。因為根本沒有兇手，所以也遲遲無法結案。有必要承受這些不愉快的事，偽造成殺人事件嗎？」草薙抓著頭，「我完全沒有頭緒，如果是相反的情況，命案的兇手把現場偽造成殉情，我倒是能夠理解。以這起事件來說，就是兇手槍殺了武久先生後，再掐死亞紀子太太，卻偽造成他們夫妻殉情。」

「關鍵就在這裡，」湯川說：「你剛才說，兇手槍殺了武久先生後，再掐死亞紀子太太。為什麼是這樣的先後順序？」

「因為亞紀子太太的脖子上沾到了血，八成是武久先生的血。既然這樣，如果不是武久先生先被槍殺，就不合理了啊。」

湯川聽了草薙的回答，露出了心滿意足的笑容，「關鍵就在這裡。」

「到底是怎麼回事？」

湯川豎起食指說：「關鍵就在於先後順序。」

8

「我無論如何都想不通，把殉情事件偽造成殺人事件到底有什麼好處，但其實我誤會了一件事，妳並不是想偽造成殺人事件，如果能夠以殉情事件的方式達到妳的目的最理想，是不是這樣？」

湯川用平靜語氣說話的聲音在寂靜的大廳內迴響。他說話的聲音並不是很大，反而刻意壓低了聲音，但多英之所以覺得產生了迴響，一定是因為每一字、每一句都震撼了她的內心。

奇怪的是，她並沒有慌張，內心漸漸豁出去了。屍體坐在安樂椅上這件事令人匪夷所思——她完全沒有想到這個問題，還會有其他人注意到這種事嗎？

「請你繼續說下去。」她說。

湯川輕輕點了點頭後開了口。

「妳想要偽造的只是他們兩個人死亡的先後順序。武久先生殺了亞紀子太太之後舉槍自盡——這種情況對妳很不利，無論如何都想要改變順序。於是只好杜撰出一名兇手，偽造成兇手槍殺了武久先生後，再掐死亞紀子太太。因為先後順序很重要，所以妳把武久先生的血沾到亞紀子太太的脖子上。是不是這樣？」

湯川一臉溫柔的笑容問道，多英感覺到自己肩膀無力。

「為什麼先後順序那麼重要？對兒女來說，父母不管誰先死不是都一樣嗎？」多英猜想這位學者應該洞悉了一切，但仍然試圖抵抗。

「如果這個女兒，」湯川說：「是他們的親生女兒，的確如妳所說，先後順序並不重要。但如果不是的話，情況就不一樣了。」

多英聽到這句話，立刻用力深呼吸。他果然連這件事都知道了。因為已經有了心理準備，所以並沒有慌張。

「你的意思是，我不是他們的親生女兒嗎？」

「我是這麼推理的。那我問妳，妳是武久先生的親生女兒嗎？妳對我說謊也沒有用，這種事很快就可以查到。」

多英用力吐了一口氣，她試圖狡辯，但最後放棄了。正如湯川所說，很快就可以查到。

「你說對了，我是跟著我媽改嫁過來的。在我六歲時，我媽媽再婚了。」

「我果然猜對了，我剛才提到妳繼承了令尊的才華時，妳露出了尷尬的表情，於是我確信，你們沒有血緣關係，但問題在於武久先生有沒有收養妳……」
「沒有。」多英回答。
「我改姓桂木，向家事法庭申請改變姓氏，但因為沒有辦理收養的手續，所以在法律上，我和那個人之間並不是父女關係。」
她用「那個人」來稱呼他，而不是叫他「爸爸」。
湯川緩緩地點點頭。
「既然沒有父女關係，就沒有繼承權。只有一個條件，能夠讓妳繼承武久先生的遺產，那就是武久先生比亞紀子太太先死。這麼一來，他的財產就會先由亞紀子太太繼承，亞紀子太太和妳當然是母女關係，所以當亞紀子太太死了，妳可以繼承所有的財產。」
多英張嘴笑了起來。
「那個人和媽媽結婚後，一直很渴望有自己的孩子，似乎打算讓自己的孩子繼承所有的財產，所以才沒有收養我。」
湯川聳了聳肩，偏著頭說：
「真是太奇怪了，最後還是沒生下自己的孩子，沒有任何意義。」
「這代表他就是這種人。但是，湯川先生，」多英注視著物理學家端正的臉龐，「即使我有把殉情現場偽造成命案現場的動機，也沒有證據能夠證明我真的這麼做了，不是嗎？從物理的角度來看，屍體坐在安樂椅上或許很不可思議，但並不能證明我動了手腳。」
「妳說得對，」湯川笑了起來，「但是妳犯下一個嚴重的疏失。」
多英縮起下巴，抬眼看著眼前這位學者，「什麼疏失？」
湯川操作著電腦，螢幕上顯示出一個圖像。那是VOLVO和奧迪並排停車的照片，

「就是這個。」

「這個有什麼問題嗎？」

「請妳仔細看一下，VOLVO的車牌上沾到了泥巴。妳認為這些泥巴是什麼時候沾到的？」

「這種事，我怎麼可能知道呢？」

「是嗎？如果只是倒車停在那輛車旁，泥巴不會往後濺，這些泥巴顯示，有其他車輛在VOLVO前方快速駛離。為此，那輛車子首先必須停在那輛VOLVO旁。既然這樣，就可以計算出時間。這些泥巴是在開始下雨的下午兩點之前，到妳最後把奧迪停在那裡的下午七點多這段時間內沾到的。到底是誰曾經把車子停在那裡呢？我不認為是兇手，因為根據草薙的推測，死亡時間更早。」

多英大吃一驚。所以是在那個時候？自己當時的確驚慌失措，可能急速駛離了那裡，奧迪的輪胎可能濺起了泥水。

「妳應該在更早的時候，也就是在飯店辦理完入住手續之後就去了別墅，結果發現了他們的屍體，但妳沒有馬上報案，在幾個地方偽造加工後，開車離開了別墅。泥土就是那個時候沾到的。妳回到飯店後，吃完晚餐，又去了別墅。是不是這樣？」

多英挺直了身體，至少不能讓自己看起來六神無主。

「你有證據可以證明，我去了別墅兩次嗎？」

「應該可以找到證據，停車區應該留下很多輪胎的痕跡，剛開始下雨時，和下大雨之後，輪胎會在地上留下不同的痕跡。妳第一次去別墅時，有沒有清除輪胎的痕跡？如果沒有清除，就可以證明奧迪曾經在不同的時間，兩次停在那裡。」

湯川這番話讓多英啞口無言。她為自己的愚蠢感到可悲。

「而且，」物理學家繼續說道：「日本的警察很優秀，科學辦案的技術也有驚人的發展。比方說，亞紀子太太脖子上的血跡，應該是武久先生的血，但警方會調查在怎樣的狀態下沾到那些血跡。」

多英聽不懂這句話的意思，所以沒有吭氣。

「我說的是時間，」湯川說：「如果有人在槍殺武久先生之後再掐死亞紀子太太，她脖子上沾到的血應該是在武久先生出血後不久的狀態。因為他們應該吃了相同的食物，所以可以從消化的情況正確計算出大致的死亡時間。如果警方發現兩個人的死亡時間相同，亞紀子太太脖子上沾到的武久先生的血，卻是在凝固了很久之後才擦上去的，就會懷疑有人偽造現場。」

他淡淡的說話語氣，似乎並不是想要把多英逼入絕境。他從容不迫，確信只要以理服人，對方一定會自己投降。

多英重重地吐了一口氣問：「還有其他證據嗎？」

「警方應該可以找到。」湯川說，「扼殺就是徒手掐脖子致死，只要詳細調查，就能夠瞭解掐脖子時的手指位置，也就可以推測出手的大小和形狀。如果沾到皮脂，甚至可以鑑定兇手的DNA。現在已經不是昭和年代了，很容易識破外行人偽造的現場。」

多英露出笑容。她在嘲笑自己膚淺的同時，也感到鬆了一口氣。

「我還以為，」她小聲嘀咕道，「搞不好會成功。」

「妳在休息區時，曾經向草薙打聽案情，是不是想要確認警方對這起事件的看法？草薙說的內容完全符合妳的安排，所以感到鬆了一口氣吧？」

「你說得對。」

「很可惜，警方沒這麼好騙。」湯川露出好像在對小孩子說話般的表情，「即使我不告訴警方，警方也早晚會查到妳和武久先生之間並沒有父女關係。到時候警方就會徹底查明他們兩個人死亡的先後順序。我必須說，妳所做的一切，成功的可能性微乎其微。」

多英輕輕搖著頭，「我好像傻瓜……」

「妳知道他們為什麼殉情嗎？」

「知道……應該是我媽媽在外面有男人。」

湯川挑起單側的眉頭，「外遇嗎？」

「他們的關係太深，可能已經無法稱為外遇。那個人就是鳥飼先生。」

「鳥飼先生就是那個……」

「以前曾經是那個人的徒弟。他們之間的關係應該已經超過十年了。」

「武久先生什麼時候發現了他們兩個人的關係？」

多英笑了笑，「應該一開始就知道。」

「一開始就知道？怎麼可能？」

「你可能不相信，但就是那樣。那個人……桂木武久對妻子的不忠睜一隻眼閉一隻眼。」

「其中有什麼原因嗎？」

「對，但我不想說。」

「啊！」湯川輕輕叫了一聲，「不好意思，我不該打聽這些隱私。」

「別這麼說。」多英把皮包拿了過來，她很想拿出皮包裡的手帕，因為她的眼淚快流下來了，但是她不想讓湯川看到自己擦眼淚。

「我看，」湯川站了起來，「我還是去買飲料吧，妳想喝熱飲還是冷飲？」

多英輕輕咳了幾下抬起頭，「那我想要喝熱的。」

「好。」湯川說完，邁開了步伐。他是故意迴避一下。

多英從皮包裡拿出手帕，按住了眼角。她突然想到，自己到底是為誰流淚？她完全不為武久和亞紀子的死感到悲傷，甚至覺得亞紀子是自作自受。

多英對從什麼時候開始叫武久「爸爸」已經沒有明確的記憶，讀小學時，對這麼叫他已經沒有任何抵抗，但她心裡很清楚，這個人是媽媽的丈夫，並不是自己真正的父親。當時並不知道這種想法為什麼揮之不去。

多英在十三歲時，發現了亞紀子和鳥飼的關係。一年多前，武久在外面租了一個工作室。那天，多英身體不舒服，提早從學校回到家裡，看到鳥飼穿著內褲從家裡的臥室走出來。她從門縫中看到亞紀子坐在床上，身上沒有穿衣服。

鳥飼完全沒有驚慌失措，也沒有感到尷尬，苦笑著走回臥室，和亞紀子小聲討論起來。多英衝進了自己的房間，腦筋一片混亂，不知道該怎麼辦。

不一會兒，亞紀子走進她的房間開始解釋，並告訴她，武久也知道他們之間的關係。

「他幾年之前不是生病了嗎？生病之後，就完全不行了。更何況他年紀也大了，無論我和別人做什麼，他都沒有什麼話好說的。因為他沒有辦法盡一個丈夫的義務，這是理所當然。而且，他現在是因為鳥飼先生的關係，才能夠繼續當作詞家。如果鳥飼先生不管他，他根本就接不到工作。他也很清楚這件事，只能睜一隻眼閉一隻眼。所以妳也不必在意，今天的事，就當作什麼也沒看到。知道了嗎？妳知道了，對嗎？」

多英難以接受這種事，所以低頭不語。不知道亞紀子怎麼看待多英的舉動，她轉身走出了房間，很快就聽到她對鳥飼說：「沒事了，我已經跟她說好了。」

那天之後，多英就不曾在家裡再見到鳥飼，但只要看亞紀子的態度，就知道他們之間的關係並沒有結束。多英曾經多次看到母親趁武久不在家，仔細化完妝，匆匆走出家門。

亞紀子在外人面前出色地扮演了賢妻的角色，她似乎完全不打算和武久離婚。雖然武久現在走下坡了，但年輕時曾經寫過很多首暢銷歌曲，累積了不少財產。武久也沒有提出離婚，他的大部分作品都是頌揚家人之間的深厚感情，電視台也曾經邀請他去參加相關主題的談話性節目。他的工作需要這種幸福美滿的理想夫妻形象。

雖然他們夫妻在外面拚命美化，在家裡的關係卻冷若冰霜，在多英十五歲那年夏天，發生了一件決定性的事。那天晚上，多英在自己房間睡覺，武久走了進來，而且一言不發地鑽進了她的被子。武久帶著酒臭味的呼吸吐在她的臉上。

那天晚上，亞紀子和朋友一起出門旅行。實際上應該不是和朋友出門，而是和鳥飼在一起。

武久強吻了多英，把舌頭伸進她的嘴裡，而且還把手伸進了她的內衣。

多英在驚訝的同時，感到極度恐懼。她的身體無法動彈，更無法發出聲音。

她的腦袋漸漸空白，但在瞬間理解了一件事。

啊，原來是這樣。

對我來說，他就是一個外人；在他眼中，我也終究是外人。他看我時，也不會露出看親生兒女的那種眼神。正因為我很早之前就隱約察覺到這件事，所以我從來沒有發自內心認為這個人是我的父親。

如今，他在我身上報復。這是武久對背叛的妻子採取的報復，所以我不能反抗。

武久舔著多英的臉，摸遍了她的全身。多英緊繃著身體，一動也不動地忍耐著，靜靜等待噩夢的時間過去。

不一會兒，武久下了床。他自始至終都沒有說一句話，也沒有任何性行為。也許像亞紀子所說的那樣，他的身體已經不聽使喚了。

即使聽到房門關起的聲音後，多英仍然連手指都不敢動一下。她整個人都茫了。她沒有把這件事告訴亞紀子。每天放學回家，就立刻躲進自己的房間，盡可能不和武久打照面。他也很明顯地避著多英，幾乎所有的時間都在工作室，也經常不回家。

滑稽的是，當事人亞紀子卻完全沒有察覺兩個人的變化。她繼續外遇，繼續在外面扮演賢妻良母。

多英上大學的同時，開始獨立生活。原本以為一輩子都不必再和武久與亞紀子見面了，但因為亞紀子一再拜託，只能很不甘願地參加偶爾舉行的家庭聚會。多英在家庭聚會中，也扮演了圓滿家庭的一分子。

多英並不瞭解剽竊問題的真假，但總覺得事實應該如武久所說的那樣。想必鳥飼和亞紀子吃定武久不敢抗議。

所以，得知武久把鳥飼找去別墅談判時，就連多英都感到很意外。她很懷疑雙方是否能夠好好談。

亞紀子的確打電話拜託她，希望她也在場。但多英斷然拒絕，認為和自己無關。沒想到亞紀子對她說：

「拜託妳一定要來，妳不必做任何事，只要來這裡就好。我覺得他有點奇怪，最近特別溫柔，也許在打什麼奇怪的主意。」

「什麼奇怪的主意？」

亞紀子停頓了一秒後說：「他可能想殺了我和鳥飼。」
「怎麼可能？」
「我有這種感覺，反正請妳來一趟。只要妳在場，他應該不至於想這些奇怪的事。」
「我才不要。」多英掛上電話，把電話關機了。
多英覺得莫名其妙，懶得理會他們的事。
但是，時間一久，她漸漸感到不安。雖然亞紀子說話向來誇大其詞，但這次說話的語氣中，充滿了之前所沒有的緊迫感。而且回顧目前為止的生活，覺得亞紀子的想法未必是胡思亂想。
多英猶豫了很久，最後開著奧迪前往別墅，但她不打算住在別墅。想到要和武久住在同一個屋簷下，晚上根本無法入睡。於是她決定和平時一樣住飯店。
然後，就在別墅看到了那一幕淒慘的景象。在那一剎那，她領悟了武久的真正目的。他要用殺死亞紀子然後自殺，來了斷一切。
多英立刻想要報警，而且也拿出了手機，但在按下按鍵之前，陷入了混亂。
要如何向警方說明呢？父母殉情嗎？不，是母親和母親的丈夫一起殉情嗎？這也不對，母親是被人殺害的，所以是被迫殉情。母親被她的丈夫殺害，然後那個丈夫用獵槍自殺——
想到這裡，她突然冷靜下來。原本低頭看著手機的她從容地抬起頭，打量眼前的兩具屍體。
現在報警，會是什麼結果？
亞紀子曾經和她談過繼承遺產的問題。母親壓低聲音，好像在談論什麼陰謀。
「多英，他沒有正式收養妳，以目前的情況，妳無法繼承他的遺產，所以我無論如何都要活得久一點，至少不能比他先死。」

多英想起亞紀子當時說的這番話。在目前的狀態下，自己無法繼承遺產。

雖然她同時覺得，這種事根本不重要。她從來沒有想要遺產的念頭，但是，看著死在安樂椅上的矮小男人，她漸漸產生了其他的想法。

真的可以讓一切就這樣結束？

那天晚上至今，已經超過了十年。雖然不知道這個男人承受了多大的折磨，但絕對無法和自己的痛苦相提並論。自己度過了多少個不眠之夜，即使好不容易睡著了，又有多少次被噩夢驚醒。只要成年男人一靠近，就會心驚肉跳，渾身冷汗直流。自己偷偷訓練了多久，才終於能夠和男人正常說話。

當然不可以就這樣結束。自己還沒有受到任何補償。

所以，她才決定偽造現場，試圖顛倒兩個人死亡的先後順序。

這不是為了繼承遺產，而是為了獲得自己理當接受的賠償費的必要步驟。

偽造完現場後，她決定先回飯店。她最希望由鳥飼發現屍體，最好他能夠被警方懷疑。如此一來，自己的偽造工作就更不容易被人發現。

然而，鳥飼沒有來。也許在那個時間點，計畫已經失敗了。

多英聽到腳步聲，猛然回過神。湯川走了回來，雙手拿著飲料罐。

「有熱可可和奶茶，還有熱湯，妳要喝什麼？」

「那我喝奶茶。」

「好。」湯川把其中一罐飲料遞了過來。多英接了過來。飲料罐有點燙。

「我想了一下，」湯川說：「武久先生殺了妳的親生母親，這件事造成有形或無形的損失難以估計，所以，妳應該可以向武久先生請求損害賠償。」

多英意外地看著湯川的臉，她完全沒想到湯川會說這種話。

「妳認為怎麼樣？」他問，聽起來不像是開玩笑。

「也許是個好主意，但在此之前，我必須接受審判。」多英說：「我所做的事，不知道會被怎樣定罪？詐欺罪嗎？」

湯川打開熱可可的拉環，喝了一口之後開了口。

「妳明天早上可以去找熊倉局長，說妳因為心慌意亂，之前的陳述有誤。因為擔心獵槍走火，所以丟去了庭院，然後又不慎用那隻手摸了母親的脖子。目前還沒有製作正式的筆錄，完全有機會修改證詞。」

多英眨了眨眼睛，雙手握緊了那罐奶茶。

「但是，你的朋友是警察……」

「所以啊，」湯川說：「他現在沒有在場。如果他在場，就會有很多不必要的麻煩。」也就是說，那個叫草薙的警視廳刑警也同意用這種方式處理這件事嗎？多英感到內心有一股暖流。

「為什麼？」她忍不住問，「你為什麼要幫我？」

湯川微笑著點了點頭：

「謝謝妳借我們雨傘，如果沒有妳的幫忙，我們在參加朋友的婚禮時一定會噴嚏不斷。」說完，他喝了一口熱可可，皺起眉頭說：「太甜了，只要放一半的糖就夠了。」

多英把奶茶放在一旁，從皮包裡拿出手帕。因為淚水又流了下來。她終於知道，這是為誰流的眼淚。這是撫慰自己終於擺脫黑暗的眼淚。

明天開始，不需要再演戲了，也不需要再偽裝了。想到這裡，就覺得心好像長出了一對翅膀。

第七章 演技

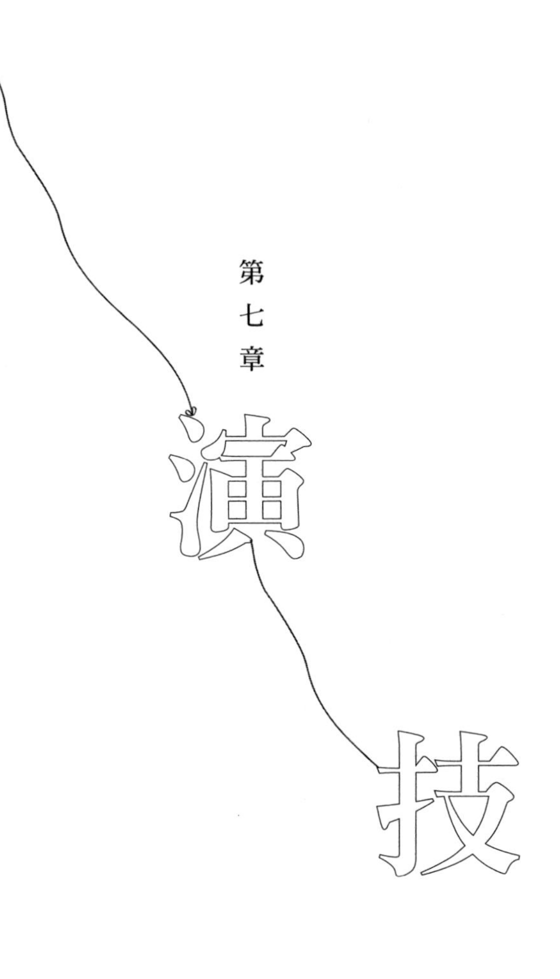

1

死人的視網膜到底是怎麼回事呢？

以前曾經聽人說，人的眼睛就像一台相機。既然這樣，如果用科學的方式分析死人的視網膜，也許能夠知道那個人最後看到的影像。即使現代科學還無法做到這件事，也許有朝一日終究能夠實現。

敦子注視著駒井良介灰色的臉龐，怔怔地想著這些事。雖然他的眼睛看著天花板，但那並不是他生前最後看到的景象。他看到的應該是一個女人舉刀衝向他的瘋狂樣子。

砰、砰。遠處傳來沉悶的爆炸聲。這是煙火的聲音。雖然從剛才就持續不斷地傳來，但此刻才終於傳入耳朵。

敦子將視線移向自己的手。戴著手套的雙手握著刀柄，刀子深深插進了駒井的胸口。她完全沒有真實感。幾個小時之前，駒井還在排練場內活蹦亂跳。這是在幹嘛啊？這種聲音完全無法打動觀眾的心——他在排練場內說話的聲音比演員更有張力。

然而，駒井的心臟已經停止，永遠都不會再跳動了。

我拿刀子殺了他，是我殺了他——她在心裡一次又一次地重複。

她再一次看著駒井的臉。他的表情完全沒有變化，像能劇的面具般渙散。那是對一切都死心的表情。在他活著的時候，從來沒有在他的臉上看過這樣的表情。

敦子鬆開了刀柄，刀子刺在駒井的胸口，宛如豎在小山上的十字架。

敦子巡視周圍，黑色的手機掉在腳下。她伸出戴著手套的手撿了起來，確認了通話紀錄。最後一通來電是「神原敦子」。雖然她很想刪除，但只能忍住。因為警方一定會向手機公司調閱詳細的通話紀錄。

倒數第二通來電是「工藤聰美」。來電時間是今天晚上七點十分。最後一通撥打的電話也是「工藤聰美」，時間是昨天晚上十點多。

接著，她又確認了通訊錄。「A」行的第一個名字是「青野」，第二個名字是「秋山」，接下來是「安部由美子」。敦子操作了按鍵，刪除了「青野」和「秋山」的資料。如此一來，「安部由美子」的名字就來到第一個。

她也確認了郵件，沒有任何未讀的郵件。她瀏覽了寄件匣和收件匣，不用說，絕大部分都是和工藤聰美互傳的郵件。她看了幾封最近的郵件，內容都很空洞。她忍不住嘆了一口氣。即使是知名導演，私生活也俗不可耐。她為自己竟然曾經迷戀這種男人感到可悲。

砰。煙火的聲音再度傳來。

她突然想到一個好主意，拿著手機，仰望著天花板。雖然這裡是挑高的空間，但有一部分是閣樓，北側和東側都有大窗戶。

敦子沿著設置在牆邊的樓梯往上走，看到五彩繽紛的煙火照亮了夜空。隔了一會兒，才聽到轟隆的聲音。

敦子使用手機的相機功能拍攝煙火，希望照片上記錄的日期和時間能夠擾亂警方的偵查。

她回到一樓，把駒井的手機裝進塑膠袋，放進自己的皮包，同時拿出另一個事先準備好的手機。那隻手機雖然和駒井的顏色很像，但外型稍有不同。只不過乍看之下，應該不會發現是不同的手機。

駒井仰躺在地上，敦子抬起他的左手臂，微微彎起手肘，試圖讓他握住那隻替代手機。但駒井的手指無法順利彎曲，手機掉在他的腋下。無奈之下，只能讓手機留在那裡。

完成所有的作業之後，她再度巡視室內。警方將是自己接下來要面對的敵人，半吊子的演技無法蒙混過關，必須湮滅所有的物證，當然更不能留下指紋。

敦子判斷一切都沒問題後，向外面張望了一下，離開了那棟房子。因為這裡原本是倉庫，所以很少有人經過。即使這樣，她仍然低著頭走路。幸好走到大馬路之前，沒有遇到任何人。

一看手錶，已經八點四十分了。沒時間了。她舉手攔下剛好路過的計程車。

一上車，告訴司機地點後，她想拿下手套。但手指此刻才開始顫抖，她費了一點工夫，才終於把手套拿下來。

她看到自己映照在車窗上的臉，嚇了一大跳。因為眼神太可怕了。她用手按摩臉頰，用力活動嘴巴擠出笑容。妳怎麼了?妳不是演員嗎?——她激勵自己。

她在九點整到達了約定見面的那家咖啡店。安部由美子坐在窗邊的餐桌旁，正在看文庫本的書。

「對不起，等很久了嗎?」敦子在對面的座位坐下時問道。

由美子笑著搖了搖頭說：「不，我也剛到而已。」

服務生走了過來，她們點了飲料。敦子點了咖啡，由美子點了紅茶。

「不好意思，妳應該很想和大家一起看煙火吧?」

「不，我沒有去看。所以……妳說要變更服裝是怎麼回事?」

「還沒有最後決定，剛才駒井先生打電話給我，說也可以往這個方向考慮。所以我想要聽聽妳的意見。」

「喔……原來是這樣啊。」

「妳覺得呢？現在才變更服裝會有困難嗎？」

「也不是完全不可能，但要看變更的程度。自己動手做的部分應該沒問題，但如果是向廠商訂製的衣服，搞不好會有問題。比方說……」

由美子開始說明情況。

敦子在聽她說話時很在意時間。屍體的狀態隨時都在變化，她不希望在這裡耗費太多時間。

飲料送了上來，由美子住了嘴，敦子說了聲：「不好意思。」起身走去廁所。走進隔間後鎖上了門，從皮包裡拿出裝在塑膠袋裡那隻駒井的手機。

她首先從通話紀錄中找到了工藤聰美的電話，按下了撥號鍵。電話似乎接通了，但在電話鈴聲即將響起時，立刻掛斷了。接著又從來電紀錄中找到了敦子的號碼，同樣撥打了電話。最後從通訊錄中找出安部由美子的電話，就把手機放回皮包，回到了座位。

「對不起，妳剛才說到哪裡了？」

「就是今後的日程安排。」

安部由美子看著筆記繼續說了起來，完全沒有起疑心。

「——目前的狀況就是這樣。」由美子的說明告一段落了，抬眼看著敦子，想要徵求她的意見。

「是啊……」敦子喝了一口咖啡，把手伸進放在桌子下的皮包，用手摸到了手機，

「這樣的話，恐怕很難變更幾個主角的衣服。」她按下了通話鍵，「看來只能作罷了。」

「如果無論如何都想要變更，也可以拜託廠商看看。」由美子說到這裡，放在身旁的皮包裡傳來手機的來電鈴聲。她把皮包拿過來，從裡面拿出手機。「啊！」她輕輕叫了一聲，「是駒井先生打來的。」

「妳快接吧，應該是為了服裝的事。」

由美子點了點頭，打電話放在耳邊。「你好，我是安部。」

但她隨即訝異地皺起眉頭。

「喂喂？咦？駒井先生？」

「怎麼了？」

由美子把電話拿了下來，偏著頭說：「什麼也聽不到。」

「是不是訊號不好，所以電話斷了？」

「感覺不太像，電話已經接通了，可以隱約聽到動靜。」由美子再度把手機放在耳邊。

由美子隱約聽到的動靜，正是她們的對話傳入了放在敦子皮包內的手機。

「要不要掛斷之後再重新打給他？」

「就這麼辦。」由美子操作了按鍵，再度把手機放在耳邊。

敦子已經把駒井的電話設定為靜音，所以拿起了咖啡杯。

「怎麼樣？」

「不行，只聽到電話鈴聲響……」

「他應該會再打過來吧？」

「也對。」由美子掛上電話，並沒有起疑心。

之後，她們繼續討論了服裝的問題大約三十分鐘，但其實大部分都是確認而已，談話並沒有太大的意義。

「辛苦了，不好意思，還麻煩妳特地跑一趟。」敦子走出咖啡店後對由美子說。

「別這麼說，隨時找我都沒問題。」

「那我來向駒井先生報告一下。」敦子拿出自己的手機，看著螢幕露出驚訝的表情，「咦？」

「怎麼了？」

「駒井先生也打電話給我了，有來電顯示。晚上九點十三分，我完全沒有聽到。」

「啊！我知道了，」由美子也拿出自己的手機，「他在打給我之前先打給妳，因為妳沒有接電話，所以他才打電話給我。」

「不知道有什麼事。」敦子撥打了駒井的電話，當然不可能打通，「打不通，他沒有接電話。」

「好奇怪喔，他剛才打給我的那通電話也很奇怪。」

「是啊。」

她們互看了一眼之後，敦子說：

「要不要一起去駒井先生家？我覺得最好去看一下。」

「我也覺得這樣比較好。」由美子露出嚴肅的眼神表示同意。

她們攔了計程車，順著敦子剛才來這裡的路線往回行駛。

敦子和由美子在駒井家門口下了計程車，兩個人站在門口按了對講機的電鈴。屋內當然不可能有人應答。敦子露出意外的表情看著由美子說：「這麼晚了，他去了哪裡？」

「不知道。」由美子偏著頭回答。

敦子又按了一次電鈴，等待了幾秒鐘之後說：「……應該不會睡覺了吧？」

「這麼早就睡覺嗎？」

「應該……不可能吧。」敦子假裝不經意地把手伸向門把，轉動之後，向前一拉。門一下子就打開了。敦子聽到由美子在身後倒吸了一口氣。

「駒井先生。」敦子從門縫中叫著，然後用力打開門，走進屋內。

接下來就要充分展現演技了──

敦子愣在那裡，傻傻地「啊……」了一聲，試圖表現出她無法立刻瞭解眼前發生的狀況。

但是，由美子的反應完全不同。她一看到室內悽慘的景象，立刻發出了無聲的悲鳴。她用手捂著嘴，渾身發抖。敦子看到她的樣子心想，原來只要做出這種正常的反應就好。

「咦……妳看那個，他身體身旁，」敦子用手指著，「手機掉在那裡，他是在打電話時斷了氣。」

由美子默默地點著頭，她可能嚇得說不出話來。

「總之，要先報警。我來報警，由美子，妳可以通知山本先生嗎？」

由美子臉色發白地點了幾次頭，終於擠出沙啞的聲音說：「好。」然後走了出去。

敦子打開皮包，拿出裝在塑膠袋裡的手機，迅速解除了靜音設定，小心翼翼地和屍體旁的手機調了包，以免留下指紋。

敦子走到屋外，看到由美子正在打電話，她對著電話語無倫次。敦子從皮包裡拿出自己的手機向警方報案。

2

海報上有各種不同裝扮的人。原來舞台劇的背景是一百年前的英國。劇名是《沒有搭上鐵達尼號的那些人》。如果狄卡皮歐沒有贏那副牌，就不會搭上鐵達尼號。草薙回想起那部知名的電影。雖然那其實是虛構的人物。

他再度打量室內，忍不住覺得這棟房子太奇怪了。套房格局的房間應該有一百平方公尺，挑高的天花板簡直可以打羽毛球。牆邊的架子上放了為數龐大的書籍和DVD，還有CD、唱片和錄影帶。對面的牆壁設置了巨大的螢幕和音響設備，可能是為了播放這些影音商品，地上那些坐墊和矮沙發應該是鑑賞音樂和影像時使用的，但整個空間完全沒有生活的氣息。角落有一個小廚房，幾乎看不到任何烹飪用具，餐具類也寥寥無幾。冰箱是單身生活的學生常用的那種小冰箱。

屋主駒井良介遭到殺害，躺在寬敞的地上。應該可以斷定是他殺。奪走他生命的藍波刀深深刺進了他的胸口。屍體已經搬離了現場，法醫驗屍的結果最快也要明天上午才會出爐。

草薙打量的那張海報貼在廚房的牆上。海報上除了演員以外，還有駒井良介的肖像照。他是這齣戲的導演。

時間將近晚上十一點左右。鑑識的工作已經告一段落，目前只有草薙和其他搜查一課的偵查員還留在現場。

「草薙先生。」身後傳來叫聲，回頭一看，內海薰跑了過來。

「可以向最先發現屍體的人瞭解情況了，已經請對方等在轄區警局。」
「ＯＫ！」草薙回答後，抬頭看著天花板說：「這個房間太奇特了。」
「聽轄區的警員說，這裡以前是倉庫，後來有一名建築設計師改造成住宅。」
「是啊，我才不想住這種空蕩蕩的地方，而且臥室是在閣樓上，旁邊有這麼大的窗戶，怎麼能安心睡得著？」
「被害人是藝術家，和普通人的感覺不太一樣吧。」
「藝術家喔。」草薙看向海報，「妳有聽過名叫『青狐』的劇團嗎？」
「聽過劇團的名字，被害人也曾經寫過電視劇的劇本，也算是小有名氣。」
「是嗎？我第一次聽說。話說回來，我只知道寶塚和吉本新喜劇這兩個劇團而已。」
內海薰微微撇著抹了淡淡口紅的嘴唇，「吉本新喜劇應該不算是劇團吧。」
「是這樣嗎？對了——」草薙揚了揚下巴，「妳覺得那個工作梯是怎麼回事？」
有一個工作梯放在陳列在牆邊的音響器材，草薙一直很在意這個工作梯。
「應該是拿架子上面的東西時使用的吧。」
「這我當然知道，只是為什麼會放在那裡？那裡根本沒有架子啊。」
「可能只是剛好放在那裡而已。」
「後面剛好是音響器材，放這裡不是礙事嗎？」
「按常理來說是這樣啦，但藝術家不一樣嘛。」
「又是這個理由嗎？」草薙皺了皺眉頭，「算了，我們走吧。」
他們搭計程車前往轄區警局，兩名女性等在分局的會客室。
轄區分局的刑警介紹了她們。看起來三十四、五歲的神原敦子身材高䠷，外型也很亮麗。另一位安部由美子看起來很乖巧。她們都和被害人是同一個劇團的人，神原敦子是演員兼編劇，安部由美子是演員兼服裝設計。

「因為我們劇團很窮，所以每個人都必須身兼數職。」神原敦子用壓抑感情的語氣說道。她這句話應該不是開玩笑或是謙虛，而是陳述事實。

聽她們說，今天中午過後開始排練，在傍晚六點左右結束。之後就解散了，神原敦子去買了些東西後回家，但想到一些服裝方面的事，於是在晚上七點四十分左右打電話給駒井。駒井要求她和服裝設計討論一下，神原敦子就打電話給安部由美子。安部由美子剛好在住家附近的定食餐廳吃完晚餐，於是兩個人約定九點在咖啡店見面。

她們在咖啡店見了面，不一會兒，安部由美子的手機響了。是駒井打來的。但當她接起電話後，對方沒有出聲。她感到很奇怪，掛斷之後又重新撥打了電話，結果沒有接通。只聽到電話鈴聲響個不停，但對方沒有接起電話。

大約三十分鐘後，她們一起走出咖啡店。神原敦子發現駒井曾經打電話給她，她不知道駒井找自己有什麼事，於是撥打了電話，電話還是打不通。她們兩個人決定去駒井家看看，駒井經常邀劇團成員去他家聚會，所以她們也常去他家。

她們搭計程車上門後，發現玄關的門沒有鎖，忍不住有點擔心地打開門一看，發現駒井良介已經陳屍在屋內。

「妳剛才說，在七點四十分時曾經打電話給駒井先生，駒井先生當時的情況有沒有什麼不對勁的地方？」草薙問神原敦子。

她搖了搖頭，「並沒有什麼特別的地方。」

「是不是和別人在一起呢？」

「這……我就不知道了，對不起。」她滿臉歉意地道歉。

她們的供詞並沒有不自然的地方。草薙問了她們，在趕去現場的途中，有沒有發現可疑人物？走進屋內時，有沒有發現有哪裡不對勁？以及是否知道誰是兇手或是殺人動機。

「有一件事，我有點在意……」神原敦子回答說：「那把刀可能是劇團的。」

「劇團的？什麼意思？」

「劇團的道具，這齣戲中有使用刀子的場景，所以準備了這把刀子。」

「演戲時使用真正的刀子嗎？」

神原敦子有點尷尬地點了點頭。

「因為駒井先生認為，這樣更具有戲劇張力，聽說是他上網購買的。」

「妳認為也許是那把刀子嗎？」

「對。」

「那把刀子平時都放在哪裡？」

「應該放在排練場的儲藏室。」

「妳最後一次看到這把刀子是什麼時候？」

「今天白天，在排練時曾經看過。對不對？」神原敦子轉頭看向身旁，徵求安部由美子的同意。

「我也記得。」安部由美子說。

轄區警局的刑警走了出去。他應該立刻去確認這件事。

「最後一個問題，」草薙先聲明了這一句，「請問誰和駒井先生關係特別密切？比方說，他有沒有女朋友？」

這時，會客室內的氣氛有點微妙。安部由美子露出窘迫的表情，神原敦子似乎有點緊張。

「怎麼樣呢？」草薙追問道。「我不太清楚。」安部由美子偏著頭回答，但神原敦子語氣堅定地說：「嗯，有啊。」

「對方是誰？」

「是我們劇團的人。」

神原敦子告訴草薙，那個人名叫工藤聰美，然後看著安部，用責備的語氣對由美子說：「這種事要說清楚，即使現在隱瞞，警方早晚也會知道。」

「是啊。」安部由美子點了點頭。

草薙猜想，其中應該有隱情。

「已經通知她這件事了嗎？」

神原敦子搖了搖頭，「我們沒有通知她。」

「但山本先生可能通知她了。」安部由美子說。聽她說，那個叫山本的人負責劇團的事務工作。

「可以請妳們告訴我工藤小姐的電話嗎？」

神原敦子皺著眉頭說：「今天晚上就不要打擾她……」

「我知道，我們會顧慮她的心情。」草薙準備做筆記。

「我手機上沒有她的電話，由美子，妳知道她的聯絡方式嗎？」

「我有她的電話和郵件信箱。」安部由美子拿出了手機。

草薙和內海薰一起走出會客室，走進刑事課，看到他們的上司間宮在那裡。草薙向間宮報告了剛才從那兩個人口中瞭解到的情況。

「原來是這樣，工藤聰美是他的女朋友啊，這樣就合理了。」間宮滿意地點了點頭。

「什麼意思？」

「根據被害人手機的通話紀錄，九點十三分時，曾經打電話給名叫工藤聰美的女人，之後又打給神原小姐和安部小姐，可能是因為打給工藤小姐卻打不通吧。他先打給神原小姐，但也沒有接通，只好打電話給安部小姐。之所以會打給安部小姐，是因為她剛好是通訊錄中『A』行的第一個，可見當時的狀況多麼急迫。」

「他打電話是為了求救嗎？」

「應該是吧。聽驗屍官說，在中刀之後，可能沒有馬上斷氣，可以認為他是在這段時間打電話，但打了電話之後，他無法發出聲音，或是在說話之前就斷氣了。」

「這樣的解釋的確很合理。」

「還有另外一件事，手機上留下了證據，我剛才請人列印出來了。」間宮從桌上拿起三張照片，都是煙火的照片。

「拍得很漂亮啊。」

「照片的角落不是顯示了時間嗎？第一張是今天傍晚六點五十分，第二張是七點二十分，第三張是八點三十五分。可以認為，被害人應該在拍完最後一張照片之後，到打電話給工藤聰美小姐的晚上九點十三分之間遭到殺害。」

草薙點著頭，看著照片，思考著為什麼第二張和第三張之間相隔了一個多小時。

這時，內海薰走了過來。她說已經聯絡到工藤聰美了。

「她的情況怎麼樣？」草薙問。

「她已經得知了事件的消息，說話時也帶著哭腔。」

「她在自己家裡嗎？」

「對，好像有劇團的人陪著她。」

「劇團的人？」

「工藤小姐接獲通知時，和劇團的人在一起。其中一人很擔心她的狀況，所以就送她回家了。」

「原來是這樣，有辦法向她瞭解情況嗎？」

「她說，如果不會問很長時間就沒問題。我已經問了她家的地址，從這裡開車過去，大約二十分鐘左右。」

「你們現在馬上就去。」間宮說。

工藤聰美是一個皮膚白皙、身材纖瘦的女生。當臉上露出開朗的表情時，白皙的肌膚應該很迷人，但一方面也是因為在日光燈下，所以膚色看起來很不健康。

草薙和內海薰一起去了她家，看到一室一廳的狹小房間角落放了一台縫紉機，覺得有點稀奇。

他們和工藤聰美面對面坐在玻璃桌前。和她同劇團的人坐在旁邊的床上，那個女生有點豐腴。

「我在十點之前得知了消息，事務局的山本先生打電話給我。」工藤聰美向草薙他們出示了自己的手機，通話紀錄上顯示「晚上九點五十二分 山本」。

但是，草薙注意到下面那一欄。因為那一欄顯示「晚上九點十三分 駒井」。草薙提起這件事，工藤聰美沮喪地說：「是啊。我事後才發現他曾經打電話給我，我把手機放在皮包裡，那竟是他最後一通電話……」她低下頭，淚水在眼眶中打轉。

她說，有一名劇團團員住的公寓頂樓可以欣賞煙火，排練結束之後，大家都一起去那裡看煙火。看完之後，去居酒屋喝酒時，接到了事務局山本的電話。

「駒井先生沒有去看煙火嗎？」

「對，他說要忙舞台劇的事……」

「是這樣啊。妳是幾點去那棟可以欣賞煙火的公寓？」

「排練結束之後，因為要去買舞台劇用的小東西，所以我買完之後先回家一趟……大約八點左右才去。」

「沒錯。」那名劇團的同事插嘴說道，「我可以作證。」

草薙點了點頭，停頓了一下之後，再度開口問她：

「關於這起事件，妳是否知道什麼線索？比方說，駒井先生是否曾經和誰結怨？」

工藤聰美痛苦地皺起眉頭，用手捂著嘴。垂下雙眼用力思考著，隨即輕輕搖了搖頭。

「沒有……應該是沒有。我想不出來有誰。」

「『應該是沒有』是什麼意思？」草薙注視著她的臉，「不管妳想到任何可能性，可不可以告訴我們？」

工藤聰美遲疑起來。她果然有所隱瞞。

「聰美，我去一下便利商店。」劇團的女生站了起來。

「啊……喔。」

那個女生向草薙他們行了一禮，識趣地走出了房間。

草薙確認房門關上後，將視線移回工藤聰美身上，「工藤小姐。」

「其實，」她開了口，「他並不是只有和我交往而已。」

草薙忍不住倒吸了一口氣，和內海薰互看了一眼。因為這句話太出乎意料了。

「不是只有妳而已？妳是說，他劈腿嗎？」

「不是，在我之前，他曾經和別人交往，也是我們劇團的人。他和那個人分手，選擇和我在一起。」

「那個人目前還在劇團嗎？」

她緩緩點了點頭說：「還在。」

草薙旁邊的內海薰拿出筆記本準備記錄。

「她叫什麼名字？」草薙問。

工藤聰美用力呼吸後，下定決心地回答說：「是神原敦子。」

3

翌日上午，分局的會議室內，草薙和其他人圍在股長間宮的周圍。

年輕的刑警岸谷報告了調查刀子的情況。根據他的調查，那把刀子果然是從排練場帶出去的，原本放在儲藏室內的那把刀子不見了，把刀子的照片拿給負責管理小道具的劇團團員看了之後，對方回答說，就是那把刀子。

「知不知道昨天排練之後，是誰把那把刀子放回去了？」間宮問。

「負責小道具的人證實說，的確放回了規定的地方。」

「排練場由誰鎖門？」

「由駒井先生負責，因為駒井先生經常在大家離開後，仍然獨自留在那裡。聽說昨天晚上也一樣。」

「有沒有可能是被害人自己把刀子帶出去的呢？」

「應該不可能，鑑識報告中提到，刀柄沒有用布等擦拭的痕跡，上面留下了許多指紋，但並沒有發現被害人的指紋。」

「查出是誰的指紋了嗎？」

「大致都確定了，是在舞台劇中使用刀子的演員和負責小道具的人留下的指紋。刀柄上也留下了手套的痕跡，兇手應該戴了手套。」

「手套……所以果然是預謀犯案，兇手溜進排練場偷了那把刀子嗎？誰有練習場的鑰匙？」

「被害人和負責事務工作的山本先生，但兇手應該使用了其他的鑰匙。」

「其他的鑰匙？什麼意思？」

「排練場的入口附近，有一道用來檢查管線的門，備用鑰匙就藏在門的內側，兇手很可能使用了那把鑰匙。」

「怎麼會這樣？」間宮撇著嘴，「誰知道這件事？」

「接下來會調查這件事，但可能所有劇團團員都知道。」

「所有人……嗎？」間宮坐在椅子上，巡視著下屬，「問題在於為什麼要使用那把刀子，等於在昭告天下，是內部人員犯案。」

「也許是為了擾亂偵查工作。」岸谷說。

「你是說，兇手試圖偽裝成內部人員犯案嗎？」間宮說到這裡，似乎也同意這個假設，點了兩、三次頭，「去調查一下，有多少人知道在排練的時候會使用刀子，以及誰知道那把刀子是真刀。」

「知道了。」岸谷回答。

「接下來就是被害人的交友關係，」間宮看向草薙，「他女朋友有沒有說什麼？」

「有一件值得注意的事。」

草薙報告了昨晚問案的成果。

間宮摸著下巴。

「最早發現的人是被害人的前女友嗎？這件事的確有點蹊蹺。他們是什麼時候分手的？」

「被害人和工藤聰美小姐從半年前開始交往，差不多就是那個時候。」

「半年喔……」間宮咕噥著，「這樣的時間很微妙，如果剛分手還能理解，分手已經半年，還會動手殺人嗎？」

「我也有同感，但如果有什麼契機導致再度產生了恨意，也不是完全不可能。」

間宮靠在椅子上，抱著雙臂。

「如果是這樣的話，要怎麼解釋電話的問題呢？就是打給安部小姐的電話。如果是被害人打的電話，神原敦子就不可能犯案。」

「關於這件事，被害人打電話給工藤小姐之後，再打電話給神原敦子和安部小姐這件事很不自然。如果是瀕死的狀態，應該不會這麼做。即使打不通，應該也會持續打女朋友的電話吧。」

「話是這麼說，但他實際上就是打了電話啊，有什麼辦法嘛。」

「所以我認為是用了什麼詭計。」

「詭計？」

「我剛才向安部由美子小姐確認過了，神原敦子在咖啡店時曾經去廁所，我認為她應該在那個時候使用了詭計。」

「你說來聽聽。」

「首先和安部由美子小姐約好見面，之所以選擇安部小姐，可能認為在中刀後求救時，會從通訊錄中尋找『A』行中的人。在按計畫殺害被害人之後，帶走了被害人的手機，然後去和安部小姐見面。中途去廁所，首先打電話給工藤聰美小姐的手機，但必須立刻掛斷。萬一對方接起電話就難以收拾了。接著又打電話給自己，也就是神原敦子的手機，最後在找出安部小姐手機號碼的狀態下回座。之後只要在桌子底下拿出手機進行操作，按下通話鍵就好。聽安部小姐說，她接起電話之後，對方沒有說話。因為被害人的手機當時在神原敦子的皮包裡——有沒有這種可能呢？」

間宮用力瞪著他問：

「那指紋的問題呢？這個季節如果戴手套，安部小姐不是會起疑心嗎？」

「只要把手機裝在塑膠袋裡就好，隔著塑膠袋操作，就不會留下指紋。」

「果真如此的話，被害人的手機就不會留在現場。我記得那個叫安部的女人，不是在現場看到了手機嗎？」

「一定使用了替代的手機。只要把相似的手機放在屍體旁，趁安部小姐不注意時調包，並不是太困難的事。」

「那照片的事該怎麼解釋呢？」

「煙火的照片嗎？」

「對，第三張照片是在晚上八點三十五分拍攝的。如果被害人當時還活著——」

「已經死了，」草薙不假思索地回答：「很可能是兇手拍的。當然，我是假設神原敦子是兇手。」

間宮再度瞪著草薙。

「你有證據嗎？證明她使用了詭計的證據。」

草薙皺起眉頭，搖了搖頭。

「很遺憾，我沒有證據，但既然有這種方法，神原敦子的不在場證明就不成立。」

「但是，不是她告訴我們，刀子可能是劇場的小道具嗎？如果是她，會提供有可能讓自己成為嫌犯的材料嗎？更何況為什麼要使用那把刀子？」

「只要調查一下，馬上就會知道那是小道具所使用的刀子，她應該認為假裝沒有發現反而不自然。但正如你說的，為什麼要選擇那把刀子做為凶器，目前還無法解釋。」

「即使這樣，你仍然認為神原敦子很可疑嗎？」

「我認為有必要調查她。」

間宮用充滿猜疑的小眼睛注視著草薙片刻後，用力收起雙下巴說：

「好，你就朝這個方向去查——其他人還有什麼意見嗎？」

「有。」內海薰舉起了手。她走向白板，指著貼在白板上那三張煙火的照片。

「我第一次看到照片時就有點在意，第一張和第二張照片應該是在住家以外的地方拍攝的吧？」

「為什麼？」間宮問道。

「從這片中可以看到，煙火的後方有月亮。在那個時間，月亮應該在東方的天空，所以拍攝這兩張照片的地方，應該位在施放煙火地點的西方。被害人的住家位在施放煙火地點的東方，所以後方沒有拍到月亮。我認為第一張和第二張應該是在排練場拍的。」

間宮抱著雙臂，打量著照片。

「有道理，從這個角度思考，就可以解釋為什麼第二張和第三張之間相隔了一個多小時。」

「這張照片是在晚上七點二十七分拍的，從排練場到被害人的住家，最快也需要三十分鐘。」

「也就是說，犯案的時間是在晚上八點以後。」間宮巡視著下屬說：「徹底清查劇團相關人員的不在場證明。」

4

她看著水族箱裡的熱帶魚，忍不住想道，這些具有像寶石般璀璨色彩的魚才剛出生，就被關在這麼狹小的空間，實在太可憐了。但同時又感到好奇，不知道那些魚看到的是怎樣的世界。也許看到人類欣賞牠們泳姿時陶醉的表情會很得意。演員也一樣，雖然身處舞台這個受到局限的空間，內心總是俯視台下的觀眾。並不是觀眾在欣賞表演，而是演員讓觀眾有機會欣賞自己的表演。

敦子坐在常去那家酒吧的吧檯前，獨自喝著「新加坡司令」雞尾酒，熱帶魚游來游去的水族箱就在酒保的身後。

命案發生至今已經超過二十四個小時，不知道警方的偵辦進度如何。他們不可能不知道駒井和敦子之間的關係，應該會向很多人打聽，但沒有人告訴敦子這件事。

「我很尊敬妳，妳以後仍然是我重要的夥伴，只是我對妳已經沒有感情了，就只是這樣而已。」

她的耳邊響起駒井良介半年前說的話。敦子喝了一口雞尾酒，嘴角露出了笑容。真想問問已經離開人世的他，就只是這樣而已？真的是這樣嗎？我相信你現在已經發現，你失去了寶貴的東西。

她目不轉睛地注視著自己的手，回想起把刀子刺進他胸口的感覺——

身後傳來開門的聲音。有人叫了一聲：「歡迎光臨。」敦子憑直覺知道，他來了。不知道為什麼，她在這種時候的第六感特別準。

她察覺到有人站在自己身旁。「妳好。」那個聲音很低沉而清晰。

敦子抬頭看著對方，露出了笑容，「啊喲，沒想到你這麼快就來了。」

「是嗎？希望沒有讓妳久等。」湯川低頭看著自己的手錶，在敦子身旁坐下來。他穿了一套富有光澤的灰色西裝。

「你太客氣了，有沒有打擾你的工作？」

「我在電話中也說了，今天不是工作，是以聚會為名的招待，陪那些公務員用公款吃吃喝喝而已，只是浪費時間。」

酒保走了過來，湯川點了琴萊姆雞尾酒。

「你這麼說，會讓我很有壓力。因為你也可能覺得聽我說的事是在浪費時間。」
「正因為我認為不是這樣，所以才會來這裡。妳要說的事，應該和『青狐』有關吧？」
「對。」敦子一臉嚴肅地回答。
今天的早報刊登了駒井良介遭到殺害的事件，新聞節目和談話性節目也在討論這起事件。湯川不可能沒有注意到這些報導。因為他是「青狐」粉絲俱樂部的會員，但他並沒有申請加入俱樂部，甚至沒有繳納入會費。
幾年前，劇團曾經創作了一齣以物理學家為主角的舞台劇，劇本由敦子負責。當時，她和事務局的山本商量，希望能夠採訪真正的學者。和湯川有共同朋友的山本，就把在帝都大學物理系擔任副教授的湯川介紹給敦子。
老實說，那齣舞台劇並不理想，但前來觀賞的湯川很高興，還說以後有機會，會來看他們的舞台劇，於是他就成為了粉絲俱樂部的特別會員。他每年的確會來看幾場舞台劇，也曾經去後台探視。
敦子喝了一口雞尾酒後說：「今天幾個人聚在一起開會之後決定，劇團目前暫時停止活動。」
湯川也喝了一口琴萊姆雞尾酒後，嘆著氣說：「那也無可奈何啊。」
「真是搞不懂，不知道誰這麼殘忍……」
「警方有沒有說什麼？」
敦子搖了搖頭。
「今天也有很多刑警去排練場和事務局，但完全沒有向我們透露任何情況，只是問了我們很多問題。」

「這就是他們的辦案手法嘛。」湯川似乎了解內情。

「湯川老師，你不是和警視廳的人很有交情嗎？而且你朋友剛好也在搜查一課。」

「談不上是交情，是孽緣，也可以說是想擺脫也擺脫不了的關係。」

「你經常和那位先生聯絡嗎？」

湯川停下準備舉杯喝酒的手，「妳為什麼這麼問？」

「我剛才也說了，警方完全不告訴我們任何消息，所以劇團團員之間的氣氛也很緊張，所以我想了解一下警方偵辦的進度。」

「妳的意思是，要我打電話給認識的刑警，瞭解事件偵辦的相關情況嗎？」

「我知道這個要求有點強人所難。」

「沒錯，的確強人所難。」湯川冷冷地說道，「即使是熟人，對方也不可能向我透露有關案情的機密。相反地，如果這種人當警察，我們也就無法信任警方了。」

「但你和那位刑警先生並不只是熟人而已，聽說你曾經多次協助他辦案，這種時候，他應該會告訴你有關案情的機密。」

「這必須視警方的需求，這次他們並不需要我，所以就會把我當成外人。」

「是這樣嗎？」

「而且妳可能不知道，警視廳搜查一課有很多部門，所以，如果是其他股負責的案子，就對案情一無所知了。妳知道這起事件是哪一股負責偵辦嗎？」

「不，我完全不……」

「我想也是。」湯川一臉冷漠的表情點了點頭。

「但我知道向我問案的兩名刑警的名字，我寫下來了，是一名男刑警和另一名年輕的女刑警。」

「女刑警？」湯川皺起眉頭。

「我當時還想，原來真的有女刑警。」敦子拿出手機，打開了記事本的檔案，然後看著檔案說：「那名女刑警姓內海，雖然主要都是由一名姓草薙的男刑警發問。」

湯川的表情幾乎沒有任何變化，他慢條斯理地喝著琴萊姆，微微偏著頭。

「很遺憾，這兩個名字我都沒聽過，看來和我認識的刑警不同股。」

「是這樣啊。」

敦子嘆了一口氣，她原本就沒有抱太大的期待。所有的事都無法稱心如意。

「不好意思，幫不上妳的忙。」

「不，是我提出了無理的要求。」敦子把雞尾酒一飲而盡。

湯川用指尖攪動著琴萊姆中的冰塊說，「妳剛才提到劇團團員之間的氣氛很緊張，具體是哪些方面？」

見敦子陷入了猶豫，他露出害羞的苦笑說：「不好意思，我問太多了，我收回。」

「不會啦。」敦子搖了搖頭，同時在腦袋裡迅速計算起來。也許透露一部分情況，這位物理學家能夠幫自己的忙。

「有人懷疑是內部的人幹的。」

「內部的人幹的……妳是說，兇手是劇團的人嗎？」

敦子點了點頭，「因為插在駒井先生胸口上的那把刀是這次的舞台劇中要使用的小道具，只有內部的人能夠把這把刀帶出去。」

「原來是這樣啊。」湯川皺起了眉頭。

「而且，」敦子決定多透露一點消息，「我應該是警方目前最懷疑的對象。」

湯川瞪大了眼鏡後方的眼睛，「懷疑妳嗎？」

「因為是我發現了屍體，不是很常聽說報案人就是真兇這種事嗎？」

「但光是這樣——」

「當然不光是這樣而已，我以前曾經和駒井先生交往過，但後來他有了新歡，我們就分手了。所以我就有殺他的動機，殺他來發洩遭到拋棄的怨恨。」

湯川緊閉雙唇，陷入了沉思，似乎不知道該如何回答。

敦子放鬆了臉上的表情。

「反正就是這樣，所以劇團內的氣氛很緊張。正確地說，是我周圍的氣氛很緊張。」

「我終於瞭解妳為什麼想要掌握警方偵辦的進度了。」

「對不起，我不會再提出這樣的要求了。」

「別這麼說，」湯川舉起一隻手，「如果有機會遇到那個朋友，我會不經意地打聽一下，也許他會告訴我一些情況，但妳不要抱太大的期待。」

「好，不用太勉強。」敦子說完，請酒保過來買單。

5

「你這麼問，我也不知道該怎麼回答。」吉村理沙低著頭，縮起肩膀。她似乎努力表現出讓男人想要保護她的柔弱樣子。雖然資歷還不深，但畢竟是演員，千萬不能認為這就是她真實的樣子。

「任何事都沒有關係，瑣碎的芝麻小事也可以，不必去想可能和案情沒有關係。」草薙努力用溫柔的語氣對她說道。

「即使你這麼說……」吉村理沙皺著眉頭。

草薙問她，是否知道駒井良介和工藤聰美之間的關係，除此之外，駒井是否還和其他人交往。如果知道什麼，請務必說出來。

他們坐在銀座的一家咖啡店內。吉村理沙不時伸手拿起放在桌角的手機確認時間。她在「青狐」演戲的同時，晚上在銀座的酒店上班。草薙白天和她聯絡時，她回答說，可以在去店裡上班之前見面。

「不好意思，在妳趕著去上班的時候打擾，」草薙向她道歉，「妳上班的店在這附近嗎？」

「在七丁目。」

「是嗎？我在那一帶認識幾家酒店，如果妳方便，可以給我一張名片嗎？」

「喔，好啊。」她皮包拿過來，拿出一張名片。

「喔，原來妳在店裡的花名叫美久啊。」草薙接過名片後說，「下次我一定去捧場。」

「那就恭候大駕了。」吉村理沙低頭說完後，露出試探的眼神問：「你應該知道他和神原小姐的事了吧？」

「神原敦子小姐嗎？」。

「以前她是團長的女朋友。」

「是這樣啊。」草薙露出第一次聽說的表情準備做筆記。

但是，吉村理沙不時壓低聲音告訴他的內容，和之前聽到的情況大同小異。有好幾個人都說，當駒井和工藤聰美的關係曝光後，劇團的所有人都提心吊膽，不知道會發生什麼事。但駒井和神原敦子的態度沒有任何變化，至少在大家面前，表現得和以前一樣。

「大家都說，團長和神原小姐果然都很專業，但是，」吉村理沙接著說：「我覺得不是表面上看到的那樣。」

「妳的意思是？」

她東張西望後，把臉湊了過來。

「可不可以不要告訴別人是我說的？」

「好啊，那當然。」草薙用力點了點頭。

「我認為神原小姐並沒有死心，她可能相信，團長有朝一日，還是會回到她的身邊。」

這個觀點很有意思。「是不是有什麼根據，讓妳有這種感覺？」

吉村理沙皺著眉頭，「如果你要問我根據，我只能說是憑女人的直覺。」

「可不可以請妳說說，是在怎樣的情況下，讓妳產生了這種直覺？」

「嗯，」她發出低吟，「那就多了。我忘了是什麼時候，有一次，神原小姐提到團長時說，如果沒有我，他什麼事都做不了。你不覺得這句話很有自信嗎？所以我覺得，神原小姐打算把團長搶回來。」說到這裡，她骨碌碌地轉動著一雙大眼睛，再度叮嚀說：「真的不能告訴別人這是我說的喔。」

「我向妳保證。」草薙回答。

走出咖啡店，向吉村理沙道別後，他打電話給內海薰。她今天也在外面辦案，問了掌握的線索。

她的狀況後，發現剛好告一段落。於是就決定在回分局之前相約見面，交換雙方手上目前

「我果然猜對了。」內海薰在咖啡店喝了一口拿鐵咖啡後開了口，「帝都電視台的製作人青野和作曲家秋山這兩個人，平時經常和駒井先生聯絡，除了他們打電話給駒井先生以外，駒井先生也常打給他們。」

「也就是說，被害人的手機通訊錄上應該有這兩個人的電話號碼。」

「的確是這樣。」

「幹得好！辛苦了。」

內海薰對駒井良介的通訊錄產生了質疑。假設神原敦子使用了詭計，為什麼知道安部由美子的名字剛好在「A」行的第一個？

但是，仔細一想，就知道根本不需要在意這件事。因為如果還有其他人，只要刪掉就解決問題了。

於是，他們調查了駒井的名片資料，尋找「A」行中，名字會排在比安部由美子更前面的人。最後找到了幾個人的名字，青野和秋山就是其中兩個人。

「這麼一來，就破解了手機使用的詭計，但問題是並沒有證據能夠證明她使用了詭計。」

「但是，劇團相關人員中，只有神原敦子在八點之後沒有不在場證明。」

在調查那幾張煙火的照片後，發現第一張照片中拍到的窗框應該是排練場事務所的窗框。第二張照片雖然沒有拍到窗框，但根據月亮的位置，研判是在排練場或是附近拍的。第二張照片的拍攝時間是七點二十七分，從排練場到住家要三十分鐘，所以認為行兇

時間在八點以後。在調查劇團所有人的行蹤後，只有神原敦子沒有不在場證明。

「也許是這樣，但如果無法證明打給安部小姐的那通電話是詭計，神原敦子就有不在場證明。」草薙咬著嘴唇。

內海薰嘆了一口氣，喝了一口拿鐵咖啡後問：「動機查得怎麼樣？關於被害人和神原敦子的關係，有沒有查到什麼？」

「沒有進展，只是剛才見面的那個女人說了一件有趣的事。」

草薙說了從吉村理沙口中得知的情況。

「她想把一度分手的男人搶回來嗎？」內海薰偏著頭問。

「但後來發現還是搶不回來，於是就心生怨恨，殺了對方——妳認為怎麼樣？」

「不知道，也許會有這種事吧。」

「如果是妳呢？妳會殺對方嗎？」

「不知道。」她的回答聽起來對這個問題沒太大興趣，「所謂一種米養百種人，對了，湯川老師打電話給我。」

「湯川打電話給妳？」草薙感到意外，「有什麼事嗎？」

「不知道，他只問我，不知道什麼時候能夠再看到『青狐』的舞台劇。」

「『青狐』？為什麼他會關心這種事？」

「他說他是劇團粉絲俱樂部的會員，奇怪的是，為什麼湯川老師知道我們負責這起案子。」

「的確很奇怪，妳怎麼回答他？」

「我裝糊塗說聽不懂他在講什麼。」

「嗚哈哈。」草薙忍不住笑了起來，「很好。」
「草薙先生，你要不要打電話問他一下？」
「好，就這麼辦。」草薙喝完了冰咖啡。

6

以前曾經這麼晚走進學校嗎？草薙忍不住思考這個問題。現在已經深夜十一點多了，更奇怪的事，帝都大學的校園內竟然還有人。有人穿著運動服在跑步，也有年輕女生推著推車，不知道在搬什麼東西。他好奇地探頭張望了一下，發現是一個大型擴音器。難道樂團要在這麼晚排練嗎？
無論在任何時代，大學都像是一個異次元的空間。草薙回想起自己的年輕時代。
湯川在物理系第十三研究室內。草薙和他聯絡後，湯川請他在有空的時候去研究室。
「我無意影響你的工作，只是很在意一件事。」湯川說著，把泡好即溶咖啡的馬克杯放在工作檯上。
「你竟然主動問辦案的事，太難得了。我聽內海說，你還加入了劇團的粉絲俱樂部，我以前都不知道你喜歡舞台劇。」
「凡事都有來龍去脈，先不談這些，你們懷疑神原敦子嗎？」
正在喝咖啡的草薙差一點嗆到。
「你認識她？」
「這沒什麼好奇怪的，她是劇團的團員，我是粉絲俱樂部的會員。她昨天晚上找我，問我知不知道警方的偵查情況。可能是因為我之前向她提過，我有朋友在警視廳。」

草薙看著湯川若無其事的臉問：「你答應她了？」

「我對她說，可能沒辦法。即使從你口中問出了什麼，我也不會告訴她。我找你來這裡，是因為和她聊天之後產生了興趣。」

草薙放下馬克杯，坐直了身體。「你和她聊了些什麼？」

「我剛才已經說了，她問我能不能打聽一下警方的辦案狀況，還說自己可能是警方懷疑的對象。聽說她以前曾經和駒井團長交往過。」

「你不是粉絲俱樂部的會員嗎？竟然不知道這種事？」

「我不是核心會員。怎麼樣？你們果然懷疑她嗎？」

草薙用指尖抓了抓鼻翼，「你真的不會告訴她吧。」

湯川微微張大眼睛，「你懷疑嗎？」

「不是啦……」草薙苦笑著聳了聳肩，沒理由懷疑他。「那我就打開天窗說亮話，目前我們認為神原敦子絕對有重大嫌疑，只不過缺乏關鍵的證據，無法動手逮她。這就是目前的狀況。」

「認為她有嫌疑的根據是什麼？動機嗎？」

「不光是動機，還有幾個根據。」

草薙把目前為止掌握的情況告訴湯川。使用手機的方式很不自然，很可能使用了詭計，以及煙火的照片，和其他劇團成員在八點以後都有不在場證明這些事。

「原來是這樣，」湯川用指尖推了推金框眼鏡，「原來行為的不自然和刪去法成為你們的依據，我能夠理解你們為什麼認為她有重大嫌疑，但也的確缺乏關鍵證據。」

「我今天在外面跑了一整天，試圖尋找關鍵證據，但一無所獲。既找不到目擊證人，也查不到她離開時搭乘的計程車。除非有辦法證明打電話給安部小姐的不是被害人，否則神原敦子就有不在場證明。」

「你們恐怕很難證明吧。」

「唯一的希望，就是推估的死亡時間。解剖結果顯示，被害人很可能在安部小姐接到電話之前就已經死了，但畢竟只是推估的死亡時間。」

湯川點了點頭，抱著雙臂。

「如果神原小姐是兇手，為什麼要使用小道具的刀子呢？」

「這是最大的疑問。為什麼要特地使用會被鎖定是內部人員犯案的凶器呢？」

「人只有在兩種情況下，會採取匪夷所思的行動。第一種情況，就是別無其他選擇。另一種情況，就是具有不為人知的好處。」

「不可能有任何好處，也不像是別無其他選擇。事先準備無法鎖定出處的凶器，並不是太困難的事。兇手帶著手套行兇，顯然是預謀犯案，難道沒辦法準備凶器嗎？」

「手套……喔。」湯川鬆開了抱著的雙臂，「被害人是胸口中刀吧？」

「沒錯。」

「有沒有反抗的跡象？」

草薙搖了搖頭，「沒有發現。」

湯川一臉難以釋懷的表情站了起來，從白袍胸前的口袋裡拿出原子筆。

「這是怎麼回事？被害人的眼睛被遮住了嗎？」

「眼睛被遮住？為什麼？」

湯川握緊原子筆，把筆尖對準草薙的胸口。

「兇手突然拿出預藏的刀子，從正面攻擊——這並非不可能的事。被害人可能大吃一驚，無法及時逃走。但是兇手是什麼時候戴上手套？如果兇手開始戴手套，被害人一定會看著兇手的手，兇手根本沒有機會拿出刀子。」

「兇手可以趁被害人轉身的時候戴上手套，然後拿出刀子。」

「如果是這樣，為什麼不是從背後攻擊？這樣就不必擔心被害人會反抗，更能夠確實置他於死地。」

「可能兇手原本打算這麼做，但準備行兇時，被害人突然轉過身。」

「所以說，兇手是在被害人隨時可能轉身的狀況下戴上手套，拿出刀子嗎？這樣風險未免太高了，如果是我，就不會戴手套。」

「雖然你這麼說，但的確發現了使用手套的痕跡，有什麼辦法呢。只能說，兇手和你的想法不一樣，也許兇手沒有自信能夠把刀子上的指紋完全擦乾淨。」

「問題就在這裡，為什麼會把刀子留在現場？即使基於情非得已的理由，不得不使用小道具的刀子，照理說，用完之後帶走，不會留下任何後患。我不認為是兇手不慎留下的，兇手絕對充分瞭解使用小道具的刀子會帶來的危險性。」

「這……」草薙說到這裡，沉默不語。湯川的意見完全正確。

湯川把原子筆放回胸前的口袋，在室內緩緩踱步。

「更何況有什麼情非得已的理由嗎？為什麼沒有把刀子帶走？」

「我完全搞不懂，如果是槍殺，很難從被害人身上帶走彈頭。但如果是刀子的話就很簡單，只要把插進被害人身體的刀子拔出來就好，沒理由讓刀子一直插在被害人身上。」

「插在被害人身上……嗎？」湯川低頭繼續踱步。

「的確很難想像兇手不慎留下了凶器，連小孩子都知道，凶器留在現場，很容易鎖定嫌犯。」

湯川突然停下了腳步，緩緩抬起頭。

「如果是相反的情況呢？」

「相反？什麼相反？」

「如果留下刀子反而對兇手有利呢？你剛才說，不可能有任何好處，但果真如此嗎？假設現場沒有留下刀子，情況會怎麼樣？你們會如何進行偵查工作？」

草薙聳了聳肩說：

「因為沒有凶器，所以當然會先找凶器啊。」

「那就對了，」湯川伸手指向草薙，「兇手是為了避開這件事。」

「什麼意思？」

但是，湯川沒有回答這個問題，繼續在室內踱步。

「喂，湯川。」草薙叫了一聲。

湯川沒有停下腳步，「你說有煙火的照片，現在帶在身上嗎？」

「在這裡。」草薙從西裝內側口袋拿出三張照片，放在工作檯上。

湯川拿起三張照片，露出科學家的眼神仔細審視起來。

「上面有日期和時間，有沒有加工的可能？」

「鑑識人員認為應該不可能。」

湯川點了點頭，再度看著照片。他沉思片刻後抬起了頭。

「我想拜託你一件事，你願意幫忙嗎？」
「什麼事？」
「我想去看一下現場，就是駒井先生遇害的那間房子。」
「去幹嘛？」
「我有事想要確認。如果不能讓普通老百姓進入，就只能請你按我的指示做一些事。」
草薙嘆了一口氣，站了起來。
「別這麼不乾不脆，我馬上來安排。」說完，他拿出了手機。

大約一個小時後，他們已經來到駒井良介的家中。湯川抬頭看著挑高的天花板，小聲嘀咕說：「我果然沒猜錯。」
「到底是怎麼回事？趕快告訴我。」
「你別著急嘛，我馬上就開始確認。」湯川走向通往閣樓的樓梯。他手上拿著東京都的地圖和指南針。
他走到閣樓上，打量北側的窗戶之後，轉頭看向東側。目前這個時間，那裡看不到月亮。
湯川巡視室內之後，走下樓梯，視線集中在某一點上。
「這個工作梯是怎麼回事？警察放在這裡的嗎？」
「不，不是，原本就在這裡。我還很納悶，為什麼把梯子放在這裡？」
湯川走向工作梯，再度抬頭看向天花板，臉上露出了賊笑。
「怎麼回事啊？你笑得好可怕，有什麼好笑的？」
湯川帶著笑容看向草薙。

「怎麼可能不笑呢？堂堂的警察大人，竟然被這麼單純的詭計給騙了。」
「你說什麼？」
「你去調查一件事，」湯川說：「施放煙火要花多少錢？」

7

玄關的門鈴響起時，工藤聰美正在流理台前洗手。因為她覺得手上有腥味。但是無論怎麼洗，把指尖放在鼻子前嗅聞時，仍然會聞到像發臭的魚一樣的腥味。

她知道是自己的心理作用。事情發生至今，已經過了好幾天，她的手也已經洗過好幾十次了，手上不可能還有腥味，但她經常突然覺得手上有腥味，於是就再也無法保持平靜。每次回過神，就發現自己在洗手。指尖已經洗破發紅了，每次只要碰到水，就感到陣陣刺痛，但她仍然無法停止洗手。

所以，對此刻的她來說，門鈴聲簡直就是救星。如果沒有被其他事打斷，她會一直洗手。

她用毛巾擦了手，走去玄關，在門內應了一聲：「請問是哪位？」

「工藤小姐，我是之前曾經上門打擾的內海。」門外傳來一個女人的聲音。

「內海小姐……」她記得在哪裡聽過這個名字。到底是誰？

她透過貓眼向外張望，不由得吃了一驚。就是案發之後曾經上門的女刑警。

她鬆開門鍊，打開了門。刑警內海恭敬地鞠了一躬。

「不好意思，突然上門打擾。因為有兩、三件事想要請教妳，可以請妳和我一起去分局一趟嗎？」

「找我……有什麼事？」

「去了分局就會告訴妳。」內海用公事化的口吻回答。

聽美覺得烏雲在心頭擴散，同時又聞到了那種不愉快的腥味。眼前這名刑警是否也會聞到？——雖然明知道不可能，但還是閃過這個念頭。

「現在嗎？」

「麻煩妳了，另外，我還想確認一件事。」

「……請問是什麼事？」

「關於裁縫工具的事。聽說妳和安部小姐一樣，負責服裝的製作和縫補。命案發生的那一天，妳應該也帶著裝了裁縫工具的裁縫包，可不可以請妳把那個裁縫包交給我？」

她覺得女刑警的聲音從中途開始變得遙遠。聽美知道，自己快昏過去了。

「好的。」聽美回答後，打算關上門，但刑警內海用手按住了門，走進屋內。「我在這裡等。」

聽美點了點頭，轉身走進屋內。裝裁縫工具的包放在床邊。她走了過去，伸手拿裁縫包，但下一剎那，她打開了旁邊的窗戶，把身體探出窗外。

「工藤小姐！」耳邊響起尖銳的聲音，聽美的手臂也同時被抓住了。內海就站在她的後方，「想要一死了之，未免太卑鄙了。」

聽美感到渾身無力，甚至無法站立，整個人都癱在地上，然後，她看著自己的手。

奇怪的是，腥味消失了。

啊，從此以後再也不需要洗手了。她暗自鬆了一口氣。

8

草薙打完電話約十分鐘後，湯川出現在校門口。他昂首挺胸地走到車旁，打開副駕駛座旁的車門上了車。

「這輛SKYLINE開了很久了，已經幾年了？」

「我都有好好做保養，所以不必擔心。」草薙看著湯川繫好安全帶後，發動了引擎。

「實驗的準備呢？」

「都準備好了，我費了好大的功夫，才打點好各方面。」

「又不是我的問題。」

「是啊，這當然沒錯。」草薙把車子開了出去，「工藤聰美已經招供了。」

「是嗎？凶器是什麼？」

「裁縫剪刀，被你說中了。」

「她沒有處理掉嗎？」

「她和其他裁縫工具放在一起。因為她擔心換了新的裁縫剪刀，會引起別人的懷疑，所以就沒有丟掉。雖然她洗過了，但仍然有血跡反應。」

草薙眼角的餘光看到湯川點了點頭，但這位物理學家似乎並不是很滿意。也許對他來說，推理出這種程度的事是家常便飯。

為什麼兇手使用容易鎖定嫌犯的凶器？而且並沒有把凶器帶走？對於這兩個問題，湯川認為「因為這樣對兇手比較有利」。

如果現場沒有凶器，警方一定會卯足全力尋找凶器，當然也會鎖定小道具的刀子。

如果那把刀子就是凶器，當然不會有任何問題。但如果凶器不是那把刀子，會有怎樣的結果？如果實際使用了另外的凶器，而且可以很快查出凶器的主人呢？

這些推理建立在湯川提出的大膽假設基礎上。湯川認為，神原敦子可能在袒護真正的兇手。湯川列舉了她說的話，作為這番假設的根據。

湯川說，神原敦子曾經告訴他：「插在駒井先生胸口上的那把刀，是這次的舞台劇中要使用的小道具。」

插在胸口上的那把刀——這種說法的確很奇妙，通常不是應該說「插進胸口的那把刀」嗎？湯川認為，神原敦子之所以會這麼說，是因為她知道刀子並不是真正的凶器，只是插在胸口上而已。

果真如此的話，真正的凶器到底是什麼？必定是能夠鎖定凶器主人，而且具有和刀子相同殺傷力，同時可以隨身攜帶的東西。

於是，湯川推理出可能是剪刀。而且是前端特別尖銳的裁縫剪刀。

草薙想起工藤聰美家裡有縫紉機。調查之後發現，她也是劇團內負責服裝的人之一。

「果然是神原小姐叫她那麼做的嗎？」湯川問。

「對，內情似乎很複雜。」草薙在小心開車的同時，回想起和她們之間的對話。

工藤聰美的精神狀態很不穩定，從她口中問出案情並不是一件容易的事。她有時候說到一半就大哭起來，有時候又突然陷入虛脫狀態。草薙時而安撫她的情緒，時而冷眼旁觀，總算問出了以下的供詞。

如同好幾個人在證詞中所提到的，那天的排練在傍晚六點多結束，工藤聰美和其他幾個負責服裝的人一起去購買舞台劇需要使用的東西。之後，其他人邀她一起去看煙火，她回答說：「我要先回家一趟，等一下就過去。」就和其他人分手了。她原本打算回去排練場，因為她想和駒井良介談一談，但在半路上打電話給他時，發現他已經離開了事務所。於是，她決定去駒井家裡。

她在七點半左右抵達駒井的住家，駒井已經到家了。

當他們面對面坐下後，工藤聰美很緊張，但還是決定說出來。因為她有重要的事要告訴駒井。

沒想到她還來不及開口，駒井就搶先對她說：「其實我也有事想要告訴妳。」看到他臉上僵硬的表情，工藤聰美有了不祥的預感。

「什麼事？」當她問了這句話後，駒井說出了她最不想聽到的事。

駒井說，他希望他們之間的關係到此為止。

「在創作這齣舞台劇的過程中，我充分瞭解到誰對我最重要。很可惜，那個人並不是妳，敦子才是對我最重要的人。我終於瞭解了這件事，當初為了和妳交往而和她分手，只是我一時的意亂情迷。事情就是這樣，真的抱歉，希望妳和我分手。」

工藤聰美覺得他說這番話的語氣太流暢，就像事先已經練過很多次。事實上，在聽他說完這番話時，她一度以為是舞台劇中的台詞。她完全沒有真實感，不，她不願意承認那不是台詞，而是現實。

但是，駒井是認真的。他突然跪在地上，深深地低著頭，似乎想要證明自己是認真的。

「既然這樣，」工藤聰美問：「既然這樣，那番話是什麼意思？你之前說，希望我可以生下你的孩子。」

那是他們剛交往不久時，駒井對她說的話。

「對不起，」駒井仍然沒有抬起頭，「請妳忘了這件事。」

忘了這件事？

工藤聰美說，這句話讓她下了決心。

她將視線從仍然低著頭的駒井身上移開，一看腳下，發現裁縫工具散落一地。裁縫包不知道什麼時候掉在地上了。

她看到了裁縫剪刀，在看到尖銳的刀尖時，她知道這是自己唯一該做的事。當她回過神時，已經手拿著剪刀衝向駒井。

工藤聰美說，她不記得是在駒井抬起頭的瞬間，把剪刀刺進他的胸口，還是在刺中他胸口後，他才抬起頭，但清楚記得他露出好像純樸少年般的眼神。也許他還不清楚發生了什麼事。

駒井中刀之後，整個人向後仰，仰躺在地上，掙扎了幾秒鐘後，像人偶般靜止不動了。如果那是演技，未免太差了。因為駒井一定會大聲咆哮。工藤靜美怔怔地想著這些事。

她蹲在地上，端詳著駒井的屍體。她不知道自己端詳了多久，腦袋裡只有兩件事。第一件事，就是自己必須死。另一件事，就是如果自己死了，肚子裡的孩子該怎麼辦。

工藤聰美懷孕了，目前已經兩個月。她今天就是想要告訴駒井這件事。

手機的來電鈴聲把她拉回了現實。駒井放在桌上的手機響了。工藤聰美看到手機螢幕，嚇得倒吸了一口氣。電話正是神原敦子打來的。

工藤聰美拿起手機，接起電話。為什麼要接那通電話？——她說無法順利說清楚當時的心境。如果硬要說的話，應該是如果當時要和誰說話，神原敦子無疑是唯一的對象。

神原敦子對工藤聰美接起電話這件事感到不解，工藤聰美對她說，「我有事要向妳道歉。」然後又接著告訴神原敦子，她殺了駒井。

「我無法原諒他，雖然很對不起妳，但我無論如何都無法原諒他。我知道事情不可能就這樣結束，所以我會付出代價。」她不顧一切地對著電話這麼說。

工藤聰美說，她不太記得神原敦子當時的反應，只記得神原敦子說：「妳不必死。」她可能察覺到工藤聰美說「付出代價」是代表自殺的意思。

神原敦子要求她把剪刀帶走，同時指示她，立刻去找劇團的人。並告訴她，駒井的事一定會鬧大，到時候她要假裝什麼都不知道。

「妳不值得為那種男人去坐牢，我一定會想辦法幫妳，所以妳按照我說的去做。如果警察問妳什麼，妳可以說我被駒井良介拋棄了，可能懷恨在心。妳的表現要自然，千萬不能引起懷疑。妳是演員，應該能夠做到吧？」

工藤聰美一片混亂，但還是聽從了神原敦子的指示。她完全不知道神原敦子有什麼打算，也沒有心情考慮這些事。必須好好扮演自己的角色——她滿腦子只想著這件事。

9

駒井良介的住家周圍拉起了「非相關人員禁止進入」的封鎖線。剛發生過命案的現場當然要封鎖，但今天晚上有不同的意義。

草薙從SKYLINE下車後，帶著湯川一起走進屋內。內海薰和鑑識人員已經在屋內待命。
「準備得怎麼樣了？」草薙問內海薰。
「這裡已經準備就緒，目前正在等待那裡的通知。」
草薙點了點頭，回頭看著湯川說：「情況就是這樣。」
湯川點了點頭，仰望天花板後，低頭看著地上。
「神原小姐為什麼要袒護兇手？」
「問題就在這裡，」草薙皺著眉頭，豎著食指說：「其實和袒護不太一樣。」
「不太一樣？怎樣不一樣？」
「很難說清楚，有些人的想法實在讓人搞不懂，簡直就像生活在不同的世界。」草薙說完這句話，回顧了偵訊神原敦子時的情況。
在偵訊室見到神原敦子時，發現她整個人比草薙第一次見到她時更加豔麗。不光是化妝和服裝亮麗，表情也神采飛揚。草薙不難想像，她年輕時代在舞台上演主角時，豔麗的外形必定曾是有力的武器。
「我前一陣子就發現駒井先生似乎對我回心轉意。因為可以從他的態度中察覺到，而且他當面對我說，身為從事舞台工作的人，他比以前更加尊敬我。他是富有才華的導演和編劇，但必須有一個理想的人選在背後支持他，才能夠充分發揮他的才華。以前都是我在做這些事，但他自己沒有發現這一點，和我分手之後，才終於意識到這件事，他現在才知道，和年輕女人談戀愛對自己沒有任何幫助。」她這番話充滿自信，聽起來好像是勝利宣言。
「那妳呢？」草薙問：「妳打算和他重修舊好嗎？」

「當然不可能！」神原敦子提高了音量回答，「也許他需要我，但我並不需要他。我以前的確曾經尊敬他，也很愛慕他，他也的確教會我很多事，在這一點上，我很感謝他。但我已經充分回報他了，最重要的是，我人沒那麼好，不可能輕易原諒為了年輕女人而拋棄女朋友的人。」

「不知道駒井良介和工藤聰美分手之後有什麼打算？」

「不清楚，」神原敦子偏著頭說道，「也不關我的事。」她滿不在乎的語氣極其冷漠，好像真的對駒井良介這個男人失去了興趣。

當草薙問她，為什麼這次會設計那樣的詭計時，她的供詞相當複雜。

「手機的詭計是我以前就想到，打算以後寫推理劇時使用，所以當聰美告訴我情況時，我立刻想到可以使用這個詭計。我以前使用的手機和駒井先生的手機無論顏色、形狀都很相似，我認為可以用來替代，所以就一起帶了過去。問題是要找誰當不在場證明的證人。一個人遇刺的時候，會用手機打給誰求救？當然會打給女朋友或是太太吧，但不能打給聰美，必須盡可能讓她和事件脫離關係，於是，我挑選了安部由美子。因為我很容易找到藉口約她出來，而且她出現在手機通訊錄『A』行的第一個也不會不自然。當然，也因為她很善良，很容易騙。所以，我去聰美那裡之前，打電話給由美子，說要和她討論服裝的事，她完全沒有起疑心。」

在談及偷了排練場的刀子當作凶器這個話題時，神原敦子也滔滔不絕地說：

「當我得知聰美用裁縫剪刀行兇時，就覺得不妙。如果剪刀留在那裡，很快就會查出兇手，所以我叫她把剪刀帶走。但如果現場沒有凶器，警方一定會設法找出來，不難猜想，可能會檢查劇團所有成員的私人物品。如果聰美說，她的裁縫剪刀不見了，或是買了新的，絕對會遭到懷疑。所以我認為，必須留下很像是殺他時使用的凶器，問題是並不容易張羅到能夠深深刺進胸口的凶器。無奈之下，我只能用小道具的那把刀子。我知道排練場的鑰匙放在哪裡，偷刀子本身並沒有太大的困難。我在八點二十分左右抵達駒井先生家，他倒在地上，胸口的傷口很深，但並沒有流太多血，我可以感受到聰美的決心有多麼強烈。她應該毫不猶豫地把剪刀刺進了他的胸口。我忍不住想，我應該做不到，然後配合傷口的形狀，把偷來的刀子插在他胸口。我的雙手至今仍然記得刀子插進肉體的感覺。之後的情況，我已經說過很多次了。我拿了他的手機，把替代的手機放在他身旁，然後去了和由美子約定的地點。」

聽到這裡，草薙忍不住問了他內心最大的疑問。為什麼要袒護工藤聰美？因為照理說，神原敦子被她搶走男朋友，應該痛恨她。

神原敦子睜大了眼睛，嘴角露出笑容。

「我從來沒有恨過聰美，因為即使駒井先生選擇了她，她也完全沒有任何過錯。而且我剛才也說了，目前的我，對駒井良介這個男人完全沒有興趣。我並不是袒護聰美，而是想要感受一下那種感覺。」

草薙問她，想要感受怎樣的感覺？這似乎是她期待已久的問題，她露出總算有機會說出內心企圖的喜悅笑容回答說：

「兇手的心情。正確地說，是殺人的心情，然後，在這個基礎上製造不在場證明。我知道警方在懷疑我，我想要瞭解，當我有嫌疑的時候，警方會如何展開偵查，如何讓我投降。我想體會一下這種心情，這也是我把刀子刺進他胸口的主要目的。如果只是偽裝成凶器，只要刀子沾到血跡就行了。雖然人已經死了，但我想親自體會一下，把刀子刺進胸口的行為是怎樣的感覺。我想要在這種緊張的氣氛中，用真正的演技，演一個殺人兇手，而不是只有裝裝樣子而已。因為這輩子很難有第二次這樣的機會。」

她說話的語氣，好像身為演員，這是理所當然的選擇。草薙問她，難道沒有想過萬一無法澄清嫌疑，被當作殺人兇手遭到逮捕的話怎麼辦？她露出一絲得意的笑容說：

「我認為不可能有這種事，日本的警察很優秀。雖然我知道手機的詭計很容易識破，但無法只憑這一點認定我是兇手。在多方偵查的過程中，一定會查明真相。我也很想體會一下這種緊張刺激的感覺。即使萬一有什麼閃失，認為我是兇手，我只要到時候說出真相就好。雖然可能因為毀損屍體，或是湮滅證據被追究罪責，但和寶貴的經驗相比，這些事根本不值得一提。我剛才也說了，我做這一切並不是為了袒護聰美。雖然我不恨她，但也從來沒想過為了保護她而去為她頂罪。」

「我仔細看了驗屍報告，發現上面寫著，在刺進胸口之後，有用凶器多次搗弄的痕跡。原來不是搗弄，而是再度用其他凶器插進傷口。但也不能責怪法醫，因為通常不會想到會有兇手做這種事。」

在草薙的說明告一段落後，內海薰拿出了手機。因為她的手機響了。她簡短地說了幾句之後，掛上電話，看著草薙，「那裡已經準備就緒，五分鐘後開始。」

「好——那就拜託了。」草薙對鑑識課的人說。湯川興致勃勃地看著上方的窗戶。

「真是莫名其妙，」草薙站在湯川身旁抱怨，「到頭來，我們只是陪她演了一齣戲。」

「但是，你們也的確對這個外行人的招數一籌莫展啊。只將焦點鎖定在前女友身上，完全排除現任女友的嫌疑，根本是你們的疏失。」

「你這麼說，我們就無地自容了。如果沒有這張照片，就不會被誤導。」草薙從內側口袋拿出一張照片。

那是晚上七點二十七分拍攝的照片，煙火後方出現了圓月。

「她們知道有這張照片嗎？」

「不知道，因為我沒告訴她們。她們以為是因為她們演技精湛，所以警方無法立刻查明真相。」

「你不打算告訴她們嗎？」

草薙搖搖頭，「沒這個必要。」

內海薰看著手錶說：「時間差不多了。」然後關了房間的燈。

數十秒後，走上閣樓的鑑識人員發出了驚叫聲，隨即傳來「砰」的沉悶爆炸聲。

草薙衝上樓梯，從北側的窗戶看向窗外。煙火在遠方的天空散開，那是拜託業者特別施放的煙火。

「草薙，」湯川在樓下叫他，「你過來這裡。」物理學家站在工作梯上。

草薙衝下樓梯，走向工作梯後問：「怎麼樣？」

「你自己上來，要看東側的窗戶。」湯川說完，走下工作梯。

草薙站在工作梯上，按照湯川的指示，看著東側的窗戶。首先看到了圓月，接著，煙火出現了。

「喔喔，」他叫了起來：「我看到煙火了。」

「這也在意料之中。」湯川站在工作梯下冷靜地說。

草薙說不出話。雖然事先已經聽了湯川的解釋，但沒想到可以欣賞到這麼精采的煙火。業者在西北側的天空施放煙火，但從東側的窗戶也可以看到，而且煙火的後方是月亮。

其中的玄機很簡單。東側的窗戶反射了從西側窗戶照進來的煙火火光，但因為周圍很黑暗，看起來就像是真正的煙火。月亮當然是真的。

「煙火大會每年都會舉行，駒井先生應該知道從這個位置，可以用這種方式欣賞到煙火。所以他先在排練場的窗前拍了照片，然後又從這裡拍了一張，想要進行比較，還特地準備了工作梯。」湯川說。

「在準備向女朋友提分手的時候，還有這種心情嗎？」

「所以嘛，」湯川繼續說道：「對駒井先生來說，和女朋友分手，並不是什麼重要的事。」

「哼……但也可能真的是這樣，真搞不懂那些人的想法。」

草薙想起問神原敦子的最後一個問題。演了殺人兇手之後，有什麼感想？神原敦子思考片刻後回答：

「我認為對我大有幫助，只可惜演技還是演技，和真正殺人差遠了。雖然我把刀子插進了他的身體，但還是無法想像奪走一個活生生的人的生命那一刻，到底會有什麼感想。草薙先生，你不是偵訊了聰美嗎？她怎麼描述在刺殺駒井時的情況？」

草薙回答說，聰美幾乎不記得當時的情況。神原敦子聽了，用力皺著眉頭，嘆著氣說：「真是浪費了大好機會。」

草薙把她的話告訴了湯川，這位物理學家用力深呼吸後，指著東側的窗戶玻璃說：

「這代表有些人的人生，追求的是虛像。」
東側的窗戶玻璃上映照出虛像的煙火。

後記——

關於《虛像的丑角》

東野圭吾

我在一九九六年秋天，創作了《偵探伽利略》的第一篇〈燃燒〉。當時，我的作品完全沒有銷路，所以，我覺得「反正怎麼寫都不賣，不如寫點自己喜歡的內容」，於是，就開始寫《偵探伽利略》。我以前曾經當過工程師，對某些普通人不太瞭解的科學技術，具備了一些知識和經驗，我認為只要妥善加以運用，應該可以成為難得一見的小說。因為推理小說禁止使用普通人不瞭解的科學技術作為詭計，所以我當時有了心理準備，即使寫出來，可能也無法成為一部受到推崇的推理小說。果然不出所料，〈燃燒〉並未受到好評，也沒有獲得任何獎項的提名，但我自己樂在其中，好像發現了以前不知道的秘密房間的大門。只要運用刑警草薙和物理學家湯川——這兩個角色，應該可以描繪一個其他作家尚未踏入的世界。

於是，我寫了五篇故事，在一九九八年，推出了《偵探伽利略》。因為銷量並不好，而且題材也用光了，所以當時以為這是第一次寫草薙和湯川的故事，應該也是最後一次。沒想到責任編輯說，這樣的故事很有趣，再多寫幾篇看看。雖然有點傷腦筋，但我靠煮字療飢，當然無法斷然拒絕。我搜腸刮肚、絞盡腦汁，最後決定減少科學專業知識，結合一些神秘現象。於是，就完成了《預知夢》。

之後，發表了長篇版的《嫌疑犯X的獻身》，但當時覺得應該不會再寫短篇。因為，我已經完全沒有題材可寫了。只不過寫作的契機往往出現在意想不到的地方。有電視台希望將伽利略系列改編成連續劇，而且希望主角是女刑警。雖然我有點不知所措，但也能夠理解製作者方面希望連續劇更吸引觀眾。我欣然同意，但也提出了一個附加條件。我會先在小說中增加女刑警的角色，希望電視台方面使用那個名字，電視台方面當然答應了。

這下子又要想破頭了。既然宣稱要在小說中寫女刑警，就只能硬著頭皮寫了。苦思惡想之後，終於創造了女刑警內海薰這個角色，寫下了〈墜落〉這個短篇。既然完成了這個短篇，就貪心地想要寫成一本書，所以又接連寫了四個中短篇，成為《伽利略的苦惱》，和第二部長篇《聖女的救贖》同時出版。書名中加了「苦惱」兩個字，完全是作者的心情寫照。伽利略系列的每一部作品都讓我費盡了心思，我已經用光了所有的題材，當時以為如果今後還要寫伽利略，就只能寫長篇了。

但是，最重要的就是這個但是。在完成第三部長篇《真夏方程式》連載後的某一天，腦海中突然浮現出短篇的題材，竟然是「一根手指也沒有碰對方，卻讓對方墜樓身亡的方法」，考慮到這個詭計的特殊性，如果不是伽利略系列，恐怕很難寫成小說。所以，我又開始煩惱了。因為只要寫了一個短篇，就會想要再寫幾篇，以寫成一部短篇小說集為目標。

最後，我敵不過「想要寫這個詭計」的誘惑，寫成了〈幻惑〉這個短篇。寫完之後，只能豁出去了，我日復一日地思考伽利略，每天都愁眉不展。因為至今為止，我不止一次覺得「題材已經枯竭了」，當然不可能輕易想出新的題材。煩惱了半天，也擠不出半點靈感，我甚至先寫下了篇名。〈逃避〉、〈迷惘〉、〈困惑〉、〈瓶頸〉——我試了各種方法，仍然毫無進展。

幸好小說之神並沒有放棄我，在我每天抱頭苦思之際，腦海角落突然冒出像是靈感碎片的東西。我仔細玩味，細心呵護，終於發展成一個短篇。完成一篇之後，再度苦苦煩惱。在重複這樣的過程之後，終於完成了〈聽心〉、〈偽裝〉和〈演技〉等短篇。

在創作這些作品過程中，我發現在第一部作品中，只是偵探機器的湯川和草薙，經過了十六年的歲月，已經成為活生生的人。最好的證明，就是只要決定了題材，之後的創作就很輕鬆。兩位主人翁會擅自做他們該做的事，完全不受作者的控制。只要交給他們，故事就會朝向應有的方向發展。作者好幾次寫到最後才發現，原來這部作品是這樣一個故事。

我真的以為這應該是最後一部了，今後應該不會再寫伽利略的短篇了，《虛像的丑角》的成果也很適合成為這一系列的最後一部作品。

但是——

小說之神似乎比我想像中更加反覆無常。下一部作品《禁忌的魔術》（暫譯，皇冠即將出版），讓我深刻體會到這件事。

謎
人
俱
樂
部

歡迎加入**謎人俱樂部**！為了感謝您對皇冠出版的推理、驚悚小說的支持，我們特別規劃推出讀者回饋活動，您只要按照規定數量蒐集每本書書封後摺口上的印花（影印無效），貼在書內所附的專用兌換回函卡上，並詳填個人資料後寄回，便可免費兌換謎人俱樂部的專屬贈品！詳細辦法請參見【謎人俱樂部】活動官網。

【謎人俱樂部】臉書粉絲團
www.facebook.com/mimibearclub

☐集滿4個印花贈品（二款任選其一）：

A：【推理謎】LOGO皮質燙銀典藏書套一個
（黑色，25開本適用，限量1000個）

B：【推理謎】吉祥物『獨角獸』圖案皮質燙金典藏書套一個
（咖啡色，25開本適用，限量1000個）

☐集滿8個印花贈品（二款任選其一）：

C：【推理謎】LOGO皮質燙金證件名片夾一個
（紅色，11.5cm x 8.6cm，限量500個）

D：【推理謎】吉祥物『獨角獸』圖案環保購物袋一個
（米色，不織布材質，41.5cm x 38.6cm，限量1000個）

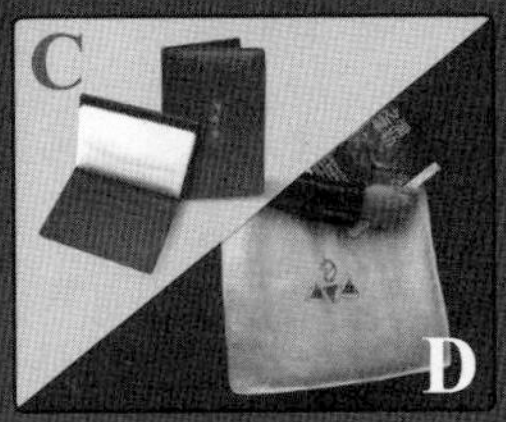

☐集滿12個印花贈品（三款任選其一）：

E：【推理謎】LOGO不鏽鋼繩鑰匙圈一個
（限量500個）

F：【推理謎】吉祥物『獨角獸』圖案馬克杯一個
（白色，320cc容量，限量500個）

謎人俱樂部會不定期推出最新限量贈品提供兌換，請密切注意活動官網和粉絲專頁。

【注意事項】
◎本活動僅限台灣地區讀者參加。
◎贈品兌換期限自即日起至2023年12月31日止（以郵戳為憑）。
◎贈品圖片僅供參考，所有贈品應以實物為準。
◎所有贈品數量有限，送完為止。如讀者欲兌換的贈品已送完，皇冠文化集團有權直接改換其他贈品，不另徵求同意和通知。贈品存量將定期在【謎人俱樂部】活動官網上公佈，請讀者在兌換前先行查閱或直接致電：（02）27168888分機114、303讀者服務部確認。
◎皇冠文化集團保留修改或取消謎人俱樂部活動辦法的權利。辦法如有更動，將隨時在【謎人俱樂部】活動官網上公佈。

國家圖書館出版品預行編目資料

虛像的丑角 / 東野圭吾著；王蘊潔譯. -- 初版. -- 臺北市：皇冠, 2017. 08
面; 公分. --(皇冠叢書; 第4633種) (東野圭吾作品集; 27)
譯自：虛像の道化師
ISBN 978-957-33-3317-3(平裝)

861.57 106011994

皇冠叢書第4633種
東野圭吾作品集27

虛像的丑角

虛像の道化師

作　　者—東野圭吾
譯　　者—王蘊潔
發 行 人—平雲
出版發行—皇冠文化出版有限公司
台北市敦化北路120巷50號
電話◎02-27168888
郵撥帳號◎15261516號
皇冠出版社(香港)有限公司
香港銅鑼灣道180號百樂商業中心
19字樓1903室
電話◎2529-1778　傳真◎2527-0904
總 編 輯—許婷婷
著作完成日期—2015年
初版一刷日期—2017年08月
初版六刷日期—2022年10月
法律顧問—王惠光律師

讀者服務傳真專線◎02-27150507
電腦編號◎527024
ISBN◎978-957-33-3317-3
Printed in Taiwan
本書定價◎新台幣420元/港幣140元

謎人俱樂部贈品兌換卡

我要選擇以下贈品（須符合印花數量）：□A □B □C □D □E □F

1	2	3	4
5	6	7	8
9	10	11	12

◎請沿虛線剪開、對摺、裝訂後寄出。

【個人資料蒐集、利用及處理同意條款】

您所填寫的個人資料，依個人資料保護法之規定，皇冠文化集團將對您的個人資料予以保密，並採取必要之安全措施以免資料外洩。您對於您的個人資料可隨時查詢、補充、更正，並得要求將您的個人資料刪除或停止使用。

本人同意皇冠文化集團得使用以下本人之個人資料建立該集團旗下各事業單位之讀者資料庫，做為寄送出版或活動相關資訊、相關廣告，以及與本人連繫之用。本人並同意皇冠文化集團可依據本人之個人資料做成讀者統計資料，在不涉及揭露本人之個人資料下，皇冠文化集團可就該統計資料進行合法地使用以及公布。

□同意　　□不同意

我的基本資料

姓名：____________________

出生：________年________月________日　性別：□男 □女

職業：□學生 □軍公教 □工 □商 □服務業

□家管 □自由業 □其他 ____________________

地址：□□□□□ ____________________

電話：（家）____________________（公司）____________________

手機：____________________

e-mail：____________________

我對【東野圭吾作品集】系列的建議：

寄件人：

地址：□□□□□

北區郵政管理局登
記證北台字1648號
免 貼 郵 票
〔限國內讀者使用〕

105019

台北市敦化北路120巷50號

皇冠文化出版有限公司 收